ASSINADO, MATA HARI

Yannick Murphy

ASSINADO, MATA HARI

Tradução de
GABRIEL ZIDE NETO

CIP-BRASIL. CATALOGAÇÃO-NA-FONTE
SINDICATO NACIONAL DOS EDITORES DE LIVROS, RJ

M96a Murphy, Yannick
Assinado, Mata Hari / Yannick Murphy; tradução de Gabriel Zide Neto.
– Rio de Janeiro: Record, 2011.

Tradução de: Signed, Mata Hari
ISBN 978-85-01-08285-5

1. Romance americano. I. Zide Neto, Gabriel, 1968-. II. Título.

CDD: 813
10-5982   CDU: 821.111(73)-3

Título original em inglês:
SIGNED, MATA HARI

Copyright © 2007 by Yannick Murphy
Esta edição foi publicada mediante acordo com Little, Brown and Company, Inc., Nova York, NY, EUA.

Texto revisado segundo o novo Acordo Ortográfico da Língua Portuguesa.

Todos os direitos reservados. Proibida a reprodução, no todo ou em parte, através de quaisquer meios. Os direitos morais da autora foram assegurados.

Direitos exclusivos de publicação em língua portuguesa somente para o Brasil adquiridos pela
EDITORA RECORD LTDA.
Rua Argentina, 171 – Rio de Janeiro, RJ – 20921-380 – Tel.: 2585-2000, que se reserva a propriedade literária desta tradução.

Impresso no Brasil

ISBN 978-85-01-08285-5

Seja um leitor preferencial Record.
Cadastre-se e receba informações sobre nossos lançamentos e nossas promoções.

EDITORA AFILIADA

Atendimento e venda direta ao leitor:
mdireto@record.com.br ou (21) 2585-2002.

Para Non e Norman

AMELAND

Eu enganei a morte. Atravessei o mar. Quando a maré estava baixa, andei sobre os vincos do banco de areia com os pés descalços. Um dia matei aula e fui até uma ilha perto de casa chamada Ameland. Eu tinha ouvido as histórias, e toda criança da Holanda as conhecia, sobre a pantanosa areia movediça, sobre a água que parecia uma grande muralha cinza quando a maré subia, e sobre como ela podia te pegar, derrubar, entrar em sua boca e te afogar para que você nunca mais voltasse, por mais força que você fizesse para sair dela e atravessar a grande muralha cinza. Mesmo assim, eu voltei. Fui ver as freiras, que tocavam os sinos à minha procura. Quando me encontraram, mostraram-me as palmas das mãos em carne viva, de tanto puxar a corda, e me levaram à diretora para ser punida. No caminho até o gabinete dela, eu murmurava com orgulho na direção das dobras de seus hábitos negros. Eu havia atravessado o mar. Mais tarde, deixei escapar meus sussurros enquanto as freiras se ajoelhavam para a missa, liberados como um ar frio antes preso em um porão, e agora se misturando às preces delas.

Eu sabia que sempre levaria em mim a vez em que caminhara na maré baixa até a ilha de Ameland. Eu faria esse mesmo percurso anos depois, muitas vezes, na cama com homens que roncavam ao meu lado, com os braços grossos pousados em meu peito. Nas selvas quentes e úmidas de Java, eu seguia pela areia molhada que levava a Ameland e nem sempre sentia o cheiro da flor de lótus que crescia do lado de fora da janela. Em vez disso, sentia a brisa fria e salgada do oceano da minha terra. Com maior frequência, eu caminhava até Ameland na prisão de Saint-Lazare, onde cada pedra do piso da minha cela guardava para mim um caminho por aquela areia escura. Quando voltava, eu me virava e olhava para trás, sobre o ombro, para ver o mar avançando. Tente me pegar, eu disse em voz alta, e quem respondeu foi o céu, primeiro com estrondos baixos, que depois ficaram cada vez mais altos à medida que os trovões se aproximavam. Mas a maré nunca conseguiu me pegar, já que eu sempre corria mais rápido que ela, e sobrevivia.

Primeiro vem a farinha, dizia minha mãe na cozinha. Depois os ovos. Com a farinha nas mãos, subindo em volta dos seus braços, ela já estava começando a parecer um fantasma.

O bolo que ela estava fazendo era para o meu aniversário. Meu pai contava que, num país chamado México, enfiavam o rosto da criança aniversariante no bolo. Para ter sorte e uma vida longa, ele dizia.

Mas não aqui, dizia minha mãe, e afastou o bolo de mim, de modo que eu não pudesse meter a cara na cobertura que ela estava fazendo, mexendo a colher de um jeito que pareciam pequenas ondas encrespadas, com as pontas curvas suspensas num lindo suspiro.

Meu pai me disse: seu próximo aniversário vai ser de 15 anos, Margaretha, e aí você vai poder enfiar a cara.

Eu tinha aulas semanais sobre como andar a cavalo — era o meu presente de aniversário.

Depois das aulas, eu ia à loja do meu pai.

Uma vez ele me mostrou um chapéu.

Toque nele, ele disse, passando a pele macia do chapéu pelo meu rosto. Pense no animal que morreu para que sua pele fosse usada neste chapéu.

Afastei o chapéu de mim. Preferia pensar em todos os homens que poriam na cabeça um chapéu como aquele e as festas nas quais o usariam.

Papai colocou o chapéu na janela para exibi-lo, mas eu sabia que em cerca de uma hora ele o tiraria dali e o substituiria por outro chapéu das prateleiras da loja. Fazendo isso, ele evitava que a cor dos chapéus desbotasse ao sol.

Meu pai não estava presente no meu aniversário seguinte. Ele fechou a loja. Desceu todos os chapéus, vendeu-os com desconto, segurou o dinheiro nas mãos e lambeu a ponta dos dedos para contar tudo sem errar. Eu me sentei à janela frontal da loja. O sol entrava pelo vidro e, a essa altura, eu já sabia a velocidade com que os chapéus se desbotavam e perdiam a cor, e pensava em como aquilo era engraçado, porque todo mundo sempre me falava para ficar longe do sol, dizendo que ele deixaria a minha pele bronzeada ainda mais escura.

Depois que ele se foi, tudo o que restou foi uma roupa estampada que um dia ele vestira e que agora ficava pendurada no armário. Estava bem esgarçada na cintura, onde sua barriga tinha forçado o tecido. Minha mãe nunca colocou mais nada no armário, e se eu abrisse a porta rapidamente, o vento daria vida àquela roupa florida pendurada no cabide de madeira.

Ele não nos deu nem um endereço. Disse que viria nos buscar depois que encontrasse um trabalho no sul.

À noite, minha mãe chorava. Havia buracos na parede, rombos grandes onde a tinta descascava e o gesso enrugava. Eu achava que seu choro entraria naqueles buracos e ficaria preso eternamente na casa, ricocheteando por trás das paredes. Tentei abafar o choro tentando tirar, com força, uma música das teclas do piano, mas tudo o que consegui foi fazer a parede descascar ainda mais; o gesso começou a cair no chão e passou a formar uma poeira branca como aquela que há dentro das ampulhetas, marcando horas que não poderiam ser reviradas de cabeça para baixo.

Encontrei minha mãe morta na cozinha. A farinha branca estava em seu avental. Estava em seus braços. Estava no cadarço de suas botas. Estava em sua boca. O médico disse que ela morreu de uma infecção nos pulmões. Eu pensei que ela havia morrido de tanto aspirar farinha. De dentro para fora, ela havia se transformado num fantasma. Eu nunca mais voltei a pôr os pés naquela cozinha. Pensava que a cozinha poderia me matar. Fechei os olhos e lá estava eu atravessando o mar. A cada vez que eu me lembrava, era mais intenso do que na primeira vez. Prestava atenção em mais coisas. Os paguros brancos se enterrando ao lado dos meus pés. A água chegando, as bolhas surgindo por baixo de mim, penetrando entre os meus dedos, tocando na barra da minha saia de seda.

QUE OUÇAM

Ela achava que a freira da Prisão de Saint-Lazare também guardava seus sussurros no hábito. Ela se ajoelhava e sentia contra o rosto o frio da cruz de prata pendurada na cintura da freira, enquanto repetia as mesmas palavras que dizia quando criança: "Eu atravessei o mar."

Você reza pela sua alma?, perguntou a freira.

Não, ela respondeu. Queria que suas palavras fossem repetidas por toda a prisão enquanto a freira se afastava. Que os ratos as ouçam enquanto correm pelas paredes escuras e úmidas. Que os cozinheiros as ouçam enquanto tornam mais rala a sopa na cozinha. Que Bouchardon, o jurista, as ouça, enquanto bate com o lápis no bloquinho, pensando em que perguntas fazer para encurralá-la numa vida que ela não levava. Eu atravessei o mar, ela dizia. Vou sobreviver.

MINHOCAS

A questão com as crianças é que eu nunca fui capaz de entendê-las. Era preciso duas ou três tentativas até entender o que diziam. Elas tinham que apontar. Mais alto, eu dizia. Isso porque suas bocas eram tão pequenas que elas não podiam abri-las o suficiente para pronunciar palavras que eu pudesse entender. Comentei isso com meu padrinho, mas ele me disse que as bochechas delas eram como maçãs e que o cabelo delas era feito de raios de sol e que, no fim das contas, eu não tinha escolha e ele não tinha dinheiro para me alimentar e me vestir. Então ele me mandara lecionar numa escola.

Os rostos das crianças eram pálidos e os cabelos, ensebados, o que fazia com que as menininhas sempre parecessem ter feito tranças logo após lavar o cabelo, que nunca havia secado. Quanto aos meninos, parecia que tinham acabado de enfiar a cabeça na água de lavar roupa.

Você precisa aprender a acertar os dedos deles, dizia Heer Wybrandus. Ele me deu uma régua para essa função no dia em que comecei. Isso é tudo que você precisa.

Tinta? Papel? Canetas?, perguntei.

Ele riu. Isso também, disse, e lambeu os lábios, duas linhas retas que mais pareciam duas minhocas, uma em cima da outra.

Mais tarde, ele me beijou com esses lábios, e era mais fácil pensar neles como duas minhocas do que como os lábios de Heer Wybrandus.

As crianças não aprendiam nada comigo. Eu escrevia letras no quadro-negro e elas olhavam pela janela, assobiando de volta para os pássaros negros, ou puxavam o cabelo sebento das outras.

Falei que era para bater nos dedos delas, disse Heer Wybrandus ao meu ouvido. Mais tarde, na sala, coloquei uma mecha de cabelo atrás da orelha e tanto a orelha como o cabelo estavam molhados da boca de Heer Wybrandus.

Ele disse que meus seios eram duas taças de champanhe, tão pequenos que poderia beber deles. Depois molhou o dedo com a língua, e passou-o em volta do meu seio e o cobriu com a boca.

Salud, ele disse.

UMA VISITA DO MÉDICO

Em Saint-Lazare, ela disse que queria ver o médico. Ele chegou vestindo um guarda-pó branco. A borracha do estetoscópio parecia velha e rasgada em algumas partes.

Sua roupa, disse o Dr. Bizard. Ela não a havia descido abaixo dos ombros.

O senhor pode me ouvir sobre a roupa, ela disse.

Não vou conseguir ouvir seu coração muito bem por sobre a roupa.

E ela: não é o meu coração que precisa ser ouvido. E ele riu. Pegou o estetoscópio e o colocou no banquinho protegido por uma coberta de lã, depois se recostou na cadeira. Seus olhos eram azuis, e ela pensou que essa devia ser a cor do céu no dia em que atravessara o mar até Ameland.

Ela gostaria de ter lhe contado tudo, mas seus olhos azuis davam a impressão de que ele já sabia. Em vez disso, ela dançou para ele, para os olhos dele, só para ver se o azul mudaria de cor com a luz de sua dança.

Já tinha ouvido falar que você era uma grande dançarina, ele disse, e agora vejo que é verdade. Depois, ficou batendo palmas, e ela desejou que seu coração acompanhasse o ritmo dele, em vez de ficar pulando do jeito que ficou, como se pretendesse saltar para fora do peito.

LIÇÕES

As crianças da sala de aula não estavam aprendendo nada, mas eu estava. Heer Wybrandus me ensinou a ser mulher.

Eu não deveria estar aprendendo isso com outras mulheres?, perguntei.

Não, ele me respondeu. As outras mulheres não vão lhe ensinar nada. Para aprender a ser mulher, seu professor tem que ser homem.

Ele me contou o que o meu sangramento mensal significava. Disse que era o meu melhor amigo porque me avisava quando não copular se eu não quisesse ficar grávida.

Outras mulheres chamam isso de maldição, ele dizia, e é totalmente falso. Deveriam chamar de dádiva.

Quando ele não me falava as coisas, ele as mostrava. Me tocava com os dedos e depois fazia com que eu usasse as minhas próprias mãos e me explorasse, para saber como é que se devia fazer. Ele me deu um dever de casa.

Pratique em casa esta noite. Seus dedos pareciam pequenas salsichas comparados aos meus, que se assemelhavam às lâminas de marfim dos abridores de cartas ricamente desenhados, e eu me perguntei se iria me cortar com eles. Depois de praticar, percebi que a única coisa que podia realmente me machucar era a cama em que eu dormia, cujo centro afundava. Toda vez que eu me deitava, a cama parecia querer me dobrar em duas.

―

Heer Wybrandus gostava que eu sentasse em seu colo. Eu podia sentir sua pulsação entre as pernas dele e às vezes ele me mudava de posição ou mandava eu sentar do outro lado, dizendo enquanto isso que eu o estava fazendo crescer. Você não sente o quanto eu estou grande?, ele perguntava, mas eu balançava a cabeça. Ele era pequeno, e o que eu mais sentia através da roupa era o calor dele e o tap-tap-tap de seu sangue pulsando contra mim.

Num lençol com os cantos bordados por sua mulher estendido sobre a grama ao lado do rio, eu me sentei em cima dele, e quando ele me perguntou se eu podia sentir o quanto ele estava grande, eu balancei a cabeça em negação, e ele me empurrou. Então eu comecei a dobrar o lençol bordado, mas Heer Wybrandus o tirou de mim, o embolou todo e correu para a margem do rio e o arremessou sobre o capim e as partasanas, e o lençol aterrissou no rio e se abriu lentamente na correnteza.

No caminho de volta para a escola, ele disse que a culpa era minha por não sentir o quanto ele havia crescido entre as pernas e que eu não havia feito o meu dever de casa direito, que eu ainda não havia me dado ao trabalho de aprender a ser uma mulher.

Parei de lhe dar ouvidos. Voltei a pensar na minha travessia pelo mar. Quando a maré baixa nos bancos de areia de Ameland, bandos de andorinhas-do-mar aparecem para se alimentar do solo lodoso que fica exposto. Quando eu cruzei o mar, as andorinhas passavam na minha frente, e eu podia ver as focas brincando nos bancos de areia. Pensei que, quando a água voltasse, as andorinhas e as focas ficariam seguras. Iriam nadar ou voar. Mas, vestindo minha saia de seda, cuja barra estava começando a ficar pesada e manchada de sal, eu iria me afogar. Minha saia me afundaria. É claro que eu podia tirá-la. Não havia ninguém para me ver no banco de areia, naquele dia. Mas não tirei. Acho que eu gostei de saber que os ventos sopravam contra mim.

SE VOCÊ QUER SER ESPIÃ

Se você quer ser espiã, ajuda muito ser fluente em várias línguas. Eu falava holandês, alemão, espanhol, francês e até mesmo malaio. Se você tiver boa disposição para os estudos, isso ajuda. Mas se você não tiver essa disposição, também ajuda, porque quem iria desconfiar de você, se você ignora como quebrar um código, ou como fazer tinta invisível com uma série de frascos? Qualquer coisa ajuda se você quiser ser uma espiã, porque todo mundo quer acreditar que você é uma espiã.

Sente-se com a perna esquerda cruzada sobre a direita num restaurante e depois as descruze, depois volte a cruzá-las, mas com a direita sobre a esquerda, e, *voilà*, você é uma espiã — o garçom já foi dar parte de você para as autoridades e todo esse tempo você só está se perguntando por que o café está demorando uma eternidade para chegar.

Se você estiver lendo o jornal, também pode ser uma espiã. Você pode contar ao seu amante alemão alguma coisa que leu no jornal ou alguma coisa que o cabeleireiro lhe contou enquanto pintava o seu cabelo. Isso vai se tornar um segredo que ninguém mais sabia e você já está ajudando e apoiando o inimigo. Você poderia jurar que não vai falar mais com alemães, mas isso também seria suspeito, porque você sempre falava com eles.

Você poderia ter passado dez anos da sua vida sendo uma famosa e exótica dançarina oriental e isso não vale sequer uma menção nas linhas do bloco em que Bouchardon está escrevendo e batendo o lápis, porque realmente, em toda a sua vida, desde o dia em que você atravessou o mar em direção a Ameland, você sempre foi uma espiã. As andorinhas, as focas, a grama-do-campo, a relva e as algas marinhas sob os seus pés sussurraram segredos que voaram até você pelo vento que soprou antes dos trovões, segredos que você contou para as freiras (elas também podem ser espiãs), e você é culpada e o pelotão de fuzilamento já está desmontando as armas, limpando os canos, passando óleo nas peças, se preparando para quando você for colocada na linha de fogo. E como é que você vai convencer Bouchardon de que você não passou informações secretas aos alemães, quando Bouchardon está tão ocupado à janela, tamborilando os dedos no vidro, numa espécie de tique nervoso que parece ser seu próprio código secreto, dizendo a todo mundo, aos imundos pombos cinza que cagam no parapeito, que você é culpada até o fundo dos seus ossos?

A ALTURA CERTA DE UM HOMEM

Heer Wybrandus manteve a cabeça baixa e não levantou o olhar quando me disse que eu tinha que deixar a escola.

Minha mulher, a cidade, todo mundo já sabe de nós, ele disse, como se estivesse falando para sua enorme barriga. E eles sabem que você só tem 17 anos. Devolvi a ele a régua que ele havia me dado para bater nos dedos das crianças. Eu nunca a usara, a não ser para traçar linhas.

Fui morar com meu tio em Haia. Eu fazia todo o trabalho doméstico. Comprava o pão, as verduras e a carne no mercado. Para lavar as compridas janelas, eu subia em cadeiras com desenhos de buquês de flores que me espetavam com agulhas. Esfregava os azulejos dos banheiros, esticava os lençóis sobre as camas e amaciava os travesseiros de pena depois de usados. Eu preparava a comida, e essa era a parte de que eu não gostava, porque tinha que ficar na cozinha e sabia, por experiência própria, que a cozinha podia matar.

Você é alta demais para um homem, meu tio me disse uma vez.

Mas eu sou mulher, retruquei.

É claro. O que eu quis dizer, ele continuou, é que você vai ter dificuldade em encontrar um marido.

Então eu pensei na minha travessia pelo mar até chegar a Ameland e em como sobrevivera para contar a história. Eu disse: Eu cruzei o mar.

O que você disse, querida sobrinha?

Vou servir o jantar.

QUERIA QUE VOCÊ ESTIVESSE AQUI

E era assim que os espaços entre as pedras da parede de sua cela guardavam os gritos de outras prisioneiras. Ela encostava a orelha nas saliências e dizia à freira que podia ouvir os gritos. Então, ela afastou o catre da parede e passou a dormir no meio da cela.

Projetando-se da parede havia um único lampião, tremia como se houvesse um vento constante ameaçando apagá-lo. Ela pediu papel e caneta. A irmã Leonide veio lhe entregar.

Vai escrever para o seu noivo russo?, perguntou a irmã.

Vou escrever duas cartas, respondeu ela. Uma para o consulado holandês, perguntando mais uma vez se eles podem me libertar desta prisão. A outra é para a minha filha.

O que você vai escrever para a sua filha?, perguntou a irmã Leonide.

Não sei. Poderia dizer que estou aproveitando bastante esse tempo aqui.

A irmã Leonide balançou a cabeça em desdém.

ATRAVÉS DE UMA GOTA D'ÁGUA

Como se soubesse que o que eu menos gostava de usar na cozinha era farinha, meu tio começou a me pedir para fazer biscoitos todos os dias. Com uma xícara de metal, eu pegava a farinha do vidro e derramava num pote. Adicionava manteiga e, com duas facas, a cortava em cubos, para que se misturasse à farinha. Achei que estava tudo certo. Achei que tinha feito um bom trabalho e não deixado cair farinha em mim, mas acontece que eu estava errada. Percebi primeiro em meus cílios. No banheiro de azulejos, que eu havia esfregado na manhã daquele dia, no espelho que eu havia lavado, limpado e secado com o jornal do dia anterior, vi os primeiros sinais de que estava virando um fantasma.

Sobrinha querida, você poderia esvaziar o lixo, já que está aí, disse meu tio, do lado de fora do banheiro.

O jornal com o qual eu havia limpado o espelho estava no lixo. Estava molhado e embolado, mas ainda dava para ler o anúncio nos classificados. *Capitão do Exército das Índias, de licença na Holanda, procura esposa...* Sequei a folha abanando-a, e deixando que as gotas d'água, ao deslizarem, aumentassem a palavra *esposa*.

Sobrinha, tem alguma coisa queimando no forno?

Fiz uma bola com a página dos classificados e enfiei-a no corpete, sobre o meu peito; depois, pensando melhor, fiz outra bola com a primeira página, para não parecer assimétrico, e enfiei-a do outro lado do corpete, sobre o outro seio. Feito isso, abri a porta e passei voando pelo meu tio em direção à cozinha. Os biscoitos estavam pretos por cima. Eu raspei a parte queimada e os servi mesmo assim.

Meu tio não percebeu. O que você tem de diferente hoje, sobrinha? Você está linda, ele disse, enquanto olhava para o novo tamanho dos meus seios.

Respondi ao anúncio de Rudolph MacLeod naquela mesma tarde. No envelope, incluí uma foto minha em que eu achava que parecia um pouco mais velha, mais próxima da idade de se casar.

Gostei da maneira como o jornal embolado em meu corpete fazia meus seios parecerem maiores, mas não gostei do fato de a tinta do jornal ter manchado minha pele e de as pontas penetrarem em minha carne, dando coceira. Tirei umas meias de seda da gaveta que eram bem suaves na pele e que usei para encher meu corpete quando fui me encontrar com Rudolph MacLeod pela primeira vez.

Havia alguma coisa que me agradava num homem de uniforme. Talvez fosse porque isso lhe dava uma aparência rígida e eu gostava de pensar em como iria desabotoar seus botões de bronze, jogar sua gola para trás e fazer a farda que ele usava deslizar pelos seus ombros, perder a forma e vincar numa parte em que o alfaiate nunca quis que vincasse, enquanto eu o cavalgava numa cadeira ou deitado na cama. Então, de manhã, ele se levantaria nu, levemente arqueado de cansaço, a ressaca estampada em seus olhos, e voltaria a vestir seu uniforme, e todos os botões seriam abotoados devidamente e a gola ficaria direitinho no lugar e ele voltaria a ser um oficial de pé e ereto à minha frente.

MacLeod estava ficando careca, e nas têmporas, onde ainda havia cabelo, o grisalho começava a aparecer. Mas ele estava em boa forma e não ostentava a barriga que Heer Wybrandus trazia, e quando sentei em seu colo, pude sentir muito mais que apenas sua pulsação.

Vou me casar, eu disse para meu tio.

Que alívio saber que alguém a quer, ele respondeu.

POR UMA PORTINHOLA

Eu não havia planejado ter, tão cedo, um filho para criar. Só conseguia pensar nas crianças da escola de Heer Wybrandus, nos meus pupilos que nunca me ouviam quando eu dava aula. Mas MacLeod havia chegado de uma noite na cidade e já estava com cheiro de outra mulher misturado ao dele quando decidiu me penetrar. Contei nos dedos os dias desde que chegara minha última menstruação, espalmando a mão sobre o lençol e batendo com os dedos um de cada vez enquanto ele forçava a entrada em mim. Era o momento errado de copular. Heer Wybrandus havia me ensinado.

Por conta das noites anteriores, eu sabia que, se tentasse afastar meu marido, ele simplesmente faria mais força para entrar em mim e acabaria me machucando, ou então me bateria e de manhã minha face ou meu olho estaria todo inchado e eu teria que ir até o mercado com um cachecol cobrindo meu rosto, mesmo se fosse um dia quente de sol.

As noites que ele passava na companhia de outras mulheres aumentaram em número, eu pensava, e em proporção ao tamanho da minha barriga. Meu umbigo começou a ficar proeminente e se projetava como um terceiro olho, e eu me perguntava se era por ali que a criança que estava para nascer via o mundo pela primeira vez. Será que a criança na barriga conseguia olhar por aquela portinhola e ver a sala onde MacLeod se ocupava em pegar um decantador vazio e arremessá-lo contra a parede, para fazer chover cacos de cristal?

Mas que droga, ele disse. Será que você nunca consegue se lembrar de mantê-lo cheio?, ele ralhou.

O bebê dava chutes. Me socava embaixo das minhas costelas.

Vou tentar me lembrar, respondi, acrescentando depois, se você também puder se lembrar de não esvaziá-lo com tanta frequência.

O que foi que você disse?, ele gritou e partiu na minha direção, e eu voltei a Ameland em meus pensamentos, enquanto ouvia as juntas do meu pescoço estalando como os nós dos dedos quando ele começou a me golpear.

No começo, a escuridão sobre os bancos de areia me lembrava o momento em que o vulcão de Krakatoa, na Indonésia, entrara em erupção, despejando fumaça e cinzas na atmosfera. O céu ficou mais escuro por causa das cinzas que se moviam pelo mundo. Meu pai fechou a loja mais cedo nas tardes seguintes. Jantávamos cedo e nos recolhíamos cedo. Os dias passaram e a escuridão desapareceu, mas meu pai continuou fechando a loja mais cedo. Ele chegava em casa e me levava para passear em seus ombros. Costumávamos ir até a colina que havia atrás da nossa casa para ver o pôr do sol, que, depois da erupção, era sempre bonito. Era púrpura e dourado, vermelho e rajado. Em certos lugares parecia chumaços de algodão que haviam sido puxados dos lados e estendidos por todo o céu mas anos já tinham se passado desde a erupção, naquele dia em que atravessei o mar. A escuridão não vinha das cinzas e da fumaça de um país distante. Vinha apenas das nuvens se amontoando para a costumeira tempestade de verão sobre um mar sem água.

Meu pai compareceu ao meu casamento, e essa foi a última vez que o vi antes de ele morrer, mas na verdade tudo o que vi foram suas costas indo embora. Me contaram que ele estava no casamento e então, depois que fiz os votos, corri até a rua para ver se ainda conseguia alcançá-lo. Vi suas costas subirem a colina. MacLeod correu atrás de mim, me pegou e me mandou voltar, dizendo que meu pai estava indo embora porque eu não havia me casado com alguém rico. Mas o pôr do sol foi lindo naquele dia. Ele iria querer ver. Iria querer subir até o topo de uma colina, como costumávamos fazer quando eu era criança. Foi por isso que saiu mais cedo, eu disse a MacLeod. Ele só queria olhar para o céu.

ANDEI A CAVALO quando estava grávida. Vesti as calças de MacLeod e, como não podia abotoá-las na barriga, costurei-as com um ponto bem grande na linha da cintura para que não caíssem.

Mas as calças acabaram caindo enquanto eu cavalgava por uma longa trilha que parecia um tapete de folhas de cerejeira com cravos dos lados. Quando voltei ao estábulo, MacLeod estava lá. O vizinho havia lhe contado que tinha me visto saindo de casa com botas de cavalgar.

MacLeod me acusou de ir ao estábulo porque, segundo ele, eu queria me deitar com o rapaz que cuidava dos animais. O rapaz se escondeu numa cocheira, onde ficou olhando por trás de uma parede de madeira que havia sido roída por um cavalo nervoso, de modo que a madeira agora estava lascada e deformada. Eu ri de MacLeod, e o cavalo que eu havia acabado de montar jogou a cabeça para trás, e sua crina negra resvalou no seu pescoço, que brilhava de suor.

MacLeod me levou para casa segurando com força meu braço. Enquanto caminhávamos pelas ruas, ele cumprimentava os passantes batendo com o dedo na ponta do chapéu e eu segurava a cintura da calça com a mão bem fechada para que não despencasse até o tornozelo.

MacLeod sentia a necessidade de me vigiar como se eu fosse uma criança. Antes de sair de casa, ele sempre verificava se eu não estava cozinhando nada no forno que pudesse acidentalmente esquecer e, de alguma maneira, incendiar a casa. Numa festa para os oficiais, ele quis me levar para casa mais cedo. Os outros militares estavam dançando comigo, um após o outro, e ele queria me proteger deles, como se eu fosse a filha que ele ainda não tinha. As mãos deles passavam pelas minhas costas, os dedos mindinhos apontados na direção das minhas nádegas, prontos para mergulhar como uma gaivota que não consegue se conter na presença da água. Ele me via crescer, não em altura, mas em conscientização. No começo, eu não achava que estivessem olhando para mim, mas depois eu soube que eles estavam olhando para mim, e então eu passei a querer que eles olhassem.

COBRAS NO TRAVESSEIRO

TODO DIA DE MANHÃ, ela tomava café. A irmã Leonide o trazia e depois comentava como estava o tempo. A temperatura. A mínima e a máxima. Ela o bebia ainda sob o cobertor de lã, deitada de lado. A irmã Leonide lhe perguntava se queria participar da oração matinal e ela balançava a cabeça.

Pode rezar sem mim, ela dizia. Antes de terminar todo o café, ela invariavelmente deixava um pouco na xícara para que pudesse ver seu reflexo ao pentear o cabelo. Pelo reflexo, ela não podia dizer o quanto o cabelo estava ficando grisalho, mas podia ver isso pelo travesseiro em que dormia à noite. Ela notava fios de cabelo em parte pintados de preto e em parte grisalhos, que caíam de sua cabeça enquanto ela dormia, virando-se de um lado para o outro no travesseiro. Eles formavam curvas sinuosas na fronha, como se fossem cobras, e ela disse à irmã Leonide que, já que pareciam cobras que podiam se levantar e atacar, eram sinal de sorte, e contou como, quando morava na Indonésia, os velhos teriam se interessado pelos cabelos pretos e cinza em forma de S e teriam lhe contado todas as histórias de serpentes que conheciam e teriam lhe mostrado suas tatuagens de cobra, agora já bem apagadas e difíceis de se ver naquelas dobras de pele soltas e caídas.

UM BOM PAI

Na hora em que meu filho nasceu, MacLeod o tirou dos braços da parteira e o levou até a esquina, onde ficava o Café Americano. Imagino que ele o tenha mostrado aos outros oficiais, e que eles tenham passado uma garrafa de uísque a MacLeod e que, enquanto ele bebia todo sorridente, gotas amarelas da bebida caíam de sua boca, rapidamente encharcando o manto branco do meu bebê.

Eu fiquei na cama, esperando que ele o trouxesse de volta. MacLeod ficou tanto tempo fora que talvez tivesse partido de vez com o menino, então tudo o que me restaria seriam as dores dos pontos entre as pernas e dois peitos duros como rochas que já começavam a vazar leite, como água saindo de uma pedra.

MacLeod não foi o pai que eu imaginava que seria. Ele voltou e permaneceu a noite inteira ao lado do filho. Inclinou-se e ficou olhando o menino dormir e se preocupava com os pequenos ruídos de animais que o bebê fazia durante o sono. Ele me sacudiu quando o bebê acordou e se certificou de que estava bebendo o suficiente e que todo o meu mamilo estava corretamente inserido em sua boca. Enquanto eu cuidava do meu bebê, MacLeod colocou a mão no colchão do bercinho, para que o lugar se mantivesse aquecido até a hora em que ele voltasse a dormir. MacLeod dizia que eu estava apertando demais a fralda e me mostrou como eu deveria fazer para não machucar a pele do bebê. Então aí ele chamou meu menino de Norman, em homenagem a seu pai, e eu senti que isso era apenas o começo, que meu menino, o meu Norm, seria afastado de mim.

Quando MacLeod disse que sua longa licença havia terminado e que ele teria de voltar à Indonésia, o som daquele nome flutuou para fora de sua boca e, ao mesmo tempo em que ele o disse, pensei sentir o cheiro doce de uma especiaria misturada com o cheiro de nozes, um aroma úmido, o odor de uma flor desabrochando. Corri até o meu Norman, peguei-o no colo e sussurrei *Indonésia* em seu ouvido e ele olhou para mim, e riu e bateu palmas, como se a palavra em si fosse o início de uma canção de ninar que ele já tivesse ouvido incontáveis vezes e soubesse que eu iria cantar mais uma vez.

O DIA EM QUE PARTIMOS, no *Prinses Amalia*, MacLeod levou o dedo à boca e o ergueu no ar, mostrando a Norman que era assim que se sabia a direção do vento. Estava soprando do leste. Naquela noite, em nossa cabine, enquanto Norman dormia, MacLeod quis que eu ficasse acordada e ouvisse o que ele tinha a dizer.

Eu precisava saber que existiam escorpiões, besouros, cobras e macacos. Que em Java havia coisas que ficavam penduradas nas árvores que poderiam estrangular Norman e que existiam raízes no chão em maçarocas zangadas e emaranhadas que podiam fazê-lo tropeçar e cair. Que havia uma chuva capaz de afogar Norman se ele ficasse exposto a ela por muito tempo. Que havia erupções de vulcões cujas cinzas podiam fazê-lo sufocar. Por que você está sorrindo?, MacLeod me perguntou. Ele podia ver meu rosto à luz da lua que entrava pela janela.

Mal posso esperar para chegar, falei, é como se a vida inteira eu tivesse esperado para morar lá e agora finalmente houvesse chegado a hora.

A maldita umidade daquele lugar faz os meus ossos doerem e a minha bunda fica toda assada, ele disse. Eu ri quando ele falou isso, mas ele me mandou ficar quieta, porque Norman estava dormindo, então cobri a boca, já que não conseguia parar de rir. Depois, MacLeod disse que não conseguia dormir, então se sentou na cama estreita que dividíamos e acendeu o cachimbo. Eu olhei a fumaça subir em direção ao teto a nos cobrir como um céu tomado pela neblina. Foi sob as nuvens de fumaça do cachimbo que eu decidi fazer amor com ele. Java seria um recomeço para nós. E eu queria começar bem.

UM CABELO

Ela só podia frequentar o pátio sozinha. As outras prisioneiras saíam antes. Ela ficava isolada, disse Bouchardon, porque as outras mulheres podiam arrancar seus cabelos e seus olhos se a vissem. Haviam dito a ela que as espiãs eram piores que as putas ou as ladras ou as assassinas de bebês. Não havia nada no pátio. Só mais pedras à sua volta. Ela procurava os sinais das outras mulheres prisioneiras que tinham passeado por lá mais cedo. Se estivesse chovendo, às vezes podia ver uma pegada no chão de pedra, embora o contorno se desfizesse depressa, coberto pelos pingos da chuva. Mas ela queria andar naquelas pegadas, saber como se sentiria andando nos passos que outra mulher pisara.

De vez em quando havia um feixe de cabelos na parede, preso à superfície áspera de uma pedra, balançando ao vento. Ela o tirava do muro, erguia-o com a mão e deixava que o vento o levasse por cima da muralha de pedras para algum outro lugar. Depois de 15 minutos, ela tinha de voltar à cela.

Ela entrava, sentava-se no catre e fechava os olhos. O muro, o céu, os passarinhos, tudo o que havia visto no pátio ficava gravado em prata sob suas pálpebras, e ela os observava pelo tempo que pudesse, até que a imagem ficasse embaçada e a escuridão tomasse seu lugar.

O OGRO

No litoral, as praias eram lisas e varridas pelo vento. A areia era branca e fina e nada parecida com os bancos de areia que eu tinha cruzado para chegar a Ameland. Descemos a terra pela primeira vez para partir rumo a nossa casa e vimos cachoeiras branquinhas e brilhantes caírem de pântanos rasos e largos estuários. Sob nossos pés, botões de flores brancos e cor-de-rosa cobriam a trilha arenosa e árvores retorcidas ladeavam o oceano escaldante, onde enormes ondas se formavam e arrebentavam, se formavam e arrebentavam. Nunca traga Norman aqui, disse MacLeod, e seguimos em frente.

Por toda a savana, pintada de dourado e laranja a cada novo alvorecer, touros banteng negros rugiam vigorosamente e deixavam uma trilha de pegadas na areia e nas bordas das poças de lama onde ficavam. Longe dos touros, fêmeas cor de cortiça se alimentavam pacificamente com os novilhos embaixo delas, timidamente olhando por trás das patas de suas mães para a neblina que descia ao chão e lentamente punha um fim ao calor cada vez mais inclemente do dia.

Zanzando em frente aos touros banteng, havia pequenos grupos de cervos rusa e javalis e, nas árvores, calaus malhados engrinaldados pulavam de um lado para o outro e então, de repente, voavam batendo poderosamente suas asas, o que nos fazia pular de susto. Os javalis podem matar um menino facilmente, disse MacLeod enquanto eu assistia às águias e aos gaviões alçarem voo sobre nós, seus olhos atentos para esquilos e ratos que estivessem correndo pelo solo cheio de galhos secos e folhas caídas, iluminados pelas frestas por onde o sol penetrava. MacLeod tapava os ouvidos. Ele não gostava do barulho constante de insetos zumbindo e chiando, que, como o som das ondas que arrebentavam na costa, não parava nunca.

Passamos por uma trilha estreita coberta de trepadeiras tão grossas quanto os braços de MacLeod e cujas flores eram de tonalidades amarela e vermelha, radiando no meio do verde. Uma flor roxa com caule roxo foi colhida pelos javaneses que carregavam a nossa água. Os habitantes da região usam-na como afrodisíaco e para fazer cera para velas, MacLeod me disse. Não toque nela, pode ser venenosa. Aliás, não colha nada que cresça por aqui e só coma uma fruta se a vir servida no restaurante do comissariado.

Entrelaçadas nos galhos mais altos, as orquídeas cresciam, e a terra úmida era rica e escura, suavemente pressionada pelas folhas que cobriam os montes. Eu estava toda encolhida e úmida em meio à folhagem quando MacLeod disse um palavrão, mandou que os javaneses que carregavam a nossa água parassem e bebeu bastante dos cantis que eles levavam, enquanto eu olhava para cima e ouvia o turbilhão de ruídos vindo do que MacLeod disse serem macacos da folha de prata, gibões e macacos de cauda longa. Um pássaro mainá olhava fixamente para nós do alto de um galho e então voou e logo um martim-pescador ocupou seu lugar. MacLeod apontou para uma pegada e depois para a sombra das árvores. Aqui está cheio de gatos-da-selva, ele disse, de leopardos pretos e pintados e também de civetas. Eles podem atacar um ser humano sem hesitação, ainda mais se for um menininho. Não é, Tekul?, perguntou, dirigindo-se a um dos javaneses que levavam água. Tekul assentiu e sorriu. Sim, senhor, disse ele, e passou-lhe o cantil mais uma vez.

Não, seu idiota, eu já terminei de beber água. Estou falando sobre os felinos, os felinos, ele disse. Eles podem matar uma pessoa, não podem? Diga à minha esposa que podem matar alguém em um minuto.

Tekul assentiu mais uma vez. Sim, madame, disse ele. Se algum dia a senhora vir um felino, saia correndo.

Você já viu algum?, perguntei.

Não, ninguém nunca vê esses felinos. Eles veem você primeiro e também correm primeiro, respondeu Tekul.

Então eu acho que não tenho muito o que me preocupar com eles, concluí.

Não ouça o que ele diz, interveio MacLeod. O que é que ele sabe? Os habitantes locais são todos uns imbecis, isso é a primeira coisa que você tem que aprender. Os felinos provavelmente estão nos observando agora mesmo, prontos para atacar. Vamos para a cabana.

Não demorou muito e eu passei a adorar a cabana que chamávamos de lar, mas MacLeod sempre se referia a ela como a cabana. Eu costumava tirar os sapatos antes de subir a escada feita de bambu cortado ao meio e andava pelas esteiras de palha frias, cujo leve aroma era caloroso e rico, aspirando profundamente, sentindo também o cheiro ardente do sambal e do *nasi goreng* que Kidul, a esposa de Tekul, preparava na cozinha.

Norman estava com Kidul. Um dia ele brincava com um fantoche *wayang kulit* de couro no chão, enquanto Kidul fritava o arroz para o *nasi goreng* e disse a Norman que ia lhe contar a história do ogro que formara o vulcão. Eu fiquei na porta da cozinha, olhando meu filho e também ouvindo a história de Kidul.

O ogro, ela começou, morava no platô do centro, governado por um rei que tinha uma linda filha. Quando o ogro pôs os olhos na filha do rei, ficou perdidamente apaixonado. O rei não queria que a filha se casasse com uma criatura tão horrorosa, mas o que ele poderia fazer? Se dissesse não ao terrível ogro, o ogro poderia destruir seu reino. Então, o rei decidiu desafiar o ogro para ver o quanto ele era forte e saber se seria merecedor da mão da sua filha. Eu o desafio a cavar um vale bem profundo até o amanhecer usando apenas a metade de um coco, disse o rei ao ogro. O rei imaginou que a tarefa seria difícil demais para o ogro, mas o ogro trabalhava rápido e à medida que a noite avançava, parecia que ele completaria a missão. O que posso fazer?, perguntou-se o rei.

Ele ficou muito preocupado. Não vou deixar que minha filha se case com esse ogro escabroso! À meia-noite, ele chamou toda a criadagem. Soquem o arroz agora!, ele ordenou, que era o que os criados faziam todo dia ao nascer do sol. O rei sabia que o som dos criados socando o arroz acordaria os galos e os faria cacarejar, porque os galos sabiam que quando o esmagamento do arroz começava, o sol também levantava.

O ogro, ocupado com sua meia casca de coco, ouviu os galos cantando. Já deve estar amanhecendo. Eu fracassei! Nunca vou me casar com a bela filha do rei! Ele chorou de raiva e saiu correndo, largando a casca do coco no chão, cuja forma se transformou num vulcão, e então o ogro saltou nas chamas que se erguiam da cratera.

Olhe pela janela, disse Kidul. O que você vê é a casca do coco de cabeça para baixo. Esse é o nosso vulcão, ela disse. E o cheiro ruim no alto do vulcão vem do corpo do ogro, que continua a queimar na cratera.

ENTRELINHAS

Nenhuma resposta chegava do consulado holandês, ou de sua filha. Mas ela já estava acostumada ao silêncio da moça. Sabia que MacLeod nunca lhe mostrava as cartas que ela mandava. Porém, ali na prisão, ela estava mais propensa a acreditar que as cartas nunca eram postadas, que ficavam abertas sobre a mesa de Bouchardon. Agora ele também sabia da história do ogro, porque foi sobre isso que ela escreveu à filha, perguntando-lhe se se lembrava da história, contou-a mais uma vez, para o caso de ela não se lembrar, só porque gostava da história e porque gostava de se lembrar da filha e de Norman, antes de Norman morrer, e queria que a filha se lembrasse do irmão do mesmo jeito que ela se lembrava dele, brincando com o fantoche *wayang kulit* e fazendo sombras na parede enquanto encenava as histórias que Kidul contava da ilha, ou outras que ele mesmo inventava. Bouchardon provavelmente erguia as cartas contra a luz, buscando nas entrelinhas indícios de alguma tinta secreta que ela pudesse ter usado. Talvez houvesse alguma coisa nas lágrimas que pudesse fazer as vezes de uma tinta invisível, porque tudo o que terminava entre as linhas nas páginas escritas para sua filha eram lágrimas que ela não conseguia segurar e que caíam de seus olhos e pingavam na página que falava sobre um ogro, um rei e sua linda filha.

NÃO FOI UM NOVO COMEÇO

MACLEOD MAL PARAVA em casa e, quando parava, se mantinha ocupado dando uma busca nos ambientes. Ia até a varanda, movendo os grandes vasos de buganvília, flor de lótus e seringueira, cujas folhas, parecidas com as pás de um remo, pairavam pesadamente sobre sua careca, enquanto ele se ajoelhava e arrastava o vaso para o lado, à procura de escorpiões escondidos ou de uma naja venenosa enroscada na base de cerâmica.

Depois de se certificar de que a casa estava segura, ele ia brincar com Norman. Gostava de mostrar a ele como marchar e como segurar uma arma. Você pode ser igual ao papai, dizia ao filho. Mas uma vez Norman puxou, da parte de trás da calça, um punhal malaio que Tekul havia talhado para ele a partir de uma raiz de mangue. Isso é muito melhor que uma arma, disse Norman a MacLeod. Meu punhal é mágico e pode matar ladrões sem a minha presença. Ele pode até impedir que ondas gigantes se formem no mar e pode deter a lava que desce dos vulcões. MacLeod pegou das mãos de Norman o punhal talhado e o quebrou no parapeito de madeira da varanda. Depois, jogou no jardim os pedaços, que caíram sobre as flores de jasmim, desmanchando seus botões. O cheiro subiu até a varanda onde eu estava e onde MacLeod me disse que era tudo culpa minha e que eu nunca deveria deixar os criados contarem histórias como aquelas para o menino. O coitadinho do Norman chorou ao ver o punhal malaio todo quebrado. Eu tentei remendá-lo com cola, mas não deu certo. Praguejei, segurei Norman nos braços e contei a ele que eu também era capaz de fazer o que o punhal malaio podia fazer. Por ele, eu mataria os ladrões, impediria as ondas gigantes e deteria as lavas do vulcão. Norman me perguntou como é que eu seria capaz de fazer tudo isso, e eu lhe respondi que quando você ama alguém do jeito que eu o amava, todas essas coisas eram possíveis, e ele riu e disse que eu não podia fazer tudo isso, e eu disse que achava que podia. Não acredite nessas histórias da sua mãe, filho, ela não pode fazer nada disso, gritou MacLeod do outro quarto.

Um dia, entrei nas lojas da cidade que vendiam roupas feitas na Holanda. Lá estavam elas, em cores densas, penduradas nos cabides, e eu dei uma olhada em todas, mas o que chamou minha atenção não estava pendurado na loja. Era o que eu via nas mulheres da ilha que andavam pelas ruas. Seus claros sarongues de seda, cobertos de desenhos de flores cujas pétalas pareciam explodir do tecido; eram mais bonitos do que qualquer roupa que eu já vira na vida. O sarongue também chamava a atenção das mulheres dos outros militares, que me diziam não serem capazes de imaginar vestir algo tão brilhante e espalhafatoso. Comecei a usar sarongues todo dia, e a seda farfalhava quando eu andava e uma brisa suave batia e o levantava levemente, acordando algo que existia entre minhas pernas.

Quando eu andava pela trilha, os macacos da folha de prata gritavam alto e pulavam de um cipó para o outro, me seguindo enquanto eu passava. Kidul me mostrou como ela conseguia descascar uma manga com os dentes e me levou a uma caverna onde os morcegos ficavam pendurados de cabeça para baixo e cobriam as paredes e o teto de pedra de tal maneira que a caverna parecia ser formada por morcegos e não por rocha. Quando os ratos cruzavam nosso caminho, Kidul notou que eles não eram tão gordos, nem tinham caudas tão longas quanto as 25 ratazanas que Tekul pegara e dera a seu pai no dia de seu casamento.

As ratazanas foram o seu dote?, perguntei, e quando contei a Kidul que meu pai não tinha recebido nenhum dote no meu casamento, ela baixou os olhos e balançou a cabeça, e de repente voltou a erguê-la, seus olhos negros brilhando, e disse: Tekul ainda é um excelente caçador de ratos e eu sei que ele pode pegar pelo menos mais 25 e poderia dá-los de presente ao seu pai! Então foi a minha vez de fazer Kidul rir, dizendo-lhe como as mulheres dos militares gritariam igual aos macacos da folha prateada se tivessem que viajar até em casa com 25 ratos gordos e de cauda longa. Aí Kidul me mostrou como fazer uma trança no meu cabelo e misturar os botões de flores brancos e cor-de-rosa que se espalhavam pelo solo da floresta.

MacLeod às vezes me procurava de madrugada, depois de ter ficado um tempo no clube dos oficiais ou de ter estado com as mulheres da ilha que ele pagava por hora. Eu ficava sentada na cama, pronta para quando ele chegasse, mas acho que ele gostaria mais se me encontrasse dormindo ou com raiva dele ou se eu pelo menos lhe dissesse não ou tentasse afastá-lo. Eu tentava aproveitar o momento e me esforçar para agradar MacLeod. O gordo e velho Heer Wybrandus, lá da escola na Holanda, tinha sido um bom professor. Eu sabia o que fazer, mas depois MacLeod dizia que eu não passava de uma puta. Às vezes ele pegava meu sarongue e o cortava em dois e depois em quatro e atirava os pedaços em cima de mim, enquanto eu continuava na cama depois do nosso empenho, sem saber se o suor que secava em minha pele era dele ou meu. Então ele ia para a sala dormir no sofá de bambu, que era pequeno demais para ele, e nas primeiras horas do dia eu podia ouvir os estalos do bambu de quando ele esticava os pés contra o braço do sofá, tentando caber ali. E então, no calor da escuridão, com uma flor de lótus do tamanho de uma lua crescendo lá fora, eu pensava na minha travessia pelas areias geladas do mar até Ameland, e tinha certeza de que Java não era o novo começo com que eu sonhava, nem para MacLeod, nem para mim.

NO PAPEL DE XIVA

Havia um espelho no meu quarto em que eu podia ver meu corpo inteiro. Podia ver minhas pernas compridas, meus braços firmes, meu abdômen rígido e meus seios pequenos. Às vezes Kidul vinha me ajudar a prender o sarongue e eu ficava com ela de pé em frente ao espelho, ela atrás de mim, e com os quatro braços nós fingíamos ser Xiva. Ela me mostrou como dançar com as mãos esticadas e as palmas erguidas para o sol. Então nós comíamos com as pontas dos dedos e Norman disse que ia contar ao pai sobre nós, ia contar que eu estava me comportando como uma selvagem. Ele veio até mim com seus pequenos punhos, me bateu na cabeça e puxou meus cabelos, e nisso as pétalas de flores cor-de-rosa e brancas caíram de minhas tranças. Eu o segurei firme e não permiti que me batesse mais e ele se debateu de um lado para o outro em meus braços, tentando se libertar enquanto mais pétalas de flores brancas caíam dos meus cabelos sobre o rosto dele, sobre seus olhos.

ATRAVESSANDO POÇAS D'ÁGUA

Quanto mais MacLeod bebia, mais ela aprendia o que havia para se aprender na ilha, e quanto mais ela usava seus sarongues, bebia chá de jasmim e comia *nasi goreng* com as pontas dos dedos, mais vezes encontravam MacLeod nas beiras das estradas de terra, com o uniforme sujo e o chapéu no chão ao lado e borboletas aterrissando e abrindo as asas planas e tomando sol em sua careca coberta de suor e cheirando a bourbon.

Nada muito diferente de suas visitas a Bouchardon, ela pensava. Quanto menos ele falava, mais ela abria a boca. Quanto mais ele batia com o lápis no bloco de papel, mais ela matraqueava os nomes dos alemães que conhecia, quanto mais ele roía as unhas, mastigava-as nos dentes da frente e depois as engolia, mais ela falava dos amantes que havia tido. Contava qual era a cor do cabelo deles e o perfume que usavam e os presentes que lhe davam: anéis que compravam de outras mulheres nos restaurantes, se ela, *en passant*, mencionasse que havia gostado. Ela sabia a marca dos sobretudos de seus amantes, que eles tiravam das costas e jogavam sobre as poças d'água para que ela pudesse atravessar a rua sem molhar os sapatos. Ela sabia que Bouchardon iria pensar que tudo isso eram pistas que provavam sua culpa, e ela o alimentava nesse sentido, perguntando-se quando é que ele iria se dar conta de que o que ela estava lhe contando eram apenas as lembranças de uma mulher de meia-idade que um dia tivera muitos amantes, e não eram as lembranças de uma espiã sem coração tentando derrotar as Forças Aliadas.

AS CHUVAS

Fiquei grávida de Non quando a grama *lyang-lyang* estava o mais alta possível e isso significava, pelo que dizia Kidul, que as chuvas estavam prestes a começar. As chuvas eram como o som das ondas no oceano, que nunca paravam, ou como o zumbido dos insetos, que também não parava, só era pior porque era chuva e não se podia usar chinelos pois espirrariam água até o alto de nossas pernas e por isso caminhava-se na chuva descalço, com a água até o tornozelo, passando por folhas de palmeiras que boiavam e pisando em pedrinhas e seixos, que deslizavam sob as solas dos nossos pés enquanto se ia de um lado a outro, o sarongue grudado nas pernas, delineando os músculos das coxas e a rótula do joelho, e as cores do sarongue escorrendo, de forma que à noite, antes de se deitar, quando o tirávamos, estávamos lambuzados de verde, azul ou vermelho da tinta que se soltara e ficávamos com jeito de quem acabou de chegar da floresta e estava no processo de trocar de pele, ou de deixar a lã crescer, relegando-se a um estado primitivo, de modo que éramos então a criatura ideal para se camuflar: podíamos ficar sentados no solo da floresta e nunca seríamos percebidos.

Quando MacLeod soube, ele disse: É um menino, é melhor que seja menino.

Quem vai saber?, eu disse, e dei de ombros, e ele me perguntou o que era aquilo, algum tipo de gesto que Kidul havia me ensinado? Era para conjurar os deuses ou afastar os maus espíritos, ressuscitar os mortos ou manter os mortos bem mortos?

Gostaria de ir à festa dos oficiais esta noite, eu disse.

O que eu gostava nos outros militares é que cada um tinha um jeito diferente de dançar. Um dançava como se estivesse o tempo todo com medo de que eu fosse cair e me segurava com força. Outro dançava como se eu fosse algo grudento do qual ele não conseguisse tirar as mãos. Outro, por sua vez, dançava como se houvesse uma coluna de distância entre nós. Um chegava a dançar como se o chão estivesse pegando fogo, e outro, ainda, como se estivesse apagando um charuto, e outro como se tivesse perdido uma moeda de ouro e estivesse procurando por ela. Um outro dançava como se estivesse com os joelhos doendo, e depois eu soube que estava mesmo. Um dançou como se quisesse fazer amor comigo, e depois eu soube que de fato queria. Outro dançava como se já tivesse feito amor comigo e eu tive de lhe dizer que isso nunca havia acontecido e ele disse que sim, já havia, eu é que não lembrava. Um dançava como se fosse um menino — era o meu Norman. Eu o ergui nos braços e rodopiei pelo salão e beijei as costas de suas mãozinhas gordinhas, enquanto ele acenava para o pai, que estava sentado à mesa com o queixo no peito, dormindo ruidosamente.

No início eu passava horas vendo a chuva cair. Kidul, Norman ou MacLeod tinham de me arrastar para longe da varanda. Eu não conseguia acreditar que Java não fosse sair flutuando por aí. Comecei a acreditar que estávamos realmente flutuando. Como é que não percebíamos? O que havia para nos ancorar a um único ponto do mar? Eu queria sentir a terra seca, mas não havia nenhuma por ali. Até o solo nas estufas era preto e esponjoso, molhado como se lá dentro tivesse chovido com a mesma força como ali fora.

Uma vez a chuva veio com um som diferente, como se fosse uma batida na porta, e eu estiquei a cabeça para ouvir, pensando que talvez ela estivesse trocando de marcha, mas era exatamente o que eu tinha ouvido, uma leve batida na porta de bambu da minha casa.

Era o militar que havia dançado como se quisesse fazer amor comigo. A chuva pingava do chapéu dele e escorria das pontas de seus dedos, e eu a vi construir formas de continentes e massas de terra que se modificavam em cima de seus sapatos pretos e, depois, no meu tapete de palha. Ele estava ali para me dizer que eu podia vê-lo como uma espécie de troca.

Uma troca pelo quê?, perguntei.

Pela garota javanesa que eu vi com o seu marido ontem à noite.

UMA BOA TROCA

Ele se sentou no meu sofá com suas longas pernas parcialmente abertas enquanto usava a toalha que eu havia lhe dado para enxugar a chuva do cabelo. Seus olhos exibiam matizes diferentes de verde e eu passei um tempo só olhando para aquelas cores, sem tentar ler o que ele estava me dizendo com eles. Tinha até amarelo em seus olhos. Ele esticou a mão e a pousou em minha perna e seu polegar parecia mostrar o caminho, viajando ao norte para o interior da minha coxa, de onde ele disse ouvir uma pulsação. Foi ali que ele pôs os lábios primeiro, depois de abrir bem o meu sarongue. Lábios ainda molhados de chuva.

Não estou interessada, falei. Meu filho está dormindo no quarto. A enfermeira está com ele e ela tem o sono muito leve, tem medo de maus espíritos a pegarem no colo e a levarem daqui.

Conduzi-o até a porta enquanto ele me dizia que seu nome era Willem e que iria voltar, porque sabia que ainda haveria muitas garotas javanesas e que eu tinha muitos créditos antes de empatar o jogo com o meu marido.

No escuro, sozinha na cama, com o som da chuva caindo, lembrei-me da sensação dos lábios dele em minhas pernas e como era seu peso sobre mim, o topo da sua cabeça, quente, roçando perto do meu púbis.

Às vezes Tekul segurava o guarda-chuva sobre a minha cabeça enquanto caminhávamos, e ele seguia na chuva, a água caindo em seu rosto como uma cachoeira. Falei para ele ficar embaixo do guarda-chuva comigo, mas ele balançou a cabeça: o Sr. MacLeod não iria gostar disso. Quando chegamos à loja, Tekul ficou me esperando do lado de fora, com o guarda-chuva fechado ao lado do corpo. Quando saí, ele imediatamente voltou a abri-lo, para que não caísse uma gota de chuva sobre mim. Uma vez eu abri mão do guarda-chuva e voltamos para casa com ele fechado, sob o braço de Tekul. Vamos fingir que não está chovendo, falei para ele. A chuva caía aos borbotões. Tinha uma força que parecia capaz de dobrar as pontas das orelhas de Tekul. Ela soltou meu coque, e meus cabelos pretos se espalharam pela cabeça, e todos os meus cachos se desfizeram e meu cabelo ficou todo esticado, cobrindo os meus seios.

Na rua, Tekul viu sua mãe, que estava atrapalhada segurando o queijo e o chá importados que havia comprado na cidade para o oficial para quem ela trabalhava, e eu disse a Tekul que corresse até lá e a acompanhasse até a casa dela com o guarda-chuva, para não estragar as compras do empregador dela e, assim, ela não ser chamada de descuidada.

Voltei para casa sozinha e quando dobrei a esquina quase dei um encontrão em Willem. Naquela hora, a chuva estava ainda mais forte e eu não consegui ouvir o que ele estava me dizendo. Ele me pegou pelo cotovelo e me fez passar por algumas casas até chegar a uma em frente à qual ele parou, tirou uma chave do bolso e abriu a porta.

Bem-vinda, disse Willem. Dessa vez ele é que foi buscar uma toalha. No entanto, não me deu. Postou-se atrás de mim e secou meu cabelo, depois me virou de frente para ele, colocou a toalha sobre o meu peito e começou a mover a mão em círculos de uma certa maneira, erguendo-a e me apertando, os dedos se mexendo sobre a toalha, seu polegar encontrando meu mamilo e fazendo círculos e mais círculos em volta.

Ele passou a toalha em minhas nádegas e depois na frente, para cima e para baixo pelas minhas pernas, e dessa vez não abriu muito o meu sarongue. Em vez disso, com os dentes, desfez o nó e o sarongue caiu no chão. Suas duas mãos agora se ocupavam em me secar; foram até meu tornozelo, que ele secou com carinho, e depois jogou a toalha de lado e começou os beijos por ali, nos ossinhos do meu tornozelo.

Estou grávida, eu disse a ele.

Ótimo, assim não vai poder engravidar outra vez, replicou Willem, e me pegou nos braços e me carregou até a cama. Eu o virei de modo a ficar por cima, ao que seus olhos verdes salpicados de amarelo sorriram para mim, e eu fiquei contente de ver sua cor depois de tantos dias de céus cinzentos e chuvas fortes. Desabotoei seu uniforme e sua camisa, deixando-as bem abertas a seu lado na cama, como as asas de um morcego esticadas contra a parede de uma caverna.

Quando permiti que ele entrasse em mim, seu tamanho me deixou sem ar. Ele quis saber se eu estava bem e eu disse que precisava de um tempo para me acostumar a ele e ele disse que gostou de eu ter dito isso porque de fato queria que eu me acostumasse.

Depois do ato, percebi que meu cabelo úmido, seu uniforme molhado e nosso sexo haviam deixado os lençóis encharcados e comecei a retirá-los da cama para ele, mas ele me deteve e perguntou o que eu estava fazendo. Foi aí que percebi que Tekul poderia estar me procurando. Estou indo embora, falei, e saí correndo porta afora, e ele veio atrás de mim, parando na soleira com o uniforme e a camisa ainda desabotoada, chamando meu nome, gritando Margaretha, Margaretha. Mais tarde, quando eu já estava longe da sua casa, eu ainda podia ouvi-lo me chamar, mas sabia que estava só imaginando e que o que eu estava realmente ouvindo era apenas a chuva.

Daquele dia em diante, a chuva continuou dizendo sempre isso. A noite inteira ela chamava o meu nome, e eu tentava fazê-la parar. Tentei dormir com a cabeça sob os travesseiros. Peguei um lençol e fui dormir no chão ao lado de MacLeod, porque sabia que os roncos dele, de tão altos, eram capazes de afogar o meu nome na chuva, mas MacLeod não estava no sofá, ainda não voltara, estava na rua aumentando sua vantagem, marcando mais pontos, dormindo com mais mulheres.

Fui ver Norman e ele estava sonhando. Pude ver seus olhos se mexendo sob as pálpebras. Ele respirava tão baixinho que parecia nem estar respirando, então eu o sacudi, tentando acordá-lo, pensando que talvez pudesse ler uma história para ele ou que nós poderíamos brincar de bater palminha e então meu nome na chuva não seria ouvido acima do barulho de nossas palmas. Mas Norman não acordou, seus olhos pararam de se mexer e com isso ele parou de sonhar. Ele se virou para o outro lado, murmurando alguma coisa que eu não consegui ouvir. Mas que droga, pensei, por que as bocas das crianças são tão pequenas?

TANTAS PERGUNTAS...

Ela disse ao médico, enquanto ele ouvia seu coração, que o estetoscópio dele parecia muito velho, como se os ratos já tivessem tirado alguns pedaços, e que talvez ele, o médico, já tivesse passado tempo demais ali na prisão. Ele respondeu que não era como um prisioneiro e que poderia, evidentemente, ir embora quando bem entendesse. Ele tinha um jardim em casa do qual cuidava. Plantava grãos, alface e rabanete. Disse que lhe traria um pouco na próxima vez, mas é claro que ele não podia fazer isso, era só para ter o que dizer, assim como as pessoas dizem "saúde" quando alguém espirra; elas fazem isso sem pensar.

Ela contou que havia expelido sangue naquela manhã quando tossira, e mostrou-lhe que, quando procurava manter a mão firme, tremia. Passou um pente no cabelo e mostrou quantos chumaços se desprendiam a cada vez que ela puxava o pente. Disse também que, quando estava cansada, sabia que lhe surgiam linhas vermelhas nos olhos, mais parecendo um emaranhado complicado de estradas que se entrecruzavam e bifurcavam, num mapa de um lugar no meio do nada. Perguntou se estava com essas linhas vermelhas nos olhos, naquele momento? Mas é claro que o senhor não pode ver. Como poderia enxergar com uma luz assim? Mas ela sabia que as linhas estavam lá, podia quase senti-las sob as pálpebras, como se as linhas fossem em alto-relevo e seus olhos fossem uma espécie de mapa em relevo, sendo possível seguir com as pontas dos dedos as estradas que iam dar em lugar nenhum.

Ele lhe deu comprimidos para dormir e seus sonhos foram tão profundos quanto seu sono, e quando ela acordou, sentiu-se como se tivesse precisado atravessar camadas e mais camadas de sono para chegar à superfície.

Ela nunca sabia quando Bouchardon mandaria chamá-la. Quando ele a chamou, mandaram um guarda para escoltá-la até a sala dele. O guarda esperou um tempinho enquanto ela calçava os sapatos de rua e o vestido azul-marinho que usava no dia em que fora presa. Ela pediu um copo d'água e o guarda arranjou-lhe um e ela o usou para ver seu reflexo. Então mergulhou dois dedos no copo e usou a água para alisar o cabelo duro e grisalho que tinha nas têmporas, fios que haviam se soltado do coque que ela usava na cabeça.

Ela ainda sentia o efeito dos comprimidos para dormir quando se sentou na cadeira que Bouchardon lhe ofereceu, e torceu para que as respostas que fosse dar às perguntas dele não saíssem vagarosas ou parecessem pouco inteligentes.

Ele tinha tantas perguntas! Quanto foi que os alemães lhe pagaram? Onde ficava o quarto onde a sua empregada dormia?

Sua empregada dormia de máscara? Sua empregada tomava comprimidos para dormir? Sua empregada ficava acordada até tarde, lendo na cama?

Você está me perguntando se a minha empregada era espiã?, ela indagou. Ele roía a unha e mastigava, respondendo por entre os dentes cerrados, para não deixar cair no chão o pedacinho de unha que estava mastigando.

E era?, ele perguntou.

Não, claro que não.

Tem certeza?

Ela era minha empregada. Levava meus agasalhos para a lavanderia, fervia a água do chá, arrumava meus sapatos no armário.

Ela aceitava dinheiro dos seus amantes em seu nome, não aceitava?, ele perguntou.

Às vezes, porque assim ela me mandava o dinheiro onde quer que eu estivesse.

E onde você estava?, ele perguntou.

Como assim?

Onde você estava quando ela lhe mandava dinheiro?, ele insistiu.

Em qualquer lugar, por toda parte. Eu me apresentei na Itália, em Berlim, na Espanha, na França, em Haia, o senhor sabe disso, ela respondeu.

Ele assentiu com a cabeça. Bateu com o lápis no bloco. Depois foi até a janela e ficou tamborilando com os dedos no parapeito.

Eu não sou uma espiã alemã, ela disse. Os dedos dele continuaram tamborilando. Aí ele se virou.

Por hoje é só, disse.

MATA HARI

Eu tinha de mudar meu nome. Estava cansada de ouvi-lo rufando na chuva. Foi Kidul quem sugeriu Mata Hari. Disse que significava o olho da alvorada, o amanhecer. Gostei do nome, não o ouvia na chuva. Imaginei que eram os raios de sol que o formavam quando brilhavam sobre a floresta e secavam a terra encharcada.

MacLeod riu quando ouviu Kidul me chamar de Mata Hari pela primeira vez. Está mais para o olho de uma tempestade, disse, e bateu na própria perna e riu um pouco mais.

Norman subiu em seu colo e MacLeod examinou o cabelo dele, olhando de perto o couro cabeludo, dizendo que outros oficiais falavam que os filhos estavam tendo piolhos por causa dos criados. Dê uma olhada neles, ordenou MacLeod.

Nossos criados não têm piolhos. Se tivessem, teriam me dito, falei.

Você confia demais neles.

Quando ele disse isso, percebi que a única pessoa em quem eu não confiava era MacLeod. Ele tirou Norman de cima da perna, saiu e não voltou mais naquela noite.

Norman me chamou de Mama Hari e eu amei quando ele disse isso, eu o peguei, o abracei e ele me abraçou também e sussurrou no meu ouvido: eu não te entreguei, não contei ao papai que ouvi você falando malaio.

Saya tidak mengerti, não compreendo, falei para Kidul quando ela perguntou se eu tinha dinheiro para comprar um chifre de rinoceronte.

Você coloca embaixo da cama para a hora que o bebê chegar, respondeu Kidul.

Saya tidak mengerti, eu disse de novo, para que eu vou querer um chifre de rinoceronte?

Não custa nada você arranjar um. O chifre do rinoceronte é poderoso. Se não tiver dinheiro suficiente para comprar, pode alugar. Tekul conhece alguém que pode lhe alugar um por um bom preço.

Berapa?, perguntei.

Talvez *seribu*, respondeu Kidul.

Falei que, por essa quantia, eu preferia aguentar as dores do parto e ficar com o dinheiro para comprar roupas ou sarongues novos.

MACACOS GIBÕES entraram pela porta naquela noite. Foram até a minha penteadeira e pegaram meus pentes, depois foram à cozinha e pegaram uns garfos, depois foram ao quarto de Norman e pegaram um carrinho de brinquedo feito de ferro Kidul e eu acordamos quando eles entraram, gritamos para eles irem embora, e os macacos gritaram e viraram uma mesa e uma cadeira e um deles mijou na parede e outro golpeou meu espelho com as costas da mão peluda ao ver o próprio reflexo. Quando MacLeod descobriu, teve certeza de que os gibões levariam Norman na próxima vez, por isso passou a ficar sentado numa cadeira na varanda durante a noite com a mão na arma e ficava esperando os macacos reaparecerem. Ele quase deu um tiro em Willem quando ele apareceu de madrugada. Mas MacLeod errou e a bala penetrou no chão.

Pensei que fosse um gibão, disse MacLeod na varanda, se desculpando depois de Willem gritar, e então olhou no relógio, virou-se e me viu debruçada no parapeito da varanda sem nada a não ser um robe de seda para ver o que tinha acontecido, e foi então que ele percebeu por que Willem havia aparecido no meio da noite e apontou a arma para a minha cabeça e disse: Você é nojenta.

Virei-me e voltei para a cama, mas MacLeod puxou as cobertas de cima de mim, me pegou pelos punhos e me jogou porta afora. Alcancei Willem na chuva. Ele tirou o casaco, colocou-o sobre a minha cabeça e juntos entramos em sua casa.

Será que ele vai vir aqui me dar um tiro?, Willem perguntou.

Acho que não falei, e Willem disse que também acreditava que não. Falei para ele que àquela altura MacLeod já estaria bêbado e dormindo no quarto de Norman. Às vezes, quando ficava muito bêbado, ele ia para lá, se ajoelhava ao lado da cama de Norman, ficava olhando o filho adormecido e acabava dormindo com a cabeça na cama do menino, segurando a mão dele. De manhã, quando eu ia dar um beijo em Norman, o cabelo dele ainda tinha o cheiro de álcool do pai, e eu então pedia a Kidul que desse um banho de rosas em Norman. Mais tarde eu lhe dava *buah* fresca e o deixava tomar um pouco do meu *kopi* matinal, para ajudar a tirar o cheiro.

Recostei-me na cama de Willem e ele soltou o cinto do meu robe de seda. Pensei que ele fosse deixá-lo de lado, mas ele colocou o cinto entre as minhas pernas, deslizando-o de um lado para o outro, de um lado para o outro, e então suavemente me beijando através dele, pousado sobre o meu púbis. Então ele segurou as duas pontas do cinto e começou a enfiá-lo em mim e retirá-lo, com cada vez mais pressão, e seus beijos agora eram mais profundos e a língua estava lá também, experimentando-me através do tecido, onde o meu molhado se juntava ao molhado de sua boca e então, finalmente, quando ele desabotoou a calça e entrou em mim, o cinto entrou com ele e ele dava estocadas, enfiando cada vez mais fundo e, bem na hora em que gozei, ele tirou o cinto de dentro de mim e eu gritei porque nunca tinha sentido nada parecido antes.

Saí da casa dele antes que a escuridão daquela noite chuvosa se transformasse no cinza de um dia de chuva. Antes de eu sair, ele me pediu para esperar, enfiou a mão no bolso e me deu um maço de florins. Não disse nada quando me deu o dinheiro, e eu também não falei nada. Talvez tenha feito que sim com a cabeça, mas foi só.

Mostrei a Kidul e ela disse que era dinheiro mais que suficiente para alugar um chifre de rinoceronte. Muito bem, pode alugar um, eu disse, porque talvez, quando chegasse a hora, eu fosse mesmo precisar.

MacLeod gostava de me contar sobre as outras mulheres que ele via na companhia de Willem. Ele gosta de peitos grandes, todas as putas dele parecem vacas que acabaram de ser ordenhadas, ele disse. Em comparação a elas, você deve ser uma decepção.

NON

O rinoceronte, ou *badak*, era de uma espécie de um chifre e era tímido. Eu mesma nunca vi um. Fui até o rio para ver, mas tudo o que eu vi foram miquinhos chiando e se jogando pelos galhos e, embaixo deles, nas águas pantanosas, um crocodilo navegando devagar enquanto uma cobra bem grossa se mantinha enroscada, escondida no tronco oco de uma figueira-de-bengala.

Com alguns florins que sobraram do dinheiro de Willem, pensei em pedir a Tekul para comprar um punhal malaio para mim, porque pensava que pudesse me dar força. A deusa dos mares do sul se casou oito vezes, mas em todas o marido morreu na noite de núpcias. Como nono marido, ela escolheu um homem santo, que, pela tradição wali, passava a noite rezando em vez de fazer amor com sua nova esposa. No meio da noite fria e escura, suas preces foram interrompidas por um ruído sinistro e ele viu uma cobra venenosa no travesseiro, perto da cabeça de sua noiva. Ele agarrou a cobra e a arremessou ao chão, onde, no instante seguinte, ela se transformou num reluzente punhal malaio.

Você pode se casar com um punhal malaio, Kidul me disse.

Já sou casada, respondi.

É, eu sei, mas mesmo assim pode se casar com um punhal, se quiser. Os homens sagrados da minha aldeia podem fazer os rituais.

Então fui até a aldeia dela e uma orquestra gamelan tocava seus estranhos instrumentos enquanto um teatro de sombras era encenado numa tela feita de pele de banteng pendurada nos galhos de uma árvore de pau-ferro. As peças eram encenadas por várias horas, e Kidul e sua mãe se misturaram entre os que estavam sentados no chão e os que ofereciam um adocicado *nasi goreng*, que carregavam em cestas na cabeça.

Era a história do príncipe Rama, que nasceu para livrar o mundo do demônio Ravana. A esposa de Rama, Sita, foi capturada por Ravana, e para conseguir libertá-la, Rama criou um exército de macacos liderado pelo macaco-rei e pelo macaco-general. Eles se atiraram em cima de Ravana e o mataram, e Sita foi devolvida a seu príncipe. Não foi só dessa história que me lembrei quando saí da aldeia, mas dos sons da orquestra gamelan, cujo ritmo constante continuou comigo na floresta, como um amante que não quer me deixar ir, e eu o senti me puxando pelos pulsos com a força de um macaco gibão. Eu quase fiquei, e desde então passei a sonhar em morar na aldeia de Kidul, onde todo dia eu poderia acordar só para ficar sentada no chão ouvindo a música do teatro de sombras, e à noite eu poderia dormir numa esteira de junco e sonhar com o rio.

Você não ficou para se casar com o punhal malaio, disse Kidul, caminhando ao meu lado, e eu disse que nunca mais ia querer me casar de novo, uma vez na vida já era o suficiente para mim, e, de qualquer maneira, tinha encontrado um novo amor que era mais poderoso que um punhal malaio: a música da orquestra gamelan.

É mesmo?, perguntou Kidul, e eu me virei e olhei para ela e toquei seu rosto moreno com a palma da minha mão, e falei. É só jeito de falar.

O PREÇO DO TECIDO

MacLeod escreveu algumas cartas para sua irmã na Holanda, contando como sua mulher parecia uma criança e como, com o passar dos meses, ela parecia ficar ainda mais infantil. Ele temia pelo seu filho e pela criança que ainda estava por nascer e pensava que algum mal poderia acontecer ao menino, porque sua esposa iria se esquecer de alimentá-lo ou de agasalhá-lo, porque ela era burra demais e passava o tempo flertando com os outros oficiais, experimentando sarongues e aprendendo malaio, quando ele a havia proibido de falar a língua. Ele escreveu que, não fosse pelos filhos, teria se divorciado da mulher, e que queria que eles tivessem uma mãe — pena que fosse ela.

Querido irmão, estou lhe enviando as camisas sob medida que você pediu. O alfaiate disse que esperava que as suas medidas não tivessem mudado desde a última vez, porque essas foram as que ele usou para confeccionar as peças. Além disso, o preço do tecido subiu 2 florins, e o trabalho dele, 1.

Quanto a Margaretha, sinto muito por saber que ela é um peso para você. Você precisa ser forte. Se ela se comporta como uma criança, então você tem o direito de tratá-la como uma, e discipliná-la. Ela teve muita sorte em encontrar um marido tão maravilhoso como você, e me entristece ouvi-lo dizer como é pouco valorizado por ela. Vamos torcer para que chegue um momento na vida em que ela se envergonhe da maneira como o trata e que mude para melhor, pelo menos para o bem das crianças. Por enquanto, procure fazer o possível para superar esta fase. Se tudo o mais falhar, tenho certeza de que não vai demorar muito para você achar uma mulher mais adequada, se acontecer de voltar para casa. Ah, e como eu gostaria que você voltasse! Gostaria muito de ver o bebezinho Norman de novo. Embora ele já deva ser um homenzinho a esta altura, e não aquele gorducho todo embrulhadinho que era na última vez que o vi. Dê um beijo em seu rosto por mim.

Sua irmã,
Louise

O CHIFRE DE BADAK

Acho que o chifre de rinoceronte embaixo da cama acabou ajudando. Quando chegou a hora, Kidul o colocou num prato de porcelana, e no prato ela colocou um pedaço de tecido batique, de modo que o chifre ficou com a ponta virada para cima. Quando vi a maneira como Kidul posicionou o chifre, eu ri e entendi por que isso ajudava a aliviar as dores do parto. A grávida em trabalho de parto passava o tempo todo preocupada, pensando que, se a cama e o colchão de pelo de cavalo desabassem, ela seria atingida em cheio nas costas. Assim, a dor diminuía diante do medo de morrer atingida pelo chifre de rinoceronte.

Exatamente quando eu achava que não poderia mais aguentar tanta dor, voltei a pensar na minha travessia do mar até Ameland. Lá estava eu de novo, a areia escura sob meus pés e a fria brisa do mar soprando em minha direção, como poeira branca no vento.

Kidul limpou e lavou o bebê que eu chamei de Non, embrulhou-o num pano e o levou à sala ao lado para mostrar a MacLeod sua nova filha. Fiquei olhando pela porta entreaberta e antes de MacLeod se erguer do sofá para ver o bebê, ele perguntou se era menino ou menina. Quando Kidul disse que era menina, MacLeod se levantou, mas não foi em direção a Kidul para ver a filha. Em vez disso, saiu de casa e foi beber alguma coisa no clube dos oficiais. Imaginei os outros homens perguntando, Será que você vai dar conta de duas mulheres na mesma casa, MacLeod?, enquanto pagavam bebidas para ele. E MacLeod sacudindo a cabeça, dizendo: Não consigo dar conta nem de uma.

Mas MacLeod voltou naquela noite e mais uma vez ajudou a tomar conta do novo bebê e se preocupou com os ruídos de animal que Non fazia enquanto dormia. Quando ela acordou chorando de fome, foi ele quem a pegou no colo, cuidou dela e se assegurou de que ela estava mamando corretamente no meu seio, e, enquanto eu a amamentava, ele colocou a mão no bercinho dela para que o lençol estivesse quente quando ela fosse colocada de volta. Quando fechei a fralda, MacLeod disse: Deixa que eu faço isso, você está apertando a coitadinha, e eu saí, fui me sentar na varanda e ouvir o zumbido dos insetos na floresta, pensando que, mais uma vez, minha filha estava começando a ser tirada de mim.

POR SOBRE O MURO

No pátio da prisão, ela notou mais um fio de cabelo preso à mesma pedra, como na véspera e também na antevéspera. Toda vez ela pegava o cabelo e o deixava voar ao vento, por sobre o muro da prisão. Era um fio de cabelo louro, e, quando o sol estava claro, ela não conseguia acompanhá-lo e não tinha como saber se ele estava realmente sendo levado por cima do muro ou se apenas tinha caído no chão.

A irmã Leonide disse que havia visita para ela. Clunet era seu advogado, e já havia sido seu amante, mas agora ele estava tão velho que seus olhos estavam permanentemente molhados e pareciam flutuar na cabeça, e era difícil de dizer se ele estava olhando para alguma coisa à esquerda ou à direita dela. Ele não tinha qualquer notícia do consulado da Holanda. Também não tinha permissão para escrever muitas cartas, explicou-lhe, porque se tratava de um julgamento militar e, para piorar, um caso de espionagem. Ele não tinha permissão de acompanhá-la para falar com Bouchardon, nem tinha poder para falar com qualquer testemunha que pudesse vir a ajudá-la.

Ninguém sabe que você está na prisão, ele disse.

Ninguém?, perguntou a irmã Leonide.

Mata Hari se sentiu aliviada. Não queria que Non soubesse o que lhe havia acontecido.

No dia seguinte, mais um fio de cabelo louro estava preso na mesma pedra no pátio da prisão. Mais uma vez ela o tirou dali e deixou que voasse na brisa. Ficou convencida de que uma prisioneira estava colocando fios de cabelos seus ali para que pudesse, pouco a pouco, se libertar. Nos dias que se seguiram, Mata Hari imaginou que, depois que todos os cabelos da mulher fossem soltos, ela passaria a encontrar pedaços de pele, de unhas, e até raspas dos ossos, que a própria Mata Hari retiraria da pedra e mandaria por sobre o muro da prisão.

NADA A VER COM MATA HARI

Com MacLeod acariciando o cabelo de Non e sorrindo enquanto ela mamava, cheguei a pensar por um momento que o sorriso era para nós duas, mas não era. Quando ele olhava só para mim, seu sorriso desaparecia. Perguntei-me se o meu cabelo estaria desarrumado, se a minha camisola estaria suja do leite que vazava ou até se ela estaria com o cheiro azedo do leite derramado mais cedo. Ele saía do quarto e eu podia ouvi-lo na cozinha dizendo a Kidul que o *satay* que ela havia preparado estava quente demais e que os temperos haviam deixado o bebê com dor de barriga. De agora em diante, ele disse, Margaretha só vai comer arroz branco.

Eu comia arroz branco na frente dele, mas, quando ele não estava presente, me deleitava com *nasi goreng* ou com o macio *babi satay* ou com *cap cai* ao molho picante como se eu tivesse sonhado com eles e não os comesse havia séculos, quando na verdade eu comera no dia anterior.

Seu namorado foi mandado de volta para casa, MacLeod me contou certo dia. E agora, quem é que vai te comer?

―

Quando os dentes de Non começaram a nascer, MacLeod dobrava o dedo, adoçava com um pouquinho de *gula* ou *susu* e dava para ela morder. Na hora de colocá-la para dormir, ele pegava o dedo e passava embaixo do narizinho dela, para que seus olhos fossem se fechando, até que finalmente se cerravam e ela dormia.

Ele cortava o cabelo de Norman no jardim, e as mechas caíam em meias-luas perto das folhas de jasmim. Mais tarde MacLeod pegava as meias-luas e as guardava num envelope. *Cabelo de Norm aos 3 anos*, ele escrevia no envelope, e o colocava na primeira gaveta.

O próprio MacLeod respondeu à pergunta que fizera, não eu. De noite, ele veio até mim, rasgou minha camisola e enfiou a cabeça nos meus seios inchados, dos quais o leite jorrava, caindo em seu cabelo. Ele fazia força para entrar em mim, enquanto, com uma das mãos, eu tateava o outro lado da cama, procurando uma toalha para passar em meus seios e estancar o fluxo.

Se eu o odiava, nunca era nessas horas. Nessas ocasiões, eu era capaz de perdoar-lhe porque sabia que era a bebida que o deixava bruto. Era capaz de perdoá-lo porque o ato parecia não ter nada a ver comigo.

Eu sentia mais ódio dele quando ele me dizia que eu estava, por exemplo, cortando as unhas de Norman ou de Non da maneira errada. Eu dizia que eu devia fazer cortes em dois ângulos, em cada unha, em vez de um corte que pegasse toda a unha, o que a fazia dobrar e machucava as crianças. E eu me sentia horrível por pensar que poderia tê-las machucado de alguma maneira, então eu sempre beijava as pontas dos dedinhos deles e dizia que sentia muito e que os amava e que nunca mais iria machucá-los.

Eu sentia ainda mais raiva de MacLeod quando ele voltava para casa e eu estava sentada com Norman no colo, montando um teatrinho com seu fantoche *wayang kulit*, e Norman largava a brincadeira e saía correndo e gritando Papai, Papai! Senti raiva dele quando Non caiu e arranhou o joelho e, quando fui ajudá-la a se levantar, ela chorou ainda mais, e então abriu os dois braços na direção do pai, para que ele fosse beijar seu joelhinho e abraçá-la forte.

Mais fácil do que odiar MacLeod era deixá-lo cortar as unhas deles. Mas eu sentia falta de colocá-los no colo na hora de cortar as unhas e colocar suas mãos pequeninas na minha e deixar o meu rosto perto do deles, aspirando a suavidade de seus cabelos e de sua pele macia, armazenando o cheiro dentro de mim, tentando encher meus pulmões e meu corpo o máximo possível, para que o cheiro dos dois se tornasse parte de mim por toda a vida.

Mais fácil do que odiá-lo era não correr para pegar Non quando ela caía, mas deixar por conta de MacLeod. Em vez disso, eu saía da cabana e ia dar uma volta. Quando voltava, ele estava no jardim com as crianças, fazendo uma guerrinha com armas de brinquedo, e Norman estava usando o chapéu do pai, e Non estava gritando Bam!, bam!, enquanto dava seus tiros imaginários, e ninguém percebia que eu estava em casa depois de subir silenciosamente os degraus de bambu e atravessar a esteira de palha com os pés descalços, as solas marrons de terra por andar no solo.

E quando a noite chegava, eu ficava acordada na cama pensando no que faria se alguma coisa levasse meu Norm e minha Non de mim. Pensava no que eu poderia fazer para mantê-los perto de mim, e assim, antes de dormir, imaginei que nossa cabana tinha grossas portas de aço. Nada poderia atravessá-las, nem o fogo, nem as enchentes, nem os ladrões, nem uma doença, e eu fecharia essas portas rapidamente, em todas as direções, norte, sul, leste, oeste, e foi apenas quando imaginei todas essas portas trancadas que eu consegui pegar no sono. Mas às vezes eu me perguntava se alguém que já morasse dentro da casa poderia ser mais perigoso do que qualquer coisa que tentasse entrar.

A IRMÃ LEONIDE

A IRMÃ LEONIDE contou que tinha virado freira tarde na vida. Ela passara anos limpando quartos de hotel, e dizia que é possível aprender muita coisa sobre as pessoas com o que elas deixam para trás. A gente aprende como elas acordam de manhã, se pulam da cama ou se deslizam dela ou se, na hora em que se levantam, elas se sentam na beira da cama para reunir as energias e levantar de vez. Se deixavam os dois pés do chinelo perto da cama depois de se vestirem, ou se um pé ficava no banheiro e o outro perto do armário, então ela achava que sabia como elas eram, sem nunca tê-las conhecido ou conversado com elas. Se o espelho do quarto precisasse de uma limpeza, devido às marcas de dedos de quando se apoiavam enquanto se olhavam, então ela achava que sabia que tipo de pessoa estava alugando aquele quarto.

Quando ela entrava em certos apartamentos, era capaz de sentir a dor daquela pessoa, como se o próprio hóspede ainda estivesse no quarto. Ela percebia imediatamente quando uma gaveta havia sido fechada com força demais, batida com tanta violência que ficava mais para dentro que as outras, e quando ela puxava a gaveta de modo a alinhá-la com as outras, ela podia ver que o acabamento da carpintaria estava mais solto, de tão empenado que ficara. Ela percebia os anéis na madeira da mesa onde um copo era pousado e retirado tantas vezes que ela sabia que a pessoa que estivera bebendo devia estar louca de preocupação ou consumida pela raiva. Era capaz de ver onde o carpete havia sido pressionado num lugar junto à janela, onde os pés de uma pessoa haviam passado horas a fio, olhando para fora, esperando alguém chegar ou partir ou esperando alguma coisa acontecer.

Foi limpando quartos que ela percebeu que queria ajudar as pessoas. E ela sabia que a única maneira de fazer isso era se tivesse alguma coisa para dar. Na ocasião, ela não tinha nada. Então ela se casou com Deus. E agora que tinha Deus, sabia que tinha algo para dar. Era muito fácil, ela disse. Arrumar os quartos era bem mais difícil.

Mata Hari perguntou à irmã Leonide o que ela podia perceber de sua cela. Será que a cela gritava aos quatro ventos que ela era uma traidora e espiã?

Posso dizer, pela maneira como o seu travesseiro está sempre todo afundado quando você acorda de manhã, que você tem sonhos atormentadores, porque durante o sono acha que, se virar a cabeça de um lado para o outro, pode fazer os pesadelos desaparecerem e deixar vir um sonho bom, analisou a irmã.

Mata Hari se ajoelhou no chão diante dela. A cruz de prata da irmã Leonide pousava fria em seu rosto. Ela olhou para a escuridão do hábito preto.

Eu cruzei o mar, sussurrou Mata Hari.

Eu sei que você é corajosa, porque você não come toda a comida do prato e acha que vai continuar vivendo sem precisar da comida, porque pensa que um dia será libertada e haverá uma comida melhor para comer. Ela acariciou-lhe a cabeça. Você deveria comer tudo, sussurrou.

Eu cruzei o mar, Mata Hari voltou a dizer, e não terminou a comida. As algas enlaçavam meus pés, plantas marinhas roçavam na minha saia de seda e pareciam os esbeltos dedos do mar se erguendo do chão, prontos para me puxar para baixo do solo cinzento, entrecortado de canais e de rios de lama e onde, lá em cima, tordeiros voavam e gaivotas prontas para atacar gritavam para avisar o mar de que deveria tirar suas mãos de mim.

UM TIRO NO NADA

Kidul costumava dizer que Non se parecia comigo. O mesmo cabelo, os mesmos olhos, ela dizia.

Bobagem, dizia meu marido, ela é uma MacLeod da cabeça aos pés. Já administra esta casa melhor que você.

Talvez fosse verdade. Ninguém nunca precisou dizer a Non para guardar os brinquedos depois de brincar, e às vezes eu achava que ela gostava mais de arrumá-los do que de efetivamente brincar com eles. Ela parecia sentir prazer em ver seus brinquedos numa prateleira, onde não era capaz sequer de alcançá-los.

Já Norman, por outro lado, não conseguia aceitar que seus brinquedos fossem guardados. Quando ele parava de fantasiar batalhas em castelos com seus brinquedos de montar e ia brincar de demônio ladrão com seus bonecos, eu dizia que, se ele já tivesse terminado, deveria guardar as casinhas, mas ele sempre retrucava, Eu ainda não terminei! E então ele voltava correndo para as casas e castelos e voltava a brincar com aquilo e eu dizia que, nesse caso, ele deveria guardar os bonecos, e então ele saía correndo para onde estavam os bonecos e dizia: Mas eu ainda não terminei! E a tarde inteira se passava dessa maneira, com ele se revezando entre um grupo de brinquedos e outro, preso num equilíbrio de personagens imaginários.

Certa vez, depois de ver Norman brincar, Tekul me disse: O garoto se parece mais com você, e eu concordei. No entanto, MacLeod se voltou para Tekul, Cale a boca, você não tem nada para fazer? Tekul saiu carregando uma marreta. Os degraus de bambu estavam se soltando e ele tinha de martelá-los até voltarem para o lugar, cuidadosamente. As batidas do martelo assustaram os gibões nas árvores, cujos gritos fizeram MacLeod pegar sua arma e se plantar na varanda, onde mais uma vez ficou dando tiros naquilo que não conseguia ver.

MUITO, OU NADA

Se você quiser ser um espião francês, vá até o Boulevard Saint-Germain, número 282, em Paris, mas antes você tem de dizer ao capitão, um barbudo chamado Ladoux, que você está lá porque precisa de um passe para entrar numa zona de guerra conhecida como Vittel. Você está indo para lá porque precisa se banhar naquelas águas, uma vez que sua saúde é precária. Bata de leve no peito quando disser isso. E quando ele retrucar dizendo saber que você quer ir a Vittel para se encontrar com o seu amante russo, diga-lhe que sim, mas que se banhar nas águas também seria uma boa ideia. Então ele lhe dirá que os ingleses já sabem de você, que eles pensam que você é uma espiã alemã. Balance a cabeça em lamentação quando ele disser isso, diga que você já achava que alguma coisa assim fosse mesmo acontecer, que você já havia reparado nos ingleses seguindo-a ao entrar e sair do seu hotel, que eles ficaram de olho enquanto você estava sentada num café, que revistaram os bolsos do seu casaco enquanto você não estava no quarto, que você o viu no cabide do armário com os bolsos para fora, como as orelhas de um coelho, e que o seu armário parecia uma bagunça. Ele vai menear a cabeça. Seus cabelos pretos, porém, não vão sair do lugar, já que estão sempre besuntados de brilhantina, e ele lhe dirá que não achava que você fosse uma espiã alemã e lhe dirá que os ingleses são nervosos como uma panela de pressão. Aí ele vai perguntar se você ama a França. Diga-lhe a verdade, diga que você ama a França. Diga que é francófila. Ele vai lhe perguntar se você está pronta para ajudar no esforço de guerra da França com importantes missões. Aja como se estivesse surpresa, e você estará mesmo. Você não imaginava que simplesmente pedir permissão para visitar seu amante russo numa zona de guerra a transformaria numa espiã.

Você faria isso?, ele pergunta.

Nunca pensei a respeito, você diz.

Você deve cobrar caro.

Isso, com certeza.

Quanto você acha que vale um trabalho desses?, ele pergunta.

Muito, ou nada, você diz.

A DEUSA DOS MARES DO SUL

Vi Willem mais uma vez. Não na cabana, mas no denso bambuzal. Vi olhos verdes brilhando na cabeça de um leopardo. Então lembrei que eu deveria correr, mas não corri. Só fiquei olhando nos olhos dele, impressionada com como eram os mesmos de Willem. Por um momento, pensei ser possível que MacLeod o tivesse transformado num leopardo e até cheguei a chamar seu nome na noite, mas não veio resposta alguma do leopardo de olhos verdes, só o som das asas de um urutau batendo lá em cima. Por um segundo olhei para o urutau, que bloqueava a luz da lua, e, quando voltei a olhar para baixo, o leopardo havia sumido.

Eu ficava com ódio de MacLeod quando voltava para casa. Sentia que ele era responsável por terem mandado Willem para longe, para o outro lado das águas. Contudo, ele nem estava em casa para eu poder odiá-lo, de modo que fui, andando, até a cidade. Sabia onde ficava o bordel.

MacLeod estava no quarto 14. Quando abri a porta, ele estava em cima de uma garota javanesa cuja longa trança caía ao lado da cama, a ponta desfiada como se fosse um pincel, pintando o chão para a frente e para trás enquanto ele se movia dentro dela. Ela se virou e olhou para mim e eu só consegui ver um dos olhos dela, mais nada. Era um olho estranho, embaçado como o de um cachorro velho e fiel, um embaçado que parecia quase branco, como se a luz estivesse tentando passar, vir de dentro dela. Minha ideia era acabar com aquilo, interromper o que quer que ele estivesse fazendo, gritar com ele, xingá-lo e sabe-se lá mais o quê, talvez jogar alguns objetos nele, mas não fiz nada disso. Não quis que todo mundo na cidade soubesse o que estava acontecendo entre nós. Em vez disso, fechei a porta, e foi então que eu percebi que o número do quarto, 14, devia ser a idade da garota.

FIZ QUESTÃO de não os vestir de verde. A roupa de banho de Norman era preta e a de Non era preta com listras brancas. Estávamos em Pelabuhan Ratu, cujas águas diziam ser habitadas pela deusa dos mares do sul. Atormentada pelo luto, certo dia ela se atirou de cima de um penhasco. Dizem que ainda mora ali, chamando seus amantes para o litoral, seduzindo-os com o cheiro doce de lótus nas noites quentes e atraindo-os para seu mundo submarino. Se alguém se afogava nas fortes correntes, diziam que ela o havia seduzido, ainda mais se o homem estivesse de verde, porque essa era a cor favorita dela.

Impedi que Norman e Non saíssem do raso e ficamos vendo garças voarem sobre nós e caminhamos por onde as ondas quebravam, cobrindo as formas dos fluidos de lava derretida. Poças formadas pelas marés estavam cheias de peixes pequenos, caranguejos e mexilhões, que Norman recolheu com as mãozinhas e observou. Ao longo das paredes do penhasco ficavam cavernas estreitas onde rochas fossilizadas e resíduos de pequenos animais e plantas cobriam a superfície, e nós os tocamos com as palmas das mãos e as pontas dos dedos. Então coloquei as crianças para tirarem uma soneca, afastei o cabelo do rosto delas, beijei suas faces quentes e fiquei o tempo todo vendo-as dormir, porque a mera visão dos seus rostos tinha o poder de me deslumbrar, mais do que as infinitas ondas que estouravam.

Em casa, MacLeod estava uma fera. Como é que você foi capaz de levar as crianças até uma praia onde a correnteza é tão forte?, ele bradou, pegando da mesa o cachimbo e o mordendo, em vez de acendê-lo e fumar. Expliquei a ele que não tínhamos entrado na água e que ninguém havia usado verde.

De que diabos você está falando?

Verde. Ninguém usou, respondi. A deusa dos mares do sul não teria se sentido tentada por eles, e, mesmo que Norman e Non tivessem entrado na água, não teriam se afogado. Tomei minhas precauções. Eu jamais deixaria que alguma coisa acontecesse aos meus filhos. Jamais, repeti.

MacLeod não falou nada. Ele encheu o cachimbo de fumo, acendeu e começou a fumar. Você é mais burra que uma criança, ele falou. Acredita em tudo o que esses ilhéus falam, e olha que já é adulta. Você é maluca?, perguntou.

É claro que eu acredito nos ilhéus, falei. A ilha é deles. Eles aprenderam a morar aqui.

Será que você não consegue entender que é por isso que eu estou aqui, que é por isso que os holandeses estão aqui? Porque esses ilhéus habitam a ilha como se fossem crianças imbecis! Eles não têm ideia de como esta ilha é rica. Não sabem nem como controlá-la. Sem nós, eles não teriam essas grandes plantações de café ou esses grandes campos de arroz ou esses mercados de especiarias. Será que você não sabe nem por que eu estou aqui?

Balancei a cabeça em negativa. Eu não sabia por que estávamos ali. Olhei para as minhas mãos e meus pés, que estavam marrons por eu ter passado o dia na praia, e então me sentei na varanda, onde uma brisa quente e perfumada levantou a barra do meu sarongue, e a brisa quente tinha cheiro de flor de lótus, e eu soube que aquilo era a deusa dos mares do sul me chamando, lá de seu mundo submarino.

UM CORAÇÃO INFANTIL

Ela contou ao médico que seu coração estava falhando. Riu ao dizer isso, porque parecia algo muito pueril, muito infantil, e não um problema de saúde. Brilha, brilha, coraçãozinho. Dessa vez, ela baixou o uniforme até os ombros, para que ele pudesse ouvir seu coração. O lampião na cela não emanava claridade suficiente e a irmã Leonide segurava uma lanterna para ele poder enxergar melhor. Sua saúde está muito boa, sentenciou o doutor.

Não está não, ela disse. Conte a ele, irmã, como eu passo o tempo inteiro preocupada, como não consigo engolir a comida, como fico andando de um lado para o outro dentro da cela e como meu cabelo está caindo.

O cabelo dela está caindo, disse a irmã Leonide, e lançou a luz da lanterna sobre o travesseiro para mostrar ao médico os fios de cabelo pretos e cinza em forma de "S".

O médico examinou os fios. Examinou a cabeça dela. Posicionou-se acima dela, que estava sentada na cama, e com o canivete ergueu seus cabelos. Então postou-se diante dela, e ela olhou em seus olhos azuis, enquanto ele examinava suas têmporas e a linha da testa em que começava o couro cabeludo.

É, seu cabelo está caindo. Não é nada incomum para uma mulher da sua idade. Quantos anos você tem mesmo?

Quarenta e dois.

É, seu cabelo está caindo. E, com isso, ele recolheu o canivete.

O CALOR

No início, pensei que faria amigos com o calor. MacLeod e as mulheres dos oficiais lotados na ilha havia mais tempo que eu eram unânimes em dizer que era o calor que as deixava enlouquecidas. A chuva, elas detestavam, mas era o calor que as fazia sonhar com seu país natal, e quando estavam com calor demais para sonhar com seu país, elas sonhavam com o país dos outros, e quando estava quente demais para isso também, elas sonhavam com o inferno, e, em seus sonhos, o inferno era mais fresco que Java. Meu plano era receber o calor como um bom amigo que estivesse vindo passar um longo tempo em minha casa.

Até limpei a casa para recebê-lo. Arranjei lençóis novos de ilhós para as camas, porque os ilhoses pareciam mais frescos, deixando o ar entrar pelos furinhos. Fui às compras atrás deles. Mandei fazer shorts de algodão para Norman e, para Non, arranjei vestidos de algodão nas cores verde-hortelã e azul-celeste, que não ficariam ensopadas no calor como os mais escuros ficariam.

Quando os primeiros dias de calor vieram, eu os saudava todas as manhãs assim que raiavam pela janela do meu quarto e alcançavam minha perna como um ferro em brasa. Mas, como um cachorro grande arfando de língua de fora ao meu lado, o calor não apenas me seguia. Porque isso significaria que, de alguma maneira, eu pudesse andar na frente dele. Mas não: ele espelhava todos os meus movimentos, como se o grande cão de língua de fora fosse um cachorro bem treinado, mas tão bem treinado que não só não saía do meu lado como também às vezes jogava todo o seu peso em cima de mim, apoiando-se em mim, fazendo-me perder o equilíbrio, fazendo eu dar de cara com as paredes e cair das escadas.

Eu via MacLeod com mais frequência quando estava calor. Talvez o bordel fosse simplesmente quente demais e as putas cheirassem como se estivessem apodrecendo. À noite, ele dormia com as mãos espalmadas na cama e, adormecido, um braço ou uma das mãos se movia enquanto ele sonhava, tocava em mim e me acordava. Eu levantava pensando que ele talvez quisesse alguma coisa de mim, mas então percebia que ele estava dormindo profundamente e que não havia nada que ele quisesse me dizer, assim como não havia nada a me dizer enquanto estivéssemos acordados durante o dia.

Eu comia no meio da madrugada porque a essa hora era mais fresco. Me deliciava com maracujá, jaca, manga, jambo, abacaxi e rambutã. Comia nua, sentada na varanda (era quente demais até para ficar de sarongue), e ouvia os insetos zumbindo quando esticava a mão para um prato cheio de frutas cortadas em cima da mesa, ao meu lado. O suco escorria pelo meu queixo, caía no peito e seguia para a barriga.

Duas ou três vezes, quando eu estava na varanda de madrugada, ouvi um farfalhar muito grande das árvores e um baque surdo e bem forte. Era um gibão despencando da árvore durante o sono. Era uma comédia ver o macaco se reerguer todo tonto depois da queda, sacudindo a cabeça, e então eu ria alto e o gibão olhava em minha direção e me lançava um olhar de dor, e MacLeod murmurava alguma coisa dormindo e abria ainda mais os braços e as pernas no lençol de ilhós, de um jeito que, mesmo que eu quisesse voltar para a cama, não haveria espaço para mim.

No calor do dia, eu dormia na rede. Norman ficava me balançando até eu pegar no sono. Feche os olhos, Mama Hari, está na hora do seu cochilo, ele me dizia. Às vezes Non dormia comigo na rede, aninhada no contorno do meu braço, mas quando eu acordava ela já havia saído. MacLeod a havia tirado dali, com medo de que a rede virasse no meio do meu sono e que ela se machucasse. Eu sempre acordava das minhas sonecas naquelas tardes quentes me sentindo como se estivesse de ressaca e precisasse voltar a lembrar o que estava fazendo antes de ir descansar. Será que eu tinha ido a uma festa? Tomara vinho demais? Mas eu não fora a festa alguma. Simplesmente havia passado a noite inteira acordada, me refestelando com frutas e ouvindo macacos caírem das árvores.

BANHANDO NAS ÁGUAS

HAVIA UMA LAREIRA a carvão no escritório de Bouchardon, e foi por isso que ela passou a desejar reuniões com ele. Ela se recostava na cadeira, sem necessidade de se curvar para a frente como fazia em sua cela, onde o frio a fazia sentir como se tivesse de encolher e dobrar o corpo para manter o centro aquecido. Na sala de Bouchardon, ela empertigou os ombros e se abriu para o calor. Falou o máximo que conseguiu, porque queria se aquecer pelo maior tempo possível. Ela lembrou que tudo que dissesse também teria de lhe ser útil, ajudar a salvar sua vida, mas às vezes ela esquecia, às vezes ela só conseguia pensar no calor da lareira.

Tenho algumas mensagens, disse Bouchardon. Ele nunca as mostrava a ela. Guardava-as numa pasta. Às vezes, ele as lia em voz alta. Todas eram de alemães, interceptados na Torre Eiffel.

Depois da Exposição de Paris, em 1889, os franceses queriam demolir aquela coisa. Era horrível, diziam. Um terror, diziam. *Mon Dieu*, diziam. Mas eles logo perceberam que aquele era o ponto mais alto de toda a cidade, além de ideal para interceptar mensagens enviadas pelas ondas do rádio.

Ela não sabia como essas transmissões eram feitas. Era-lhe difícil imaginar palavras voando pelo ar, uma construção parisiense ser capaz de agarrá-las, homens lá dentro se debruçando sobre elas, de cabeça baixa, decodificando-as, e será que não ventava muito lá em cima? E será que os pedaços de papel às vezes não escapavam de seu alcance e voavam sobre os telhados e as torres das igrejas e pousavam mansamente no calçamento irregular, onde senhoras, senhores e até cavalos os trituravam sob seus saltos e os dedos de seus pés? O calor era maravilhoso, ela pensou consigo mesma. O calor é meu amigo.

Bouchardon leu em voz alta um trecho de uma das mensagens:

Agente H21 da Centralização de Espionagem de Colônia chegou à Espanha. Fingiu aceitar ofertas dos serviços de espionagem franceses e fazer algumas viagens experimentais à Bélgica para eles.

Você é a agente H21!, acusou Bouchardon. Você é uma espiã alemã! Você foi procurar o capitão Ladoux, da Espionagem Francesa, para fingir que trabalhava para ele, quando na verdade trabalhava para Von Kalle, um oficial alemão que lhe mandou 5 mil francos pelos seus serviços, e aí você se encontrou com ele na Espanha para passar informações muito completas sobre uma série de assuntos militares, diplomáticos e políticos. Agente H21, é isso o que você é!

Eu não fui procurar Ladoux para virar espiã, fui procurá-lo para obter um passe para ir até Vittel e poder me banhar nas águas de lá. Só para poder me banhar nas águas.

Ladoux disse que você queria o passe para entrar numa zona de guerra e visitar seu amante russo, Vadime.

É, é, essa foi a verdadeira razão. Mas primeiro fui procurar Ladoux para obter um passe para Vittel e poder me banhar nas águas de lá, foi isso o que eu disse a ele. E então, mais tarde, sim, a verdade era que eu queria encontrar Vadime!

Você tem muita dificuldade para falar a verdade, não é, agente H21?

É, não, eu não sou a agente H21! É que está tão quente aqui! Está tão quente, em comparação à minha cela, quem é que consegue pensar num calor desses?

LAMA DE RIO

Foi quando as noites começaram a ficar mais frescas que tudo aconteceu. MacLeod estava dormindo no sofá e eu estava dormindo na cama. Eu estava sonhando que o príncipe Rama era meu amante e que fora até lá com seu exército de macacos para me libertar do malvado Ravana. No sonho, os macacos gritavam enquanto se jogavam das árvores e caíam nas costas de Ravana, atacando-o. Mas aí os gritos mudaram de tom. Pareciam ser dos meus filhos, e eu acordei.

Estava muito irritada por acordar, queria que o príncipe Rama terminasse de me salvar, queria ir morar com ele no palácio. Mas os gritos dos meus filhos eram reais.

Na correria até o quarto deles, trombei com MacLeod e, no corredor, nossos ombros bateram com força um no outro. Era a primeira vez em muito tempo que nos tocávamos. Quando abri a porta do quarto de Norman e Non, pensei por um segundo que eles estivessem brincando de teatrinho.

Era uma peça que Norman havia visto ou aprendido com Kidul, e o vômito preto que saía de suas bocas era apenas um efeito cenográfico, alguma espécie de tinta preta que haviam misturado com pasta de especiarias e farinhas que havia na cozinha. Na mesma hora fiquei com raiva deles. Como podiam brincar assim no meio da noite, quando deveriam estar dormindo? Além do mais, onde Kidul tinha ido parar? Ela deveria estar ali para aquietá-los e impedir que acordassem o pai.

Foi o cheiro do vômito que me paralisou por um instante e me fez ficar imóvel no corredor. Era podre. E vinha lá de dentro deles e saía pela boca e se esparramava pelos pijamas que eles vestiam, preto como a lama de um rio. MacLeod também ficou estático no corredor. Demorou alguns instantes até percebermos que eles estavam passando mal, e então nós dois corremos até eles, eu para Norman e ele em direção a Non. Eles se contorciam de dor em nossos braços. O que aconteceu?, gritei para Norman, mas ele não conseguia responder. Suas costas arqueavam e momentos depois ele se curvava, o tempo todo se debatendo, fazendo-me lembrar da época em que ele rolava de um lado para o outro quando ficava com raiva de mim e me batia com seus punhos pequenos e eu tentava segurar suas mãos até que a pirraça acabasse.

Non e Norman gritavam e choravam alto. Gritei para MacLeod por cima da voz deles, como se o estivesse chamando no meio de uma assustadora tempestade. Vai buscar o médico!, gritei, e logo ele esbravejou para mim, Vá você!

Não, vá você! Você é mais rápido! E aí ele soltou Non e disparou para fora do quarto. Antes de ele sair, ainda o vi de relance e reparei no vômito preto e podre de Non cobrindo a frente de sua camisa de algodão e me perguntei quanto tempo levaria até que o médico percebesse que MacLeod não havia ido à sua casa por estar bêbado e passando mal.

Peguei Norman no colo e o levei até a cama de Non, para que eu pudesse manter os dois perto de mim. Suas cabecinhas batiam uma na outra sempre que eles se contorciam e seguravam as barrigas doloridas. Os cabelos estavam cobertos de vômito, que caía em fios compridos de suas bocas e que eu limpava com a minha camisola. Non estava queimando de febre e tentava falar, mas eu não conseguia entender o que ela tentava me dizer. Isso era porque ela era pequena demais, sua boca era pequena demais, e eu não conseguia entender suas palavras. Todas as crianças são assim, pensei, não é que ela esteja tão mal que eu não consiga entender o que ela está me dizendo. Kidul!, gritei. Kidul, venha cá! Mas Kidul não aparecia.

Por um segundo os dois ficaram quietos. Non parou de delirar e Norman, de se contorcer. Eu podia ouvir até o ruído incessante dos insetos zumbindo do lado de fora. Mas aí Non começou de novo, o vômito não parava mais de vir e ela entrava em convulsão, e então observei como suas costas, totalmente trêmulas, se mexiam como se algum estranho monstro marinho estivesse viajando pelo seu corpo, e, em minha mente, fiz força para que ele saísse. Segurei Norman em meus braços. Sua testa estava fria e ele não estava mais vomitando, nem se contorcendo mais. Fiquei muito aliviada. Já passou, pensei, e era bom segurá-lo junto de mim sem ver suas costas arfando, sem sentir seu corpo em convulsão.

O Dr. Roelfsoemme entrou correndo no quarto de pantufas, e eu percebi que tinha folhas e grama nas solas do calçado por ele ter corrido até nossa casa. Veja, eu disse a Norman, o Dr. Roelfsoemme esqueceu de calçar os sapatos! Que médico bobo, falei, e ninei Norman nos braços.

Preciso examiná-lo, preciso que a senhora o solte, disse o Dr. Roelfsoemme. Balancei a cabeça, me recusando, ao que MacLeod gritou para mim.

Largue-o! Mas enquanto MacLeod gritava, o Dr. Roelfsoemme sentia o pulso de Norman, e, quando acabou, ele se virou para MacLeod e disse, Tudo bem, ela não precisa mais soltá-lo.

Então o Dr. Roelfsoemme foi até onde estava Non e começou a cuidar dela, enquanto ela ainda se contorcia e chorava. Ele me pediu que levasse Norman para a sala e o colocasse no sofá. Estendi-o no sofá, me deitei ao lado dele, o cobri com meu braço e então adormeci.

Quando acordei, o calor da manhã estava chegando e uma mosca voava perto da cabeça de Norman. Ela pousou na boca e depois nas narinas dele e eu tratei de espantá-la. MacLeod chegou com um lençol e mandou que eu me levantasse. Pensei em como estava quente para cobrir alguém com um lençol e que Norman não sentiria frio com o sol tão forte, mas mesmo assim me levantei, e MacLeod cobriu Norman inteiramente com o lençol, inclusive a cabeça, e eu pude perceber como o rosto do meu menino parecia o rosto de uma estátua talhada em mármore, pude ver a forma do seu nariz, a curva dos seus lábios e a angulação do seu queixo sob o lençol.

Fui ver Non e o Dr. Roelfsoemme continuava ao lado dela, colocando toalhas molhadas em sua testa, apesar de ela estar dormindo.

Ela vai sobreviver, disse o Dr. Roelfsoemme, e então perguntou: Você sabe quem fez isso?

A deusa dos mares do sul? Ravana? O ogro? Sacudi a cabeça.

E os criados? Onde eles estão?, perguntou o Dr. Roelfsoemme.

Andei pela casa chamando Kidul, chamando Tekul. Fui procurar Tekul embaixo da escada, será que ele ainda estava martelando aqueles degraus de bambu? Fui procurar na cozinha por Kidul, será que ela estava fritando o *nasi goreng* no fogão? Desejei que Norman estivesse comigo para ajudar na busca. Ele iria gritar, Saiam daí, saiam daí, onde quer que vocês estejam!, enquanto eu olhasse atrás das portas e caminhasse pelas trilhas no jardim.

Não encontrei Kidul. Ela me encontrou. Seu cabelo estava solto, comprido e embaraçado. Ela estava de pé no canto do jardim, onde a floresta começava. Não se aproximou de mim. Seu rosto estava molhado e por um momento pensei que talvez estivesse chovendo na floresta, mesmo o jardim estando seco, e temi que talvez eu tivesse entendido mal os habitantes da ilha e que a estação das monções talvez acontecesse duas vezes no ano e não uma só. Mas não era chuva o que cobria seu rosto, eram lágrimas. Ela estava ali, mesmo depois de Tekul dizer para ela não vir. Tinha vindo contar a verdade, que havia feito uma mistura com veneno negro e posto no chá de Non e Norman, com uma colher de *gula*.

Mengerti?, ela perguntou.

Não, *saya tidak mengerti*. Não entendi, eu disse. Você os envenenou?

Ja, ela disse. E então juntei as peças do que deveria ter acontecido. Talvez MacLeod tivesse tentado dormir com ela e aquele fosse seu castigo.

Estendi a mão para tocar em Kidul, mas ela voltou correndo para a floresta. Nunca mais a vi e nunca mais quis vê-la outra vez.

MacLeod apanhou Norman nos braços e o tirou de casa. Eu o vi andando com Norman pela estrada, o lençol branco trilhando o caminho de terra como um trem de recém-casados, e MacLeod dava a impressão de estar entrando com sua querida noiva pela porta de casa. Foi então que eu caí ali onde estava, como se o grande cachorro arfante da estação do calor tivesse voltado e me derrubado no chão.

Eu atravessei o mar. As marés constantes espalharam lodo e lama nos bancos que eram cobertos pelo perfume de alfazema do mar violeta. Respirei profundamente.

O Dr. Roelfsoemme estava ajoelhado ao meu lado. Afastei com a mão a ampola de sais aromáticos que ele segurava e só então percebi o que estava acontecendo. Não preciso disso, falei. Balancei a cabeça. Ainda sentia o cheiro de alfazema do mar violeta.

Sobre o caixão, MacLeod colocou o envelope com os cabelos de Norman, os cachos na forma de meia-lua. Não me vesti de preto para o enterro do meu menino. Vesti meu sarongue mais claro, cor de ouro e de açafrão. MacLeod esbravejou comigo antes de nos juntarmos à beira da cova. Tudo culpa sua, gritou. Por um segundo vi o mundo como ele via. Vi a mulher que ele odiava, que o fazia procurar outras mulheres para liberar sua paixão. A criada que recebeu o que merecia, vi-a andando de flores no cabelo e com os mamilos marrons se projetando em suas blusas de seda cor de creme, enquanto mansamente carregava a bandeja ou esticava a mão com a concha para servir um pouco de *sambal*.

A primeira pá de terra caiu em cima do envelope, os pedaços de terra e as pedrinhas escorrendo pelo papel branco, e o mesmo aconteceu com a outra pá de terra e a seguinte, e eu me perguntei se o espírito do meu filho não queria ser enterrado. Se eu pudesse fazer as coisas do meu jeito, teria celebrado a morte dele.

Teria chamado a orquestra *gamelan* para tocar e teria usado os fantoches *wayang kulit* para encenar a peça favorita dele. Teria posto batiques coloridos no chão, colocado potes de madeira entalhados em cima deles e os enchido de *bua* e *babi*, e *ayam, daging sapi, ikan, sayar* e *mie goreng* ficariam fervendo nos potes, com o macarrão especialmente longo para que sua vida seguinte fosse longa também. Ele não ficaria dentro de uma caixa, mas numa pira fúnebre, onde eu ainda pudesse vê-lo. Eu queria ainda ser capaz de vê-lo, mesmo ele estando morto. Desci para dentro da cova e coloquei a mão no caixão, pensando que poderia erguer a tampa.

Ela caiu lá dentro!, alguém gritou, e eu olhei para cima e vi muitas mãos vindo em minha direção, me puxando pelos braços e me afastando do meu menino.

INTOXICAÇÃO

Coada uma vez, depois mais outra — era assim que a sopa era servida na cela. Na sopa coada uma só vez, ela conseguia encontrar uma ervilha boiando aqui e ali e uns fiapos de músculo de carne barata. Na sopa coada duas vezes, nunca se encontrava aquela ervilha ou aquela carne ocasional, tudo o que havia era um líquido mais escuro que a água, um pouco mais marrom. Às vezes suas mãos tremiam tanto que ela não conseguia segurar a colher sem derramar a sopa, e nessas horas ela pegava o pote pelas laterais e o erguia em direção à boca.

Eu preferia que servissem água quente em vez de sopa, porque o gosto seria mais fácil de engolir, ela disse à irmã Leonide. A irmã Leonide disse que seguraria a colher para ela.

Não me incomodo de segurar o pote como um ilhéu sentado de pernas cruzadas numa esteira de palha tomando golinhos de *soto* e vendo uma manada de *banteng* no rio lá embaixo, a pele de um vermelho brilhante ao pôr do sol e as patas negras e sujas de muita lama, falou.

Clunet parecia sempre muito esperançoso quando ia visitá-la na cela. Vamos tirá-la daqui muito em breve, *ma chérie*, ele dizia, mas como era velho e seus olhos estavam sempre lacrimejando, era como se ele estivesse chorando. Às vezes ela achava que deveria consolá-lo. Bateu no braço dele.

Eu estou bem, está tudo bem, ela disse. Ele assentiu. Ele ficava no meio da sala olhando em volta, onde não havia nada para se ver a não ser as paredes de pedra.

BOUCHARDON BATIA com o lápis no bloco e não levantou a cabeça quando ela entrou em seu escritório. Finalmente olhou-a depois de ela ter se sentado numa cadeira. A mensagem que eu tenho aqui afirma que você estava para receber dinheiro por intermédio de sua criada, Anna Lintjens.

Os alemães podem ter ido ao meu quarto de hotel na Espanha, podem ter aberto as minhas cartas, podem ter facilmente encontrado os nomes das pessoas que eu conhecia e mandado mensagens que dessem a entender que eu estaria trabalhando para eles. Não é isso o que se chama de *intoxicação*? Não é esse o termo que se usa quando você quer que o inimigo acredite que um dos espiões deles também é um dos seus e assim se cria uma prova que incrimine o espião?

Bouchardon foi até a janela. Tamborilou com os dedos no parapeito. Até os pombos já haviam se acostumado e não voavam assustados. Em vez disso, continuavam arrulhando e caminhando de um lado a outro no parapeito.

Por que eles fariam isso?, perguntou ele, parando de tamborilar com os dedos e roendo uma unha.

Ladoux me pediu para espionar para a França. Decidimos que eu iria à Bélgica para reativar os contatos que eu tinha lá com os oficiais alemães, mas na viagem fui parada em Falmouth. Os ingleses me tiraram do barco, pensando que eu era uma espiã alemã chamada Clara Benedict. Mostraram uma foto dela. Ela usava uma roupa de dança espanhola. Era pequena e atarracada. Não se parecia em nada comigo e no fim eles se deram conta de que eu não era ela. Mesmo assim, não me permitiram seguir viagem. Eu tive que ir para a Espanha e esperar uma comunicação posterior me permitindo voltar para a França.

Você já sabe de tudo isso, continuou ela. Ele se virou e olhou-a, mas não assentiu com a cabeça em confirmação. Ela prosseguiu.

Na Espanha, entrei em contato com um oficial alemão chamado Von Kalle. Eu nunca o havia visto antes, mas já tinha ouvido falar dele. Pensei: se não posso ir à Bélgica, vou trabalhar para Ladoux na Espanha. Fui até o quarto de Von Kalle. Mostrei um pouco da minha perna. Não demorou muito para ele perceber o tipo de trabalho que eu fazia. Ele falou bastante. Contou dos submarinos que planejavam levar para o Marrocos. Nós nos beijamos. Ele disse que sabia que os franceses estavam jogando homens de paraquedas atrás das linhas inimigas.

Depois fizemos amor. Talvez tenha sido mesmo muito fácil. Mas alguns homens são assim mesmo: vão lhe contar as coisas porque sentem alívio em poder contá-las a alguém que não se interesse muito por elas. Eu ouvi histórias contadas por homens, durante o coito, que fariam o seu sangue gelar, mas nunca contei essas histórias a ninguém. Seria ruim para o meu trabalho. Aí, de volta ao hotel em Madri, contei tudo a Danvignes, o coronel francês, tudo o que eu soube do alemão, e falei para ele telegrafar a Ladoux e lhe informar. Agora eu vejo que foi tudo uma armadilha. Von Kalle só estava esperando para ver quanto tempo ia levar para que a notícia se espalhasse. Danvignes chegou a me dizer que a história que Von Kalle havia me contado já era velha. De qualquer modo, foi o suficiente para deixar Von Kalle desconfiado e bolar um plano para que vocês, franceses, pensassem que eu estava mesmo trabalhando para a Alemanha. Vocês é que fariam o trabalho sujo de me prender, e eles só teriam o trabalho de mandar algumas mensagens com informações falsas, e eu não os incomodaria mais.

    Ela parou de falar e colocou as mãos no colo. Pensou que agora, com certeza, Bouchardon veria a situação com clareza. Tudo se encaixava. O escritório voltava a parecer quente e agradável. Bouchardon ficou tanto tempo em silêncio que ela teve a chance de deixar a mente divagar. Será que haveria um jeito de se capturar o calor? Será que ela poderia abrir os bolsos do vestido, deixar o ar quente entrar e então libertá-lo no frio de sua cela? Será que só a lembrança de se sentir aquecida seria o suficiente para mantê-la quente quando fosse dispensada sem mais nada a fazer a não ser voltar a sentar em seu catre que afundava? Ou talvez essa fosse a hora crucial, talvez Bouchardon permanecesse tanto tempo em silêncio porque ele finalmente estava entendendo o que ela estava dizendo. Talvez ela estivesse prestes a ser libertada.

Bouchardon girou nos calcanhares exatamente no instante em que ela teve esse último pensamento. Ele se inclinou sobre ela e colocou as mãos no braço da cadeira, como se fosse pegar a cadeira com ela em cima. Por um momento, ela pensou que estivesse livre e que ele fosse carregá-la para fora. A velha cadeira de couro com braços parecia uma espécie de carruagem. Ela seria erguida sobre as ruas, respiraria o ar de Paris, a gasolina do cano de descarga de um automóvel, o suor quente do cavalo de uma carruagem em pleno trote, o perfume de uma senhora, o cheiro do próprio Bouchardon, sua brilhantina chegando até ela numa brisa enquanto a carregava. Será que ele anunciaria a toda Paris que ela era inocente?

Bouchardon levou o rosto para tão perto do dela que ela pôde ver a pontinha de unha que ele havia roído, branca e triturada em seu lábio. Mas ele não disse nada. Abriu a porta, mandou o guarda entrar e acompanhá-la até a cela. Ela não se levantou imediatamente da cadeira. E se eu não me levantar?, pensou. O que vai me acontecer se eu ficar plantada aqui e me recusar a sair? Ela fechou os olhos por um instante e pensou em Ameland. E se a água tivesse voltado antes de ela ter atravessado o mar? Ela sabia a resposta. Quando finalmente se levantou da cadeira, seu vestido parecia tão pesado quanto a saia naquele dia em que ela cruzara o mar. Parecia pesado de lodo escuro, depositado ao longo dos séculos com o infinito subir e descer das marés. A única diferença era que não foram as marés que subiram e desceram sobre a cadeira de couro ou sobre as tábuas de madeira bem desgastadas do escritório de Bouchardon, mas a constante subida e descida das respostas das prisioneiras, banhando toda aquela sala, absorvendo a tinta das paredes, grudando na barra de sua saia e a afundando. Ela ouviu todas as respostas ao mesmo tempo, prisioneiras interrogadas anos antes por Bouchardon e por quem quer que ocupasse o cargo de Bouchardon antes dele. O som era alto como uma onda se quebrando. Ela fugiu. O guarda teve de correr para alcançá-la. Os ratos no corredor do caminho de volta para a cela estavam surpresos; não esperavam alguém aparecer tão rápido. Chiaram e correram em zigue-zague na frente dela, sem saber exatamente para que lado ir com tão pouco tempo para pensar no perigo.

LÁGRIMAS DE EXAUSTÃO

À LUZ DA LUA CHEIA, fui olhar as tartarugas saindo do mar. Elas vieram para cavar seus ninhos e enterrar seus ovos brancos e macios bem fundo na areia. Brilhando em seus olhos à luz da lua, eu podia ver lágrimas de exaustão enquanto elas escavavam e, então, depois que terminaram, caminharam de volta para as ondas. Continuei observando-as até de manhã, quando o sol se levantou e eu pude ver as praias de areia branca se esparramando a partir das bordas dos penhascos e o mar brilhando como cristal, e pude ver os peixes em todas as ondas que arrebentavam, como se a água fosse a parede de um aquário e eles estivessem presos atrás dela.

Non estava com a nova governanta quando voltei para casa. Ela parecia a raiz de um manguezal. Era velha, contida, e suas costas tinham uma corcunda que a fazia se inclinar e olhar sempre para o chão. Mesmo quando ela falava com você, ficava olhando para os próprios pés, que não eram marrons e sim cinzentos da idade. Seus dedos se retorciam uns sobre os outros e as unhas eram amarelas, longas e curvas, tão afiadas que poderiam cortar o capim de um campo de arroz com um único golpe. O nome dela era Hijau.

Como Non era pequena, quando olhava para cima conseguia ver o rosto de Hijau, mas eu nunca consegui. A única coisa que eu via era o alto de sua cabeça, o cabelo branco sempre repartido em duas longas tranças que ficavam penduradas balançando como duas cordas.

Ela estava preparando um leite quente para Non e, antes de passar a xícara para as mãos da menina, foi até a sala onde MacLeod estava sentado e ofereceu para ele tomar. Dali em diante, era isso o que ele sempre fazia: comer ou beber qualquer coisa antes de ser dado à filha. Se ele não estivesse em casa, eu é que deveria provar.

É inútil, eu disse a ele, alguns venenos demoram horas para matar. Mas MacLeod não me respondia. Ele já não respondia nada fazia vários dias. Passava a noite junto ao túmulo de Norman, voltava de manhã, tomava um pouco de café e depois saía de novo. Se eu dirigisse a palavra a ele ou fizesse alguma pergunta, ele não me respondia. No entanto, às vezes ele voltava mais cedo quando eu ainda estava dormindo, e me acordava só de ficar em pé ao meu lado. Nessas horas ele falava. Dizia que a culpa era toda minha. Depois me xingava. Às vezes a saliva que saía de sua boca ia parar no meu braço, no meu ombro ou no meu rosto.

Hijau e Non passavam horas na cozinha. Como Hijau não conseguia olhar para cima, Non a ajudava a pegar os jarros de cerâmica cheios de especiarias, que ela lavava e enxugava. Depois Non subia numa cadeira e devolvia tudo às prateleiras. Eu tentava tirar Non da cozinha. Pensava em como minha mãe havia morrido na cozinha.

Non, vamos até a praia, eu falava.

Não, o papai disse que a correnteza é muito forte.

Non, vamos até a floresta colher algumas flores para o cabelo, eu dizia.

Não, o papai disse que os leopardos podem me atacar se eu for lá.

Falei para MacLeod que não gostava que Hijau ficasse sempre com Non na cozinha. Então, ele me respondeu. Disse que se sentia mais seguro quando Non estava com Hijau do que quando estava comigo, e que se Hijau a mantivesse ocupada na cozinha, para ele estava tudo bem, e que eu não deveria tirá-la do lado de Hijau.

JUNTO COM AS mulheres dos outros oficiais, fiz uma visita guiada a um templo. Viajamos a cavalo por um caminho estreito e sinuoso, cujos seixos o deixavam escorregadio, e, se olhássemos numa certa direção, veríamos os arrozais balançando ao vento, e, em outra, um *patchwork* de plantações de café. Quando chegamos ao topo, pudemos ver a neblina branca, da mesma cor pálida da água de coco, enrolada como uma faixa em volta da base da montanha. Dentro do templo, cenas do épico de Rama tinham sido entalhadas nas paredes e havia estátuas da Xiva de quatro braços e de seu filho com cabeça de elefante, o deus Ganesha.

À noite assistimos a uma apresentação do balé de Rama. Fiquei observando como as outras esposas viam as bailarinas se mexerem graciosamente nos sarongues. Os corpos das dançarinas eram elásticos, e seus braços longos e morenos se moviam como cobras subindo em postes, só que não havia poste, só o ar fétido saindo da cratera onde o ogro um dia se atirara e seu corpo horroroso continuava a queimar.

Os rostos das outras esposas ficaram extasiados enquanto olhavam as bailarinas. Nenhuma de nós jamais havia visto uma mulher se mover daquela maneira.

Elas se mexiam de um modo que não tínhamos como qualificar, e de maneiras de que esperávamos nos lembrar depois, eternamente, e ficávamos felizes por não podermos nomear aqueles movimentos porque, se déssemos um nome, isso iria derrubar tudo e, como uma pilastra de sal, a lembrança daqueles movimentos poderia desmoronar numa imensa pilha no chão se quiséssemos chegar ao ponto de descrever em sussurros a maneira como elas se movimentavam. Era como se um novo sentido, que antes não sabíamos que existia, tivesse sido revelado para nós. Havia a audição, a visão, o olfato, o tato, o paladar e agora isto: a dança.

Quando voltamos a descer a montanha à luz de um pôr do sol cor-de-rosa, nossos cavalos às vezes escorregavam nos seixos, e gaviões voavam em círculos em busca de uma caça ali embaixo. Qualquer um que nos observasse diria que nós, esposas, descíamos em silêncio, mas na verdade a mente de cada uma de nós estava tomada pelos acordes da orquestra *gamelan* e pelos movimentos das bailarinas.

O TERCEIRO OLHO

Hijau amparou-a nas costas quando ela caiu do cavalo. Estava com uma febre tão alta que a sela em que montava estava queimando, como se tivesse ficado exposta ao sol do meio-dia. MacLeod, percebendo como Hijau conseguia carregar sua mulher tão bem, disse para ela continuar na casa e levá-la até o quarto sem fazer um movimento para aliviar Hijau do peso.

Ela ficou deitada na cama, jogando a cabeça para a frente e para trás, ainda usando suas roupas de montaria, que Hijau retirou enquanto Non espiava da porta, perguntando se Hijau precisava de ajuda. Hijau disse para ela se afastar, podia ser obra de uma naja.

Ela reclamou de uma dor de cabeça que tentava arrancar seus olhos. Sua febre encharcou os lençóis, que ficaram molhados como se tivessem sido submersos em água antes de colocados na cama. Ela se levantou, com os olhos turvos, tocando na cama sem conseguir acreditar, dizendo que o mar estava vindo levá-la e que ela não conseguiria escapar da correnteza. Rasgou a camisola, dizendo que a barra era uma âncora, e ficou nua na cama olhando para a parede atrás de si e tentando escapar dela. MacLeod a segurou, fez com que ela se deitasse e mandou que ficasse quieta, porque Non estava dormindo. Ela engoliu em seco, assentiu com a cabeça e o chamou de Ganesha.

MacLeod deixou-a o resto da noite com Hijau. Ele se dirigiu ao clube dos oficiais e lá ficou perambulando com uma garrafa de uísque e um copo na mão, servindo-se uma dose a hora que queria. Depois se esqueceu de onde havia deixado o copo e começou a beber da garrafa. Ele se aproximava e se afastava dos outros oficiais, que conversavam reunidos em grupos e saíam de perto quando ele vinha na direção deles. Coitado, você sabia que toda noite ele dorme ao lado do túmulo do filho?, cochichavam entre si depois que ele saía de perto, cambaleante.

De manhã, ela tentou descascar as feridas vermelhas que apareceram em seu peito, do tamanho de um botão de flor que ela só havia visto de noite. Hijau lhe ofereceu leite, mas ela não bebeu, em vez disso pediu farinha, pensando em utilizá-la para salpicar sobre o peito e amenizar as marcas vermelhas. Ela agarrou o próprio pescoço, dizendo que doía tanto que sabia que um punhal malaio a havia atingido, e procurou um lugar onde pudesse estancar a hemorragia, mas não havia lugar algum, e seus dedos deixaram marcas na pele que faziam parecer que ela tinha sido estrangulada.

MacLeod voltou no fim da manhã com o uniforme desabotoado e amarrotado, e com pedaços de grama colados na cabeça, grudados pelo suor que havia exalado pelas têmporas enquanto ele dormia ao lado do túmulo do filho sob o sol forte. Não era o Dr. Roelfsoemme, o pediatra, que chegava atrás de MacLeod, e sim o Dr. Van Voort, o médico que cuidava dos adultos. O Dr. Van Voort chegou atrás de MacLeod fumando um cigarro, que ele apagou no vaso da palmeira que havia ao lado da cama de Mata Hari antes de começar a examiná-la. MacLeod pediu licença e foi se deitar no sofá e fechar os olhos. O Dr. Van Voort pediu a Hijau que despisse Mata Hari, mas Mata Hari agarrou o penhoar de um jeito que Hijau não conseguiu pôr a mão nos botões. Eu tenho que examinar você, disse o Dr. Van Voort, para descobrir o que há de errado.

Você não vai ver os meus peitos, disse Mata Hari. São um horror, sabe? Meu marido arrancou os mamilos com os dentes um dia. Pode chamar de raiva ou paixão, não parecia muito importante naquela hora e continua não sendo.

Você não sabe o que está dizendo, de tão alta que está a sua febre. Daqui onde estou posso sentir sua temperatura, disse o Dr. Van Voort, ao que Mata Hari replicou: pode começar aqui de baixo, e ela lentamente subiu seu penhoar pelos tornozelos, até chegar acima das primeiras costelas. O Dr. Van Voort ficou ao seu lado e de cima ele viu as pernas bem torneadas e a vagina, cujo clitóris não estava oculto, para baixo, mas numa posição bem ereta, de modo que a orientação era dorsal e o efeito, quase ocular, como se fosse uma espécie de olho fechado, como o filhote de uma serpente, protuberante como uma joia num anel, dando a impressão de poder ser retirado desde que com a ferramenta certa.

Ele teve de se sentar na beira da cama. Está vendo?, ela perguntou. Será que se referia ao olho? Ele desviou o olhar do corpo para o rosto dela a fim de ver aquilo que ela se referia. O botão noturno, ela disse, apontando para um pontinho de alguns milímetros de largura em sua pele, na curva em declive formada pelas costelas, que estava coberto de marquinhas vermelhas. Ele sentiu um alívio ao ver o que era, porque já tinha visto aquilo antes, ele mesmo já contraíra a doença; já quanto ao corpo de Mata Hari, nunca vira nada igual.

Tifo!, diagnosticou, quase que com alegria.

Hijau tinha trazido um copo d'água para Mata Hari, mas o Dr. Van Voort o pegou e tomou tudo num único gole, sem perceber a que ponto tinha chegado sua sede, e se sentindo mais calmo depois, já que tinha bebido como se fosse uma dose de uísque, e o efeito foi o mesmo que o do álcool. Ele tinha certeza de que se a velha que os servia pudesse elevar o olhar um pouco mais, em vez de fitar somente os próprios pés, deformados e com joanete, ela também ficaria surpresa com a visão de Mata Hari nua. A severa escoliose da velha fora o que havia mantido a beleza de sua ama em segredo e provavelmente o motivo, pensou o Dr. Van Voort, de o marido ser aquele feixe de nervos, um caso clássico de hipertensão. Como poderia ser diferente tendo de voltar para casa todo dia e encontrá-la? Que homem conseguiria dormir? Que homem poderia deitar na cama ao seu lado todas as noites e não procurar o brilho oculto daquele terceiro olho?

Ele foi embora sacudindo a cabeça, apalpando o bolso em busca de um possível cigarro remanescente dentro do maço. Quando encontrou um, preferiu não fumar, porque o cheiro do sexo de Mata Hari parecia ainda estar nele. Cheirou a manga da camisa e teve certeza de que ainda estava lá. Ele se sentia como um menino que tivesse ido a uma festa e aquela fosse a lembrança, o brinde para levar para casa. O cheiro do sexo dela que permanecia em sua manga. Ele estava animado, pensando em como havia sido fácil para MacLeod aceitar que ela teria de ficar em quarentena, afastada especialmente dele e da garota. O Dr. Van Voort pensava que havia passado uma conversa muito boa, uma conversa realmente muito boa, ao ter sugerido, muito casualmente, que, como ele não poderia contrair novamente a doença, que ela poderia ser internada em sua fazenda de café, onde ela ficaria na casa dele, obviamente sob sua constante supervisão médica. E além do mais, aquele velho cretino do MacLeod tinha cara de quem bem poderia descansar um pouco do corpo de sua mulher.

Por outro lado, o Dr. Van Voort estava se sentindo muito bem, forte e à altura da tarefa que o esperava. Caminhando, respirou fundo, antes mesmo de chegar aos botões de jasmim-árabe, bastando apenas olhá-los de longe, já sabendo como era doce o aroma que aquelas florezinhas brancas exalavam quando ele as colhia na beira da estrada.

A IMAGINAÇÃO DE BOUCHARDON

Ela pediu à irmã Leonide para lhe levar um pote de tinta, uma caneta e um pouco de papel. Mais uma carta para o seu amante?, perguntou a irmã. Mata Hari balançou a cabeça. Ela escreveu para Bouchardon. Pediu que ele parasse de fazê-la sofrer na prisão. Contou-lhe que sua cela a estava enlouquecendo. Falou mais uma vez que não era a agente alemã H21 e que fora ver Von Kalle na Espanha porque Ladoux queria que ela fizesse um serviço de espionagem para a França e ela achava que poderia obter informações de Von Kalle enquanto era mantida em Madri. Na carta, ela implorava a Bouchardon para libertá-la. Então ela entregou a carta à irmã Leonide, para entregá-la a ele.

Só isso? Isso é tudo o que você vai escrever hoje?, perguntou a irmã, e Mata Hari assentiu.

A irmã Leonide se virou para sair, mas voltou a se virar para encarar Mata Hari.

Uma coisa que aprendi sobre as pessoas, trabalhando de camareira e limpando quartos, é que, se estivessem escondendo alguma coisa (dinheiro, ou algum anel caro, ou mesmo algo escrito numa folha de papel), nunca escondiam tão bem como poderiam, ela disse. É como se não quisessem que aquilo ficasse totalmente oculto, mesmo para elas, e como se um esconderijo muito bom nem sempre fosse o melhor esconderijo, porque até mesmo elas poderiam esquecer o lugar e acabaria sendo como se aquilo nunca tivesse existido, o que não era verdade. Com o tempo, eu acabava encontrando.

Eu sabia que se esperasse tempo suficiente, se eu voltasse ao mesmo quarto todos os dias e procurasse aqui e ali enquanto as pessoas estivessem fora, eu acabaria encontrando alguma coisa. Às vezes não era muito o que eu encontrava, só um cachecol ou um pente, mas, quando eu encontrava, podia imaginar o que eu quisesse sobre a pessoa. Aquele era um assassino, e o cachecol ele usava para estrangular as vítimas; ela era uma espiã e mergulhava os dentes do pente em tinta invisível para enviar mensagens secretas. Você percebe que poderia perfeitamente ser apenas um cachecol e apenas um pente, mas como seus donos haviam optado por escondê-los, eles eram qualquer coisa que eu imaginasse que pudessem ser. E o que você não estiver contando a Bouchardon, então é isso o que ele está imaginando sobre você.

Nesse ponto, a irmã Leonide fez sinal para o guarda, que abriu a cela e ela saiu, e Mata Hari ouviu seus passos suaves e o farfalhar do hábito quando ela dobrou a quina no final do corredor.

UM ATO PARA LIMPAR A ALMA

O QUE VOCÊ PRECISA saber sobre tinta invisível é que ela pode ser qualquer coisa. Pode ser leite e até suco de limão. Escreva alguma coisa com ela e depois aqueça o papel que as palavras vão aparecer. É como mágica. Até esperma pode ser utilizado como tinta secreta, e dizem que é muito bom.

Quando os franceses a prendem no hotel onde você está, o que você tem em sua posse é uma sacola de truques, ou isso é o que eles imaginam. Na verdade, é só pó de arroz, batom, uma pomada para os cabelos e cigarros Mata Hari (sim, esse é o verdadeiro nome deles, bastante aromáticos, que você passou a fumar pelo sabor), e também, na sua sacola de truques, você carrega um perfume javanês para atirar no fogo e fazer o quarto ficar com cheiro de botões de lótus, além de uma outra coisa que você só veio a conhecer depois de ter se casado com MacLeod e que se chama oxicianeto de mercúrio, que você usa como injeção depois de cada cópula para impedir a gravidez. Você está de posse disso, assim como milhares de cortesãs e prostitutas na Europa, e isso faz com que todas sejam espiãs?

Culpada, você supõe, por ouvir antes e depois e, sim, às vezes durante, as confissões deles, suas fraquezas, doenças, as reclamações sobre os superiores, suas esperanças e seus sonhos, as mentiras deles e as que as esposas contam, e como eles decepcionaram os pais e como os pais os decepcionaram, e você escuta as histórias sobre as mulheres que eles deveriam ter amado mas não amaram, ou sobre as mulheres que deveriam tê-los amado mas não amaram, e ouvir aquilo é sempre mais difícil do que o coito em si e faz você se sentir mais cansada depois. Mais tarde, na prisão, você sorri pensando em tudo isso, em como isso a faz lembrar do que a irmã Leonide disse, que ser freira é mais fácil do que limpar quartos, e você sabe o que significa, pois o ato do coito era preferível e mais fácil de realizar do que ter de ouvir o que qualquer homem tem a dizer, e você nunca entendeu por que essa profissão era considerada suja, quando na verdade tudo era uma questão de limpar a alma de um homem. E quem iria imaginar que num único suspiro seriam traçados paralelos entre o ato da cópula e o ofício de ser freira?

Você ri em sua cela e pela primeira vez é uma risada alta o suficiente para abafar o choro das outras prisioneiras, que você ouve por entre as pedras das paredes, e também é alta o suficiente para fazer a chama do lampião fraquejar, e não é um vacilo causado por uma débil rajada de vento frio atravessando os corredores da prisão, mas um vacilo causado pelo seu riso, pela sua respiração e só pela sua respiração, e é uma risada suficientemente alta para manter afastado o retorno da maré aos bancos de areia que iam dar na costa de Ameland.

O QUE UMA MULHER PODE FAZER

Macacos e calaus gritavam em cima das árvores enquanto Mata Hari dormia e o Dr. Van Voort tomava café feito com grãos moídos em sua própria plantação. Se ele pudesse se virar e parar de olhar para Mata Hari, poderia ver as plantações de café do lado de fora da janela sem vidro estendendo-se por toda a encosta de uma colina onde os vagarosos lóris e os binturongues se moviam pelos ramos e orquídeas em flor balançavam na brisa mansa como se acariciadas pelos dedos delicados dos espíritos que habitavam a floresta.

Mas do jeito que as coisas estavam, ele não conseguia tirar os olhos de Mata Hari. Já haviam se passado dois dias e esse tempo todo ele ficara sentado numa cadeira de rotim, no quarto de hóspedes de sua casa, apenas olhando para ela e, ocasionalmente, se levantando para enxugar a testa com um pano ou para fazer suas necessidades ou para pegar mais café.

Ele a havia carregado para o quarto pela primeira vez dois dias antes, e detestara ter de colocá-la na cama, e se perguntou se não poderia simplesmente segurá-la nos braços para sempre, porque, enquanto a segurava, podia sentir a pele macia de seus braços e o calor de sua febre irradiando pelo penhoar e por todo o seu corpo. Quando ele finalmente a deitou no colchão e se separou de seu calor, ele sentiu frio, muito embora o dia tivesse sido tão quente que parecia que o sol estava martelando seu crânio e tentando abri-lo só para aplacar sua sede insaciável com o fluido viscoso de seu cérebro.

Ele geralmente ficava alguns dias em jejum, por isso não era incomum apenas beber café, o qual ele sempre tomava quente e nunca frio, mesmo nos dias mais quentes, porque acreditava que o ato de esquentar o café liberava o verdadeiro sabor do grão e que um café frio era algo que nunca tivera a chance de atingir todo o seu potencial. Isso era o que ele pensava sobre Mata Hari enquanto ela estava deitada na cama de hóspedes, sua aliança embaçada pela febre lancinante, pelos acessos de suor e pelo seu corpo que brilhava de tão molhado, o que ele sabia porque de vez em quando ele se levantava da cadeira de rotim e erguia o penhoar dela, colocando a mão na parte interna de suas pernas, entre a coxa e o púbis, procurando, como dizia para si mesmo, seu pulso femoral. Afinal de contas, ele era médico.

Enquanto mantinha a mão lá, ele atentava para a vagina dela, as dobras onduladas envolvendo o clitóris que parecia um olho encarando-o fixamente, empoleirado no alto do osso púbico. Ele teve de controlar o desejo de se debruçar, tomá-la na boca e sentir suas dobras quentes na ponta da língua, que ele sabia que poderia inserir naqueles lábios, lamber a cabeça do clitóris e dela arrancar um tremor após o outro, enquanto seu corpo arquejasse em sua direção, posicionando-se de um jeito em que a rigidez de sua boca a pressionasse. Ele quase desejou que o tifo fosse logo embora para que ele pudesse agir exatamente assim na cama, mas logo temeu o dia em que os sintomas da doença diminuiriam e acabariam por desaparecer, e ele não poderia mais dizer que ela precisava continuar em quarentena e ela voltaria para MacLeod. Ele voltou a estender o penhoar por todo o corpo, até que pousou a mão nos tornozelos magros, cujas veias ele podia observar pulsando e resvalando nos fios rendados do penhoar.

O café, agora frio, foi jogado pela abertura da janela sem vidro. Ele o ouviu pousar nas folhas do hibisco gigante que margeava as paredes da casa. Ele estava indo esquentar mais uma xícara, mas então voltou a sentar na cadeira de rotim, esticou as longas pernas diante de si e se deixou deslizar na cadeira de um modo que a nuca ficasse pousada na parte mais alta do encosto, e então fechou os olhos e dormiu.

Pela manhã, as formigas subiam pelo seu tornozelo nu, formando uma longa corrente que saía de uma fresta entre o chão e a parede e ia dar lá fora. Ele as espantou com a mão, de um jeito que, quando caíram de cima dele, algumas ficaram de costas, balançando as patinhas dobradas. Ele então pegou uma sandália de couro, ficou de joelhos e, com a sola da sandália, começou a enxotar as formigas progressivamente, da perna da cadeira até a fresta entre o chão e a parede da qual elas haviam saído. Mata Hari se empertigou na cama e ficou deitada de lado, olhando para ele, e então surpreendeu-o, perguntando: O que você está fazendo aqui?

Desculpe, mas a casa é minha.

Não, eu quis dizer aqui em Java. Será que é por toda essa plantação lá fora?, e ela apontou para as fileiras de pés de café que podia ver pela abertura da janela.

Ele se levantou, voltou a calçar a sandália de couro, olhou pela abertura pela qual ela apontava e assentiu com a cabeça. É, acho que sim.

Você vai voltar para casa algum dia?

Ele meneou a cabeça. Não, acho que não. Gosto demais daqui.

Mas você não gosta dos insetos, ela disse, e, com a cabeça, indicou as formigas que marchavam em fila para dentro do buraco entre o chão e a parede.

Ah, esses malditos insetos. Se algum dia você ouvir dizer que eu voltei para a Europa, foi porque esses insetos me forçaram a isso. Seriam a única coisa que fariam um homem de repente desistir e abandonar um negócio altamente lucrativo.

E que tal uma mulher? Não poderia fazê-lo partir?

Você é sempre assim tão falante, depois de passar uns dias com uma febre que quase a matou?

Eu acho que uma mulher pode fazê-lo ir embora e que uma mulher pode fazê-lo ficar e que uma mulher pode tirá-lo daqui e que uma mulher pode trazê-lo de volta. Acho que você é assim com as mulheres e que há muito tempo vem esperando por uma mulher, pensando que um dia uma delas talvez caia por entre as folhas do seu cafezal e mude sua vida.

Ele balançou a cabeça e riu, acariciando a barbicha, e estava pronto para dizer alguma coisa quando parou e riu novamente.

Gosta do mar?, ela perguntou.

Gosto, ele disse, sorrindo.

Quando eu ficar boa, você me leva lá?

Levo, ele disse, ainda sorrindo.

Eu gosto de você, ela disse. Mas agora estou tão cansada que gostaria de dormir. Quando acordar de novo, você acha que faria mal se eu comesse um pouco de *nasi goreng*? O seu criado não poderia preparar um pouco para mim?

Eu não tenho criados em casa. Os únicos que trabalham para mim são os que colhem os grãos de café. Mas eu mesmo posso preparar o seu *nasi goreng*. Eu mesmo faço a minha comida.

Isso é ótimo, ela disse. *Nasi goreng* é o meu prato favorito.

PARADAS DE UM TREM

Ela poderia, se quisesse, imaginar o interior do estômago de Bouchardon — as lascas calcificadas de suas unhas misturadas ao que ele almoçou — enquanto ele perguntava a respeito de Von Kalle. Ele guardava numa pasta as mensagens decodificadas enviadas por Von Kalle. Quando levantou uma dessas mensagens, ela pôde ver que era perfurada no lado do canhoto. Parecia uma passagem de trem. Devia estar escrito Gare du Nord, mas ele disse que ali estava escrito que a agente H21 tinha sido instruída sobre o uso de tintas invisíveis mas que relutava em utilizá-las. Bouchardon quis saber quando os alemães haviam lhe dado tinta invisível. Bouchardon tinha os pés pequenos e usava sapatos pequenos e ela estava olhando para eles e pensando em como os seus próprios sapatos eram maiores que os dele e que talvez fosse por isso que Bouchardon jogava tão duro com ela, por causa do tamanho dos seus sapatos.

Ninguém nunca me deu tinta invisível, ela falou.

Bouchardon voltou a abrir a pasta. Há mais mensagens que nós interceptamos, falou. Todas dizem respeito a você, agente H21.

Então ela imaginou a Torre Eiffel como um grande mata-moscas, com mensagens flutuando pelo ar e ficando presas à estrutura, e os decodificadores tendo de se pendurar lá fora e desgrudar os papéis, arriscando-se a morrer ou a ficar aleijados.

O guarda do lado de fora tossiu. Parecia doente. Será que isso teria alguma relação com o tamanho de seu pomo de adão? Era enorme, e dava a impressão de que a cabeça de uma machadinha tinha ficado entalada na garganta dele.

O pombo do lado de fora era o mesmo da última vez. Seus olhinhos pousaram em cima dela, e ela olhou de volta para ele e pensou: Xô, um inquisidor já basta, volte para o seu parque e continue a bicar os farelos na calçada.

Havia outras mensagens. Bouchardon era um mágico e as multiplicava dentro da pasta. Ele as ergueu e as balançou no ar. Todas passagens de trem. Somme, Besançon, Sauternes, Cambrai — nomes de lugares, os destinos das passagens, ela tinha certeza disso.

Tudo isso são provas de que você trabalhou para os alemães. Ele poderia ter dito Paf e fazer as passagens desaparecerem, afinal de contas ele era um mágico, mas não foi isso o que ele fez. Ele disse Provas e colocou-as de volta na pasta e a fechou.

Por hoje era só. Charles, o nome do guarda com a machadinha entalada na garganta, a levou de volta à cela segurando-a pelo cotovelo.

Alguma notícia?, ela perguntou. Notícia do quê? Qualquer coisa. Não, nada que eu saiba, ele falou.

Quando ela voltou, Clunet estava em sua cela, afogando-se de dentro para fora. Seus olhos lacrimejavam tanto que ela lhe deu um lenço para que pudesse secá-los. Mas, em vez disso, ele segurou o lenço e o cheirou, apreciando o aroma das gotas de perfume que ainda havia ali, desde o dia em que ela derramara um pouco num hotel, meses antes.

Você é realmente um espanto, ela falou, e pegou o lenço de volta. *Ma chérie*, ele disse e se sentou no catre dela.

Pode ficar à vontade, ela disse. Ele deu um tapinha ao seu lado no catre, queria que ela sentasse junto dele. Em vez disso, ela foi até a parede e se recostou, perguntando-se que vozes ela ouviria agora.

Clunet disse que ela havia recebido cartas do hotel Vigo. Ela estava devendo 2 mil pesetas. Eles queriam ser pagos, *por favor*. O hotel Vigo, ela disse. Clunet assentiu, o que fez mais água sair de seus olhos. Não pague, ela disse. E também havia a conta pelo conserto do bolso de um casaco, que nunca fora pego, num alfaiate da Rue Balzac. Havia uma carta de sua criada, Anna Lintjens. Bouchardon já havia aberto esta. Dizia que Van der Capellen, um dos amantes dela, havia passado por lá perguntando quando ela iria voltar de Paris. Estava com saudades e muito triste por não ter tido mais notícias dela. Anna também contou que o teto estava com goteiras e que ela precisava colocar baldes aqui e ali e que as gotas faziam barulhos metálicos durante as tempestades. Queria que ela mandasse alguém consertar? O colchão dela, de fios de cavalo, já estava todo ensopado, dizia a carta, e cheirava como um estábulo. Além do mais, parecia que o forno estava quebrado. Nunca aquece o suficiente, fica numa temperatura baixa. Tinha feito um bolo de amora que demorara seis horas para assar, mas até que tinha ficado bom, ela acrescentou, já que estava na época das amoras.

UM CERVO NA FLORESTA

O Dr. Van Voort levou para o quarto o *nasi goreng*, para quando ela acordasse, mas a febre voltou e ela não conseguiu comer. Tomou um pouco d'água e então agarrou a própria barriga, dizendo que estava doendo.

Num determinado momento do dia, ela gritou para Norman ir até ela. O Dr. Van Voort conversava com um trabalhador na base de uma colina de pés de café quando a ouviu gritar pelo filho. Ele encerrou a conversa e correu de volta para a casa. Ela estava em pé no quarto de hóspedes, lágrimas escorrendo-lhe pelo rosto, e dizia que Norman estava morto. Tentou sair pela porta em direção ao hall, mas o Dr. Van Voort a colocou de volta na cama e, em uma vasilha cheia d'água ao lado da cama, embebeu um pano e lhe passou na testa e no peito, onde os pontos vermelhos começavam a diminuir. Naquela noite ele dormiu ao lado dela na cama para hóspedes, pois queria estar lá se ela acordasse e tentasse sair da casa mais uma vez.

No meio da noite, ela o acordou agarrando-lhe a perna. Ele se virou para vê-la, mas ela não estava acordada. Seus olhos estavam fechados e parecia que ela estava sonhando. Mesmo assim, a mão dela, tão perto do seu pênis, o deixou tão excitado que ele ejaculou. Ele praguejou. Agora sua calça estava molhada. Ele foi até seu quarto para trocá-la. Quando voltou, ela não estava mais lá. Por algum tempo ele ficou só olhando para a cama, sem acreditar que ela tivesse ido embora. Então começou a correr pela casa chamando por ela. Quando parava, na esperança de ouvir uma resposta, o barulho que vinha era de um grilo que entrara na casa e estava em algum lugar da sala. Ele saiu da casa, ainda chamando por ela, e então a viu no cafezal. Ela estava dançando para a lua cheia. Ele tinha certeza absoluta de que era isso o que ela estava fazendo. Nunca conseguiu encontrar outra explicação.

Ela estava de penhoar, mas então começou a levantá-lo. Ergueu-o acima da cintura e dos ombros e, finalmente, sobre a cabeça. Então deixou o penhoar ficar ali onde o havia pousado, em cima das folhas de café. A forma como ela se movia dava ao Dr. Van Voort a impressão de que havia uma espécie de corda invisível vinda da lua, a qual ela escalava e em torno da qual dava voltas, tentando subir, para poder ficar mais perto da lua. Seus cabelos negros estavam soltos e ondulados e lhe caíam pelas costas, como uma cachoeira preta. Então, ela desmaiou. Ele correu até ela, a carregou de volta para casa e colocou-a na cama. Deixou o penhoar lá fora, em cima das folhas de café, e lá a peça permaneceu, e era como se a forma do corpo dela ainda estivesse ali dentro.

O pulso dela estava normal e a febre havia diminuído, mas ela estava fraca por não ter se alimentado, e foi por isso, ele determinou, que ela havia desmaiado. Ele foi até a cozinha e fez comida para ela. Preparou uma sopa e, embora ela estivesse dormindo quando ele entrou no quarto, acordou-a para ela se alimentar.

O que você estava fazendo lá fora?, perguntou, enquanto ela se sentava apoiada nos travesseiros e ele levava a colher até sua boca. Mas ela não conseguia se lembrar nem de que havia saído do quarto e disse que todos os seus sonhos eram com Norman, que lhe dizia que estava feliz onde se encontrava.

Ele lhe disse que gostaria de ter uma máquina fotográfica consigo para que pudesse ter tirado uma foto de como ela estava bonita enquanto dançava. Ela comentou que estava contente por isso não ter acontecido em sua própria casa, porque se fosse em seu jardim, MacLeod poderia tê-la confundido com um gibão e atirado nela.

Continue tomando, ele disse, e fez com que ela terminasse a sopa.

Enquanto estava no cafezal, no dia seguinte, ele notou que o vento havia mudado de direção e se perguntou o que isso poderia significar. Um trabalhador disse a ele que eram os espíritos da floresta soprando à sua maneira, porque eles haviam plantado perto demais do lugar em que moravam. Os cabelos louros do Dr. Van Voort se levantavam ao vento e o colarinho de sua camisa de gabardine também se erguia, chegando a bater no pescoço, logo abaixo do queixo. As folhas de café estremeciam e balançavam. Em casa, as folhas trançadas do teto farfalhavam alto, como se um bando de ratos estivesse aninhado lá em cima, e as aberturas sem janelas deixavam entrar um vento terrível que derrubou a leve cadeira de rotim, no quarto de hóspedes, e fazia a porta de bambu abrir e fechar, abrir e fechar.

Quando ele entrou no quarto dela, ela estava endireitando a cadeira. Ele não disse nada, foi direto até a abertura da janela para abaixar a cortina de pano e amarrá-la num gancho. Agora o quarto estava escuro e no começo ele não conseguia divisar absolutamente nada. Piscou os olhos. Quando conseguiu enxergar, ele a viu caminhando até ele, e então ela pôs a mão em seu colarinho e o endireitou, colocando-o da forma como deveria ficar. Aí ela disse que estava com vontade de comer um pouco de *nasi goreng*, que a sopa que ele havia preparado era boa, mas que ela estava precisando de algo mais. Ela disse que ele teria de desculpá-la porque ela não queria ir à cozinha, e explicou o que queria dizer quando pensava que uma cozinha podia matar alguém. Ele havia dispensado os trabalhadores bem cedo. De todo modo, o vento estava derrubando as cestas em que se guardavam os grãos de café.

Ele levou uma mesa até o quarto de hóspedes e a ajudou a levar a cadeira até a mesa enquanto se sentava. Ela devolveu o garfo que ele tinha posto ao lado do prato. Não vou precisar, disse, e comeu com as pontas dos dedos. Ele ia sair para deixá-la comer sozinha, mas ela lhe pediu para ele trazer outra cadeira. Quero ouvir você falar da sua vida, ela disse. E ele disse tudo o que havia para dizer. Dois pais legais, uma irmã mais nova e um cachorro que um dia salvara suas vidas de um incêndio. Ele era da Holanda, ia patinando pelos canais até a escola e era conhecido por ter aprendido a ler enquanto patinava. Nunca levantava a cabeça enquanto patinava, estava sempre com o nariz enterrado num livro. Mas, sim, houve um dia em que ele sofreu um acidente e foi parar num médico que acabou virando seu amigo, e foi com ele que nasceu seu interesse pela ciência, o que o acabou levando para a medicina. Mulheres?, ele perguntou, em resposta à pergunta dela se tinha havido alguma em sua vida. Sim, houve uma.

Ah, então é por isso que você está aqui, ela disse. Ela o abandonou. Ele tirou um cigarro do maço guardado na camisa e ofereceu um a ela. Ela aceitou, e ele o acendeu.

Ela se casou com outro homem, ele disse. E aí eu pensei: nunca fui à Indonésia.

E havia um emprego, ela disse.

É, foi isso.

E você pensou que talvez pudesse sair correndo de tanga todo dia e ter as meninas da ilha lhe dando frutas e quem é que ia precisar mesmo daquela vadia, a tal que se casou com outro cara?

Ele sorriu. Você fala igual ao seu marido, ele disse.

Falo? Que horror. Talvez seja o cigarro. Não estou acostumada a falar desse jeito. Mas meus filhos, quero dizer, minha filha não está aqui para ouvir esse palavreado e eu não acho que o esteja ofendendo. Se estiver, é só me dizer. Aí ela esticou a mão sobre a mesa e segurou a dele.

Seus dedos estão manchados de vermelho. É de quê, isso?

Dos frutos do café. Se você passar o dia inteiro amassando as frutinhas na água, elas deixam tudo vermelho. A água, os seus dedos, suas roupas, tudo.

Pensei que fosse de alguma cirurgia que você tivesse feito. Pensei que fosse sangue, ela disse.

Não, eu não tenho feito cirurgias ultimamente. Agora está todo mundo incrivelmente bem. Tem a velha Sra. Dieter, que sofre de reumatismo, mas isso eu temo que nunca vá passar. Tem algumas crianças com piolhos, mas essas são pacientes do Dr. Roelfsoemme, que é o pediatra. Eu levo uma vida tranquila. Às vezes é fácil até esquecer que sou médico. Posso passar semanas sem que um único paciente me chame. Bata na madeira, ele disse, e bateu na perna frágil da mesa de bambu, ao que a mesa balançou para a frente e para trás.

Lá fora, o vento estava tão forte e o telhado de sapê farfalhava e tremulava com tanta força que os dois olharam para cima e pensaram que a qualquer momento o teto iria voar e cair em cima da plantação de café. A casa tinha buracos nas paredes, onde o sapê não cobria as fendas inteiramente, e o vento soprava pelos rombos e a fazia estremecer.

Ela voltou a se deitar na cama e ele levou as cobertas até o queixo dela, que então esticou os braços e pôs as mãos nos ombros dele e eles ficaram se olhando. Ele lhe contou como tinha chegado perigosamente perto de fazer amor com ela, quando ela estava à beira da morte.

Agora estou melhor, tem algum problema?, ela perguntou. A resposta dele foi um beijo. Para ela, ele tinha o cheiro do café javanês, dos cigarros franceses, de gim inglês, do sal do oceano e de um dia na praia, e ela se lembrou do que seu padrinho havia lhe dito muito tempo antes, que as crianças traziam o sol nos cabelos, e com esse homem isso era verdade, ela pensou. O sol estava em seus cabelos, os fios eram como raios de luz. Estavam quentes, e ela esperava que eles a mantivessem aquecida enquanto corria as mãos neles. Seus olhos eram castanhos claros, o mesmo castanho claro da pele de um cervo, ela pensou, e era isso o que parecia — um cervo que se teve a sorte de ver no meio da floresta, mas que, quando a gente se aproximava para olhar de perto, ele já havia saído correndo, disparando por entre as árvores com tamanha velocidade que tudo que você podia ver era um borrão onde ele estivera antes.

Ela tirou a camisa dele e viu que seu peito era do mesmo tom dos olhos. Depois, quando ele a penetrou, a cada impulso que ele dava dentro dela ela se erguia para corresponder. Ela sentia que os impulsos do pênis e dos quadris dele eram como a batida regular das ondas quebrando no mar, vinha uma depois da outra enquanto ele penetrava e se derramava dentro dela. Lá fora, o vento soprava e arrastava as folhas dos pés de café, derrubando várias frutinhas, e cestos vazios rodopiavam entre as fileiras e o capim alto e amarelo ficava quase na horizontal, como se a mão de alguém o estivesse empurrando para baixo.

PRECISANDO DE UM COMPRIMIDO

Ela sentiu cheiro de peixe no cobertor de lã da prisão. Tirou-o de cima dela. A lã tinha uma cor opaca, a beira da coberta resvalava no chão de pedra, mas o cheiro continuava lá. Então o que estou sentindo é o meu próprio cheiro, pensou para si mesma.

Estava escuro, e a chama do lampião, apagada; só havia a luz de uma fatia da lua tão fina que mais parecia uma agulha curvada e nada relacionado a um corpo astral. Ela queria ver um médico. Dr. Bizard!, gritou. O guarda no fim do corredor veio atendê-la. Charles, ela perguntou, como foi que isso aconteceu? Estou falando do seu pomo de adão.

O médico está dormindo. Todo mundo está dormindo, ele disse.

Eu não estou dormindo. Não consigo dormir, ela falou. Charles deu de ombros. Engoliu em seco, a machadinha subindo e descendo na garganta. É verdade que você dançava nua?, ele perguntou.

Não vou dançar para você, Charles. Volte a dormir. Ele se afastou. Ela foi para debaixo da coberta de lã, e a puxou até a cabeça para não se incomodar com a fatia de luz que vinha da lua.

O Dr. Bizard apareceu de manhã.

Cadê o meu rabanete?, ela perguntou.

Como?, ele perguntou.

Nada, ela respondeu. Enrolou o cabelo no dedo e o que parecia era que estava usando o dedo como uma arma e apontando para a própria cabeça. Como estão os seus nervos?, ele perguntou. Ela olhou para ele como se não tivesse dormido, não havia bolsas cheias de líquido sob seus olhos. A gravidade do sono não fizera efeito, ela havia sido poupada do peso dos sonhos. Preciso de um comprimido, preciso de muitos comprimidos. Preciso de um para dormir e um para acordar; e preciso de um para manter a comida no estômago e um para tirá-la de mim quando for ao banheiro; e preciso de um para acabar com a dor que eu sinto nos dedos, um para quando eu estiver triste e um para quando eu estiver alegre, porque há momentos em que me sinto feliz e isso assusta a irmã Leonide e a faz se perguntar como é que eu sou capaz de aguentar tudo isso.

Aguentar tudo o quê, exatamente?, perguntou o Dr. Bizard. Havia muito tempo ele já achava que tinha algo de diferente em Mata Hari. Sim, do mesmo modo que as outras prisioneiras, seu cabelo estava perdendo o brilho e a pele estava ficando cinza como as paredes da cela, como se ela e todas as outras prisioneiras fossem camaleoas, assumindo a cor e a textura do ambiente. Mas Mata Hari era diferente.

Havia uma altivez nela. Um pescoço que parecia mais longo, para se esticar, para poder olhar entre as barras da janela. Ela parecia ficar na ponta dos pés, pronta para sair correndo pelos corredores da prisão. Até suas mãos pareciam mais longas do que antes, todo o corpo dela se estendendo de alguma maneira para se libertar.

Seus olhos são realmente azuis, ela disse. Não posso deixar de pensar que isso deve afetar sua visão. É melhor ou pior eles serem azuis? E mais uma coisa, será que tudo que você vê é um pouco azul por causa deles?

Posso lhe dar mais um comprimido para ajudá-la a dormir, mas é só, ele disse.

Ele voltou a auscultar-lhe o coração.

Não é exatamente o meu coração que precisa ser ouvido, ela disse. São essas paredes. Vá auscultá-las, falou. Ele pôs o estetoscópio de volta na bolsa preta.

Tome o comprimido com água, ele disse, e saiu.

É mesmo? Eu achava que deveria tomá-lo com um energético, ela disse, com o rosto colado nas barras da cela, enquanto ele seguia pelo corredor. E ele sorriu, animado pela brincadeira dela, enquanto se afastava dali.

A IRMÃ LEONIDE chegou e perguntou mais uma vez se ela queria rezar. Não, não, não, não, eu não quero rezar, ela disse. A irmã Leonide se ajoelhou no chão ao lado do catre e pousou os cotovelos no cobertor de lã, espalmou as mãos e baixou a cabeça em cima delas e começou a rezar sozinha. Está sentindo esse cheiro?, perguntou Mata Hari. A irmã Leonide levantou a cabeça e olhou para as próprias mãos.

Mais pareciam dois punhos entrelaçados, unidos daquela maneira para bater em alguma coisa, e não para se falar com Deus. Ela separou as mãos e olhou para Mata Hari. Gostava de olhá-la. Gostava de olhar para suas sobrancelhas. Os pelos pareciam ter sido cuidadosamente penteados, mas é claro que não foram, e a irmã Leonide se perguntou, por um momento, se eram os pensamentos que uma pessoa tinha que determinavam o padrão e o formato das sobrancelhas. As dela eram todas embaraçadas, pensou para si mesma, como se os pelos tivessem a intenção de dar nós uns nos outros, como se ficar no lugar não fosse gerar uma faixa de sobrancelha reta, mas um bolo incapaz de ser desfeito, tão bem cerzido quanto o botão de um paletó chinês. Ela gostaria de ajudar Mata Hari, pensou. Deve haver alguma maneira de ajudar essa mulher a ser libertada. Venha cá, disse, vamos escrever uma carta para a sua filha.

Com um pouco de papel, caneta e tinta à sua frente, Mata Hari começou a escrever.

Querida Non,

Era uma vez uma rainha que teve uma difícil discussão com o filho. Ela o proibiu de continuar a morar com ela e o expulsou para a floresta. Anos depois eles voltaram a se encontrar, mas não se reconheceram. Então se tornaram amigos, depois amantes, e ele acabou pedindo para se casar com ela. Quando a rainha soube que ele era seu filho, ficou horrorizada. Ela sabia que jamais poderia se casar com ele, portanto preparou-lhe uma tarefa impossível. Se entre o pôr do sol daquela tarde e o alvorecer do dia seguinte ele fosse capaz de represar o rio que havia ali perto, de forma que a região inteira virasse um lago, então ela se casaria com ele. Ela pensou: É impossível, ele nunca vai conseguir. Mas o príncipe recebeu ajuda dos deuses e estava quase conseguindo terminar de construir a represa. Quando a rainha foi informada do progresso e que teria de se casar com o próprio filho, ela mandou que destruíssem a represa e inundassem o platô, onde o filho foi acidentalmente carregado pelas águas e se afogou. E foi assim que se formou o pico de Tangkuban Prahu.

Com amor,
Sua mãe

A irmã Leonide leu a carta. Tem mais alguma coisa que você gostaria de dizer além disso?, ela perguntou. Mata Hari pegou a carta das mãos da irmã Leonide e escreveu: *P.S. Cuidado com seus pés se um dia você for até lá. Eles podem escorregar e cair em bolsões ocultos de lodo fervente e borbulhante.*

Bouchardon lê as cartas de todas as prisioneiras, comentou a irmã Leonide. Vai ler essa também. Escreva outra coisa. Escreva algo que o faça pensar que você deveria ser libertada. Diga à sua filha como gostaria que vocês duas pudessem voltar a estar juntas. Quando Bouchardon ler, vai ver que você é uma mulher cheia de amor materno, que mantê-la prisioneira aqui é mantê-la afastada da sua própria natureza.

Mata Hari pegou a caneta outra vez. Escreveu: *Eu sei que o seu pai me proibiu de vê-la todos esses anos, mas, nesse instante, eu adoraria ter você...* E então rabiscou o que havia escrito.

O que é que você está fazendo? Estava perfeito!, gritou a irmã Leonide.

Não estava. Estava tudo errado. Eu ia dizer que adoraria tê-la junto de mim. Mas aqui? No meio dessas paredes?

Desses ratos? Desse cheiro? Mande do jeito que está. Eu sempre quis que ela conhecesse a história da rainha e do filho. Mata Hari passou então a carta à irmã Leonide.

Mais uma vez, a irmã Leonide sentiu que as suas sobrancelhas estavam tão emaranhadas quanto nós. Ela franzia a testa, sem imaginar um jeito de salvar Mata Hari. Não havia truques nas dobras do seu hábito, nem qualquer Escritura convincente em sua Bíblia de couro gasto que pudesse libertar aquela mulher. Tudo o que ela podia pensar em dizer era que Bouchardon era um homem inteligente, um homem muito inteligente e que saberia se Mata Hari estivesse escondendo alguma coisa. Você está retendo alguma informação dele?, perguntou a irmã Leonide.

Existem coisas que ele não vai entender e que eu não posso contar, desabafou Mata Hari. Se eu deixar que certas palavras saiam da minha boca, elas vão ter o efeito de um bumerangue, mas não de um bumerangue feito de marfim ou de madeira, mas de lâminas cortantes de metal, e as palavras vão se voltar contra mim, direto para a minha garganta. Receio que as minhas próprias palavras possam me matar, a senhora me entende, querida irmã? Eu não me atrevo a contar. A senhora me entende, não entende?

A irmã Leonide balançou a cabeça e depois sorriu. Deus a abençoe, disse, e saiu.

Pare de me olhar com esse sorriso de freira. Em vez disso, me dê o sorriso de arrumadeira, disse Mata Hari.

TANTO O PAI COMO A MÃE

Na manhã seguinte, o Dr. Van Voort e eu caminhamos pelo cafezal, passeando por entre folhas recém-cortadas cujas fibras molhadas manchavam nossas roupas com linhas verdes. Fomos até o fim da plantação, onde a floresta começava, e encontramos potes de arroz que os trabalhadores haviam deixado como oferendas aos maus espíritos que tinham trazido o vento, para que eles não o trouxessem de novo. Então pegamos os cestos de palha para colher os frutinhos de café, que ficavam ao lado das filas de pés de café, e nós as estávamos empilhando quando um trabalhador chegou com um recado que passou ao Dr. Van Voort, que por sua vez o repassou a mim. Era de Non: um cartão desejando melhoras, um desenho a lápis daquilo que parecia ser um redemoinho infinito de círculos concêntricos. Eu fiquei olhando por algum tempo e o segurei firme acima das folhas que deixavam manchas, até voltar para o quarto em que estava hospedada, onde o pendurei na parede com um alfinete que encontrei numa caixa de costura, na gaveta da mesinha de cabeceira.

Enquanto o Dr. Van Voort costurava folhas secas no telhado de sapê, que se soltara com o vento, sentei numa cadeira no cafezal e fiz um desenho para Non do que havia a minha volta. Desenhei a colina, os pés de café e a cabana. Quando o Dr. Van Voort chegou e olhou por sobre o meu ombro, perguntou: Onde é que eu entro nesse desenho? E eu respondi que, se MacLeod o visse no desenho, ele juntaria dois e dois e isso daria um quatro que eu não queria ter de explicar. Se MacLeod descobrisse sobre o Dr. Van Voort, ele poderia me proibir de ver Non eternamente. Poderia pensar que, como só havia restado uma criança, ele poderia tomar conta de Non sozinho. E se perguntaria: Não seria fácil ser tanto o pai como a mãe?

COM NEVE ATÉ O JOELHO

O Dr. Van Voort pensou em várias maneiras de mantê-la na fazenda. A incubação comum demorava três semanas. Isso só lhe dava mais alguns dias com ela. Deite-se, ele lhe disse. Ela se deitou de bruços e ele apalpou sua coluna, fazendo pressão nos rins esquerdo e direito, à procura de um baço ou outro órgão inchado, qualquer desculpa para tê-la a seu lado por mais algum tempo. Mas o baço estava normal, assim como os rins, e examiná-la e sentir sua pele macia e a curva de sua cintura fina, prolongando-se até os ossos dos quadris, só o fizeram ficar mais excitado. Ele a virou de frente, deitou-se perto dela e deu início a um exame durante o qual, segundo ele, ela teria de ficar com os olhos fechados. Assim ela fez, e ele deslizou a mão por entre as pernas dela e deixou o polegar encontrar o terceiro olho, enquanto os outros dedos entravam fundo dentro dela, de modo que, quando ele estava pronto para penetrá-la, ela já estava tão molhada que seu pênis deslizou facilmente, e o orgasmo dela veio rapidamente, e o dele, logo a seguir. Depois, ele continuou dentro dela até seu pênis ficar ereto de novo, desta vez ele se moveu lentamente, num ritmo em que ele achava que poderia continuar para sempre e que conseguiu manter até muito tempo depois de ter ouvido as vozes dos trabalhadores gritando, entre os pés de café, que estava na hora de parar de trabalhar e ir para casa.

Foi uma noite em que nenhum dos dois dormiu. Ficaram nos braços um do outro e viram a lua pela janela e os urutaus voando por ali, cobrindo e depois deixando entrar a luz da lua. O Dr. Van Voort perguntou que eles iriam fazer, o que poderiam fazer? Ela fumou um dos cigarros dele e disse que eram um bom mau hábito de se ter. Ele lhe disse que gostaria que ela bolasse um plano com ele mas ela disse que não havia plano algum. Disse que não gostava de planos, que a faziam se lembrar de promessas, de coisas que nunca podiam ser cumpridas. Planos estão sempre dando errado ou são cheios de falhas, ela disse. E disse também que ser casada com MacLeod significava que não poderia haver planos, a não ser sobreviver, e que isso por si só já era um feito.

O Dr. Van Voort disse que estava disposto a abrir mão de tudo, e apontou para a janela, indicando sua bem-sucedida plantação de café, e disse que a levaria de volta para a Holanda no navio seguinte. Ela se imaginou com neve até o joelho, toda encapotada, enluvada e de patins, andando no gelo pelos canais com ele, que estaria com o nariz todo vermelho ao lado dela.

Nós deveríamos ser gratos pelo tempo que passamos juntos, ela disse.

Bobagem, ele disse, isso é bobagem. Eu é que vou ter cólicas se você falar besteiras como essas. Ele se levantou da cama e foi até a janela, mas, no momento seguinte, voltou para a cama, colocou a cabeça perto dela e aspirou a água de rosas que ela havia usado mais cedo para lavar o cabelo.

UMA BATIDA NA PORTA

Se você não quiser virar uma espiã, você pode se dirigir ao cônsul do país para o qual você não deseja espionar e dizer a ele: Gostaria de ser uma espiã. Com isso, você vai ser enxotada e provavelmente vai se ver na próxima embarcação com destino para o seu país de origem, sem mais. Mas se você realmente estiver determinada a se tornar uma espiã, você pode dizer isso ao representante do governo do país que a quer como espiã e que a procurou no meio da noite, bateu em sua porta e a obrigou a recebê-lo de penhoar transparente e quimono de seda, que você vai trabalhar para ele. Mas se o representante lhe der dinheiro e uma série de frascos com tintas secretas, você vai ter de, no dia seguinte, despejar o conteúdo dos frascos nas mansas águas verdes que passarem abaixo de você enquanto estiver de pé na ponte de um canal. Afinal de contas, o país de onde vem o tal representante um dia deteve suas malas para inspeção num trem que ia dos Alpes suíços para a França e as perdeu, e elas estavam cheias de casacos de pele que iam até o tornozelo, de pele de castor e de mink, que valiam mais do que todo o dinheiro que você ganhou em dez anos dançando de corpete e collant atrás de um véu. Por sorte, eram todos presentes de homens com carteiras gordas que combinavam com o tamanho da cintura deles e cujos cintos eram tão grandes que, quando tirados das calças, tinham o tamanho de algumas cobras venenosas que você havia visto nas selvas de Java. Aí então você poderá ao menos dizer a si mesma que, tendo ficado com o dinheiro do tal país que a pagou por seus serviços de espionagem, vocês agora estão quites, por conta dos casacos de pele que eles apreenderam e que você não teve a oportunidade de vestir nem de senti-los acariciando docemente os seus tornozelos.

NOTAVELMENTE RECUPERADA

O Dr. Van Voort dormiu na manhã seguinte e, quando acordou, ela havia ido embora. Ele foi até a plantação, procurando por ela, mas ela não estava lá, como estava na vez em que ele a vira dançando para a lua. Dessa vez, apenas os trabalhadores estavam na plantação, curvados com pedaços de pano amarrados na cabeça para enxugar o suor e as costas parecendo asas de xícara enquanto colhiam os frutos de café da plantação.

Ele chamou por ela e os trabalhadores olharam para cima e protegeram os olhos do sol para poder vê-lo na claridade intensa. Ele entrava e saía da cabana, ainda chamando por ela, e então deu alguns passos na direção da floresta, onde parou e se virou, e depois deu alguns passos em direção à estrada, e depois parou novamente quando um trabalhador, ainda com as costas arqueadas de colher café, foi até ele e disse que vira Mata Hari sair de casa ao amanhecer. No começo, a neblina era tão grande que o empregado não conseguira identificar quem era. Pensou que o espírito da floresta tivesse vindo abraçá-lo com seus braços esbranquiçados e levá-lo dali, até perceber que era ela, quando ela disse *Selamat pagi*, e ele respondeu com o mesmo bom-dia, antes de ela desaparecer na estrada.

E você a deixou ir?, perguntou o Dr. Van Voort, e o trabalhador, cabisbaixo, assentiu, e o Dr. Van Voort gritou e disse que aquilo era muito perigoso, deixar uma paciente se levantar e ir embora, quando sua doença poderia perfeitamente piorar, e, enquanto protestava, o Dr. Van Voort sabia que estava esbravejando porque sentia raiva por ela tê-lo abandonado e que, clinicamente, ela estava plena e notavelmente recuperada.

SINDANGLAJA

Quando cheguei em casa, MacLeod não estava lá, e Hijau, que era corcunda e não podia levantar a cabeça, teve de observar meus pés por alguns instantes até me reconhecer. Já Non, no entanto, correu até meus braços e perguntou se eu havia recebido seu bilhete. Eu lhe disse que o havia trazido comigo e que iria guardá-lo para sempre, porque me lembrava as torrentes de água que às vezes vinham do mar. Houve um momento em que os meus olhos deram uma busca pelo quarto e meus ouvidos tentaram escutar algum sinal de Norman — talvez minha doença tivesse sido uma espécie de sonho longo e a morte de Norman fosse parte desse sonho. Mas ele não veio correndo me ver, nem apareceu para me mostrar um novo fantoche *wayang kulit*. Assim, entrei no quarto deles, e o cheiro fétido do vômito do dia em que meus filhos foram envenenados ainda parecia pairar no ambiente, guardado em lugares secretos, nas persianas de bambu das janelas, onde havia frestas entre as lascas de madeira, onde os nós naturais impediam uma vedação completa e a luz do dia podia entrar. Ou então pairava na moldura entalhada de um espelho, nas rosas de madeira que guardavam o cheiro em seus botões; ou talvez estivesse armazenado embaixo dos lábios de mogno das pétalas compridas que subiam pelas trepadeiras. A realidade se apresentou para mim com o cheiro e eu cambaleei, e Hijau teve de me dar apoio. Eu me perguntei se toda a sua força estava de alguma maneira estocada naquela corcunda que ela tinha nas costas, porque ela conseguiu me levar até o quarto, sustentando a maior parte do meu peso, me deitou na cama, ergueu meus pés e colocou travesseiros embaixo dos meus joelhos.

Quando MacLeod voltou, ele se posicionou embaixo da varanda e gritou para mim, perguntando-se se o diabo de doença que eu havia pegado ainda era contagioso. Eu disse: Claro que não, e ele assentiu e entrou em casa.

Enquanto você não estava, eu me aposentei. Não trabalho mais, ele disse, enquanto subia as escadas.

Se aposentou?, pensei. Que horror. Se MacLeod havia se aposentado, então eu, para todos os efeitos, estaria aposentada também?

MacLeod continuou. Tem uma casa em Sindanglaja, bem no alto das montanhas. Esse maldito calor vai me dar uma trégua por lá e é bem barato, mais barato do que esta casa. Vou contratar um tutor para Non, nada vai faltar a ela.

Mas eu iria sentir falta das coisas, pensei. Sentiria falta de gente da minha idade. Sentiria falta de ter o que fazer. Sindanglaja era longe de tudo. Era longe do mar e longe do Dr. Van Voort, e isso até que podia ser bom, pensei, mas, mesmo assim, uma parte de mim ainda queria ficar perto dele. Eu gostava de ouvi-lo falar sobre voltar para a Europa e me levar com ele. Talvez a parte de que eu mais gostasse fosse quando ele falava da Europa, e eu me imaginava lá, andando pelas ruas cheias de gente e apressando o meu passo, saindo do ritmo lento que eu tinha por ali, onde era preciso andar com cuidado, pois havia as raízes das árvores cortando todo o solo da floresta, e havia o calor que você tinha de respeitar, sempre pairando sobre a sua cabeça, mandando você ir devagar, mas na Europa, não. Na Europa, imaginei, não havia nada para fazer você tropeçar nas calçadas lisas, polidas pelas pessoas, seu peso alisando as pedras sob os sapatos. Lá o calor não ficava junto da sua orelha, ao contrário, o vento soprava dos rios, fazendo você se apressar.

A mudança para Sindanglaja já havia sido planejada por MacLeod, antes mesmo de ele me contar que estava pensando em ir para lá. Na manhã seguinte, o pessoal da mudança entrou em nossa casa e retirou todos os móveis. Eles não iam transportar tudo para a nova casa de Sindanglaja, porque seria caro demais. MacLeod já havia vendido os móveis e o pessoal da mudança tinha vindo para pegá-los e entregá-los aos novos proprietários. Eu os vi levarem a caminha de Norman do quarto das crianças, e até uma caixa com os brinquedos dele fora vendida. Caindo da caixa estava um de seus fantoches *wayang kulit*, a cabeça caída para trás de um jeito pouco natural, como se o pescoço de madeira tivesse sido cortado e agora ele estivesse olhando para o céu. Eu o arranquei da caixa. Era a única coisa que pertencera ao meu menino que eu queria guardar.

O AR DE UMA CONCHA

Os cigarros Mata Hari eram anunciados como os mais novos cigarros indianos, capazes de satisfazer o gosto mais refinado e feitos com uma seleção de folhas de fumo da Turquia e o melhor da Sumatra. Um florim holandês comprava um pacote com cem cigarros.

O Dr. Bizard levou um pacote até a cela. Na embalagem havia uma dançarina envolta num véu, do jeito que Mata Hari dançava nas apresentações. Ela ofereceu um cigarro ao Dr. Bizard e ele acendeu um para si e um para ela, com o fogo que saía do lampião. Ele manteve o cigarro preso na ponta dos lábios, enquanto segurava o estetoscópio no peito dela, e ela recuava, de tão fria que estava a peça de metal. O clima havia piorado. O Dr. Bizard se desculpou. Retirou o estetoscópio, colocou-o dentro do casaco e o segurou embaixo do braço para aquecê-lo. Depois de alguns instantes, ele disse: Pronto, isso deve ter dado um jeito, e encostou o receptor de novo no peito dela. Melhorou?

Está me queimando, ela respondeu.

Ah, vamos lá, ele disse. É só um pedaço de metal.

Está quente demais!, gritou Mata Hari, que agarrou a borracha do estetoscópio e o afastou de seu corpo. A força que ela usou arrancou uma das entradas do estetoscópio das orelhas do Dr. Bizard, que, por um momento, só ouviu um zumbido de ar silencioso. O ar de uma concha, pensou consigo mesmo. As cinzas também caíram em cima do catre, do cigarro que ele mantinha na boca, e ele sacudiu tudo para o chão. Colocou o estetoscópio de volta na bolsa e então terminou o cigarro, exalando a fumaça para longe dela, na direção do lampião, onde se formou um halo em volta da chama.

Por que você não dança para mim outra vez?, ele perguntou. Acho que vai fazê-la se sentir melhor. Parece que não tem nada na minha bolsa que possa lhe propiciar isso.

Ela puxou o cachecol de lã do pescoço do Dr. Bizard e o usou como véu para apresentar uma dança. Ela não ficou num dos cantos da cela, como se fosse o palco; em vez disso, dava voltas em torno do Dr. Bizard enquanto dançava, como se ele estivesse no palco com ela, como se ele fosse uma parte do cenário, talvez uma coluna antiga, pensou, coberto de trepadeiras, com grandes flores tropicais penduradas, as pétalas triscadas de veias maiores do que as que ele tinha em suas mãos de meia-idade. Quando ela terminou, deu uma risadinha curta e disse: Meus braços estão fracos. Eles doem, porque eu só os levanto pelo tempo suficiente para passar o pente no cabelo.

O PÁSSARO AÇOUGUEIRO

Se você quiser ser dançarina, pratique erguer os braços lá no alto por muitas horas, com as mãos acima da cabeça. Ande assim pelas ruas, durma à noite desse jeito, ande a cavalo dessa maneira, leia o jornal assim — o jornal, é claro, deve estar sobre a mesa. Balance a cabeça ao ver as terríveis notícias do dia: 144 mil franceses mortos até agora. Quando os dirigíveis sobrevoarem a área e lançarem as bombas, mantenha a pose. Você é uma dançarina. Apenas tire a sujeira das mãos e as lascas de gesso que caírem das rachaduras que acabaram de aparecer no teto. Tente não desperdiçar oportunidades. Tente incorporar esse movimento de se espanar com as mãos em uma de suas coreografias. Às vezes não dá para evitar, você está admirando um belo cavalo numa fotografia de jornal e quem cavalga é um general alemão. Lembre-se de que agora você tem de odiar os alemães.

O que faz o pombo voar do parapeito da janela não é Bouchardon tamborilando perto do vidro, mas sua gargalhada, que enche o ambiente. É igual à gargalhada de um homem, faz o vidro da janela estremecer, alcança o teto e faz os músculos do seu abdômen doerem. Chame o médico, você poderia dizer, rindo ainda mais alto. Há lágrimas nos seus olhos. Você bate o pé. Está rindo com tanta força que as lágrimas se desprendem da poça que formavam nos seus olhos e escorrem pelo seu rosto. Charles, que, de seu lugar lá fora, não sabe de onde vem o barulho de algo batendo no chão, abre a porta da sala de Bouchardon, muito embora Bouchardon não tenha pedido para ele entrar.

Está tudo em ordem, senhor?, ele pergunta, a machadinha subindo e descendo na garganta a cada palavra pronunciada.

Pode entrar!, você quase grita. Venha se divertir também. Por que ficar do lado de fora da porta sem ter a menor ideia da alegria que há aqui dentro? Bouchardon, você diz, Bouchardon pensa que eu frequentei uma escola de espiões. Uma escola de espiões! Você morre de rir. Então Bouchardon faz um sinal para Charles, um sinal para levar você dali, e Charles o ajuda a levantar-se da cadeira, enquanto você está dizendo: Imagine eu fazendo anotações, aprendendo com um professor a ser uma espiã! Será que havia uma aula de disfarces? Será que eu usava um bigode postiço?, você pergunta, virando-se para encarar Bouchardon, mas ele não está olhando para você, está olhando para a própria mesa, fechando a pasta.

Você acha que Charles está impressionado. Você ri, e suas risadas prosseguem pelo corredor. Ele parece estar acompanhando um de seus companheiros de bebedeira do bar até em casa, na alta madrugada, em vez de uma prisioneira de volta à sua cela. Ele percebe que há algo diferente em sua cela desta vez. Em vez de parecer vazia como as celas das outras prisioneiras, só com o catre e a bacia d'água, a sua cela, ele percebe, está tomada pelo som das suas sonoras gargalhadas, que trespassam, ele imagina, as frestas entre as pedras das paredes, e você exala uma espécie de argamassa que preenche os buracos com o ar quente da sua alegria.

O PICANÇO, ou pássaro açougueiro, da Indonésia, é conhecido por matar outros pássaros. Ele pendura suas vítimas em espinhos ou mesmo em ganchos de arame. Uma vez que a vítima está pendurada ali, o açougueiro pode usar o bico, já que os pés não são muito fortes para partir a comida. No entanto, esse açougueiro é meio esquecido. Às vezes pode deixar sua presa pendurada ali por vários dias, e você pode se deparar com uma cena como esta se estiver a caminho de sua nova casa em Sindanglaja. Anos depois, você pode descobrir que, se falar Bouchardon repetidas vezes, o que você pode estar dizendo mesmo é açougueiro, açougueiro, açougueiro,* e você volta a se lembrar de como um pássaro morto preso num galho quebrado e pontudo fez sua filha gritar, que no início você pensou que fosse o som de um macaco meio velho, que você tinha acabado de ver, ou do langur de penacho e cauda longa, que você nunca viu mas que ouviu dizer que mora por ali.

---

*"Pássaro açougueiro" é uma tradução livre de *butcherbird*, em inglês, cuja pronúncia é semelhante à de Bouchardon, sobrenome francês. (*N. do T.*)

O GIBÃO

A TRILHA QUE TOMAMOS atravessava vários arrozais enlameados que tremeluziam no sol da manhã, e atrás dos arrozais enlameados assomava o contorno das colinas de alfazema. No chão, lagartos corriam entre os arbustos e subiam pela colina de alfazema, que nós também subíamos, até MacLeod parar à nossa frente.

Chegamos, ele anunciou. Então, Sindanglaja era aquilo. Primeiro MacLeod foi inspecionar a casa, enquanto Non, Hijau e eu esperávamos do lado de fora, na leve luz cor-de-rosa de um pôr do sol que terminava no horizonte. Podíamos ouvir MacLeod dentro da casa. Estava vasculhando os móveis que haviam deixado, virando um sofá, olhando embaixo de um colchão, retirando as gavetas, procurando, eu sabia, pelo que poderia estar ali escondido, rastejando ou deitado à nossa espera.

Non queria entrar. Quero conhecer a casa nova, choramingou ela.

MacLeod pôs a cabeça para fora da janela. Espere um pouco, ainda não, ele disse. Ainda estou verificando. Ele acendeu uma lanterna. Podíamos vê-lo em ação, a luz da lanterna passando de um ambiente a outro como um espírito ou um fantasma inquieto, como se a casa fosse mal-assombrada. No entanto, essa era a única coisa em que MacLeod não podia pisar em cima, ou arranhar com o salto do sapato, ou bater com um jornal enrolado ou trazer para fora num pedaço de pau, com o braço esticado, e da qual não poderia nos proteger, porque ele mesmo era o fantasma.

Eu não queria entrar. Poderia ficar do lado de fora para sempre, na noite fresca, vendo o céu cor-de-rosa se transformar em preto, porque aí as estrelas costumavam entrar em cena e eu sentia que essa era a maneira correta de se dizer, que as estrelas entravam em cena, em vez de "apareciam". Como convidados entrando pela porta, elas surgiam, primeiro lentamente, uma de cada vez, e de repente pareciam estar todas ali, enchendo o ambiente que antes era apenas um céu vazio.

Finalmente, MacLeod nos deixou entrar. A casa parecia ter sido saqueada. Dava a impressão de que macacos tinham passado por cima de tudo. Metade dos colchões que ele tinha vasculhado estava no chão, as gavetas haviam sido retiradas e se encontravam empilhadas em desordem na bancada da cozinha, as portas dos armários estavam escancaradas, e parecia que as mesas, as cadeiras e o sofá gravitavam todos por alguma força invisível em direção ao meio da sala, onde fariam o quê? Conversar? Contar as novidades da semana?

Arrume tudo isso aí, MacLeod me disse. Vou conferir o jardim.

Depois que eu coloquei tudo de volta no lugar e Hijau pôs Non para dormir, dei uma busca num dos meus baús e encontrei uma de nossas redes. Fui até o lado de fora e a pendurei entre duas árvores que tinham galhos cinza crescendo nos troncos, com a forma, pensei, de chifres de rinoceronte. Pensei que aqueles galhos poderiam me proteger, poderiam impedir um *babi* selvagem, um rato ou uma cobra de chegarem a mim durante o sono. Antes de dormir na rede, passei no quarto de MacLeod. Ele dormia numa cama que não se deu ao trabalho de fazer, deitado de roupa nos lençóis listrados, com uma espingarda ao lado, o cano paralelo à sua perna.

De manhã, quando as estrelas se foram, não havia nada para se ver a não ser a bruma, e por um momento eu pensei que talvez não fosse neblina, mas a fumaça de um incêndio que estivesse subindo pelo morro, e que seria apenas uma questão de tempo até que todos nós fôssemos queimados vivos. Quando as brumas desapareceram, pude ver até lá embaixo, pude ver tudo. Aquele não era o cafezal do Dr. Van Voort?, pensei. Aquele não era ele, andando um pouco de lado, como se o chão embaixo dele estivesse inclinado?

Quando ouvi o tiro, corri para dentro de casa, e enquanto corria, pensei: Pronto, acabou, MacLeod se matou, porque acaba de perceber o quanto é deprimente estar aposentado. Primeiro corri até Non e falei para Hijau segurá-la no quarto. Mas quando cheguei ao quarto onde MacLeod se encontrava, ele estava sorrindo.

Acertei um!, comemorou.

Pude ver o gibão de onde eu estava. Continuava vivo. Segurava a mão branca sobre o ferimento e depois a retirava e olhava para o sangue que a manchava. Então ele olhou para o alto, para as árvores, olhou para tudo quanto era lado. Olhou para nós, de pé à janela. O olhar dele parou em mim, não em MacLeod.

Mate-o, falei. Ele está sofrendo.

Foi um tiro e tanto, falou MacLeod, ainda sorrindo.

Peguei a espingarda da mão dele. Ele deixou. Sabia que eu atirava mal. E era verdade. Acertava as coisas por engano. Acertava as árvores, o chão. Fazia rombos em grandes folhas de bananeira e acertava flores cujas pétalas explodiam depois que as balas as atravessavam, e as pétalas flutuavam antes de cair no chão, ou então eram levadas pelo vento, algumas na direção do macaco que agora levava uma das mãos brancas ao ferimento e a outra sobre a cabeça, se protegendo, pensei, das pétalas que caíam do céu.

MacLeod então tomou a arma de mim e a recarregou. Ele ergueu a espingarda e mirou um tiro na cabeça do macaco, matando-o.

Se você é um atirador tão bom, perguntei, por que o seu primeiro tiro não fez o que esse fez?

Eu não atirei para matar, ele disse.

Quer dizer que você quis vê-lo morrer?, perguntei, mas já sabia que a resposta era sim. Era um esporte para MacLeod, e ele mirou mais uma vez, procurando algo mais em que atirar. Moveu a arma mirando uma árvore e outra, um lugar e outro, indo do chão para o céu, e se a espingarda fosse uma caneta, ele estaria escrevendo algo parecido com letras Ns, Ws e Ms, umas por cima das outras, se entrelaçando e se sobrepondo, o tipo de linguagem escrita que o meu marido falava.

OS NINHOS DOS TAPERUÇUS

VI NOVAMENTE o Dr. Van Voort quando voltei à nossa antiga casa para pegar o resto de nossos pertences. Um criado chamado Kulon, de Sindanglaja, foi junto comigo para me ajudar. Kulon entrava e saía da casa, fazendo várias viagens para carregar o que havia sobrado. Ouvi passos atrás de mim e falei: Kulon, na próxima vez leve isto aqui, e apontei para uma trouxa com o meu lençol cheio de furinhos. O que recebi como resposta não foi uma voz, mas um abraço por trás, e eu soube quem era pelo cheiro do cigarro e dos cabelos, cujo cheiro fazia parecer que o sol estava neles, e pelo leve aroma de gim e café em sua pele. Eu me virei para olhá-lo e nós nos beijamos, depois nos soltamos. Ele disse: Está na hora de sair daqui.

Para onde vamos?, perguntei.

Para o mar.

MacLeod espera que eu volte hoje à noite.

Será que ele realmente vai estar esperando-a quando você voltar?, ele perguntou.

Não, pensei comigo mesma. Desde que chegamos a Sindanglaja, ele logo descobriu onde ficava o bordel local, e seus dias de aposentadoria pareciam se estender à sua frente, com apenas ócio para preencher seus dias, no ar mais fresco das montanhas, e algumas visitas noturnas a prostitutas para aquecer seu sangue.

Pedi a Kulon para esperar. Disse-lhe que se eu não voltasse em algumas horas, ele deveria me encontrar naquela antiga casa, pela manhã, que então nós subiríamos a montanha de alfazema e voltaríamos a Sindanglaja.

Mengerti?, perguntei, para me certificar de que Kulon havia compreendido o plano.

Mengerti, respondeu Kulon, assentindo e se recostando no tronco de uma mafumeira, entre as raízes, que batiam na altura de seus ombros e que se pareciam com grandes braços cinza dobrando-se em volta dele.

Eu e o Dr. Van Voort seguimos por uma trilha que no início era estreita e depois ia se alargando e passava por praias pedregosas, onde ondas altas e penhascos recortados rasgavam o céu. Nas paredes dos penhascos, bandos pretos de taperuçus revoavam sobre a espuma das ondas que rebentavam. O Dr. Van Voort me contou como eram feitos os ninhos dos taperuçus, falou de como eram montados com uma mistura viscosa de saliva das aves e alojados nas paredes das grutas dos penhascos. Se alguém tivesse a possibilidade de vasculhar o fundo do mar e perpassar a areia, encontraria ossos dos homens que tentaram escalar os penhascos e entrar nas grutas para capturar os ninhos. Vendidos a um altíssimo preço no mercado, eram uma iguaria fina para preparar uma sopa. Mas muitos homens não conseguiam pegar os ninhos, tropeçavam e caíam no mar, no meio da arrebentação.

Caminhamos até uma faixa de areia na praia, cercada de cavernas onde anjos-do-mar e bodiões nadavam na água, mas pareciam interromper o balanço suave de suas caudas e nadadeiras quando nos aproximávamos para observar. Na margem da água, nos deparamos com uma cobra do mar morta, arrastada até a areia, o corpo cheio de faixas e a cabeça marcada com uma espécie de ferradura na coroa. Não deve ter lhe dado muita sorte, disse o Dr. Van Voort, se referindo à ferradura na cabeça, antes de pegar a cobra e atirá-la na água.

Pensou no que vamos fazer?, perguntou o Dr. Van Voort, esfregando as mãos para tirar a areia. Vai querer voltar para a Holanda comigo?

Não quero saber da Holanda, falei. Estava pensando em lugares onde nunca havia estado. Estava pensando na França, em Paris, que diziam ser bonita. Non também adoraria. Lá tinha balé. Os artistas moravam lá. Grandes pensadores saíram de lá. Parecia um lugar mágico. Mesmo não tendo a beleza natural de Java, tinha a beleza natural de sua arquitetura e sua gente, cujas mentes viajavam e partiam de uma ideia para a outra, ao contrário dali, onde as únicas coisas que viajam e partem estavam sob nossos pés e onde a cabeça das pessoas parecia se mover com a vagarosidade de uma neblina estacionada permanentemente na base das montanhas.

Então, vai mesmo abandoná-lo?, ele perguntou.

Não, acho que não, respondi. Eu tinha medo de abandoná-lo. Temia que, se fizesse uma coisa dessas, ele nunca mais me deixaria ver Non, a manteria afastada de mim. Ele conseguiria uma forma legal de eu nunca mais vê-la de novo, de ele ficar com a guarda, e esse era um pesadelo que eu já tivera uma infinidade de vezes, e nessas ocasiões eu acordava tão suada que juro que poderia sair boiando no meu próprio banho de sal com a poça que se formava nos lençóis.

UM COZIDO

Se você quiser ser uma boa esposa para um marido ruim, durma com o seu amante, o Dr. Van Voort, pela última vez e faça amor com ele logo após o crepúsculo, enquanto lá em cima voam morcegos grandes como raposas. De manhã, acorde o seu criado Kulon, que adormeceu exatamente onde você o deixou, nas raízes da mafumeira, que mais parecem braços, e faça o caminho de volta pela colina de alfazema levando o seu lençol de furinhos atrás de você, um saleiro e um pimenteiro de prata, com uma espécie de cúpula no alto, e uma aquarela emoldurada numa flor de lis de um castelo de terra marrom, que fica em algum morro do Ocidente. Volte para o seu marido e pergunte se ele já esteve em Paris, e se ele gostaria de ir lá. Diga que lá sua filha teria os melhores professores. Que lá vocês poderiam beber um vinho de qualidade em vez do vinho local que tomam ali, do qual ele às vezes sente tanto nojo que o arremessa para o outro lado da sala, e a garrafa faz um arco e se esparrama sobre as esteiras, no chão. Diga que ele é jovem demais para passar o resto dos seus dias numa montanha coberta por nevoeiro e cercado de macacos que não param de gritar e gibões de peito peludo e mão branca. Dê uma canseira nele.

Mostre fotografias de jornais que você recortou e trocou com as esposas dos outros militares aposentados cujas casas pontuam esse lado das colinas de alfazema.

Aponte para o Arco do Triunfo, bata o dedo nos arcobotantes da Notre-Dame, faça com que ele imagine a si mesmo e a sua filha brincando de pique-esconde atrás das árvores e nas grutas marrons do Jardim de Luxemburgo. Mostre fotos de mulheres bonitas, pergunte se já viu alguma coisa parecida ali pela ilha, onde a pele de todas as mulheres exala o cheiro enjoativo de *nasi goreng* e não o aroma de um perfume fino. Diga que lá os intelectuais têm conversas que ele nunca terá ali, se insistir em ficar. Fale sobre como esses intelectuais ficariam impressionados com seus pensamentos inteligentes, que ali só caem nos ouvidos moucos dos criados e dos militares de idade avançada que dormem em cima do prato de comida, derrubando a sopa e molhando as próprias camisas.

Peça para ele prestar atenção por um momento. Pergunte se ele ouve o som de outras crianças, porque você sabe que ele não ouve. Ali não tem ninguém com quem Non possa brincar. Ela está na cozinha de novo, ajudando Hitau, a Corcunda de Java, a criada. Estão depenando uma galinha que acabou de ser morta.

E então, como a maré, recue um pouco. Fique dias sem falar de Paris. Fale apenas das chuvas que chegaram. Pergunte se ele pode enxergar um palmo diante do nariz. Pergunte se a cabeça dele não fica doendo com aqueles pingos batendo. Pergunte se as solas e os dedos dos pés dele não ficam coçando, se a pele dele não fica empapada e escamosa, os calcanhares marcados de ferimentos vermelhos irritantes que à noite o fazem se coçar com tanta força que deixam marcas de sangue nos lençóis ao pé da cama, pela manhã. Diga ter percebido que ele se acostumou a não usar mais sapatos. Pergunte se é porque, com a chuva, os sapatos nunca ficam secos e toda vez que ele os calça é como se estivesse colocando um sapato que acabou de ser retirado do mar. Diga que ele está cada vez mais parecido com um ilhéu e que mais dia, menos dia, você não vai se surpreender ao vê-lo vestindo um sarongue, comendo com as mãos, sentado de pernas cruzadas no chão e brincando com um fantoche *wayang kulit* nas mãos, encenando um teatro de sombras num lençol pregado a uma parede de bambu. Quando ele a mandar calar a boca, então obedeça. Lembre-se de que a cabeça dele é como uma panela de pressão e que tudo o que você falou é como carne, verdura e temperos, uma pitada disso, uma pitada daquilo. Vai ficar fervendo. Vai cozinhar na hora certa. Lembre-se de que um MacLeod sob observação nunca ferve, então saia de perto dele.

Não fique surpresa se, alguns dias depois, quando, evidentemente, ainda estiver chovendo, quando a poeira no alto da montanha estiver tão solta e espessa no ar que o peso de cada pingo de chuva estará trazendo terra em quantidades maciças, e você já estiver pensando em como a sua casa vai ser a próxima a desmoronar montanha abaixo, deixando um rastro escorregadio atrás de si, quando Non ainda estiver na cozinha ajudando Hijau a socar o arroz, quando aquilo que poderia ser o barulho de outras crianças brincando ao ar livre é o ruído de macacos, gibões e de um lêmure de cauda longa — não fique surpresa se MacLeod, de pé à janela e de costas para você, lhe disser para arrumar as suas malditas coisas, pois você acabou o convencendo, sua desgraçada.

SOUVENIRS DA ILHA

Minha querida irmã Louise,

É com grande prazer que eu lhe informo que estamos saindo de Java definitivamente e voltando para casa. Vai ser melhor para Non. Ela terá a chance de receber uma educação de qualidade e ter amigos da idade dela. É uma pena o irmão dela não poder ir conosco.

Evidentemente, vamos ficar em sua casa, se não houver problema, até encontrarmos um lugar para nós. Margaretha não consegue ficar quieta ante a possibilidade de se mudar para Paris, e ela acha que é para lá que nós vamos acabar nos mudando. Eu ainda não disse a ela que é altamente improvável que eu crie a minha filha lá, e que ela ser criada em Haia, perto de você, é a solução mais prática e ideal.

Por favor me informe se houver algum souvenir da ilha que você queira que eu leve. Vamos embarcar daqui a seis semanas.

Sinceramente,
Seu irmão Rudolph

Meu querido irmão,

Que notícia maravilhosa! Eu sabia que um dia você voltaria. Tenho muita vontade de ver Non. Prometo que vou cuidar dela como se fosse minha própria filha. Você pode ficar comigo pelo tempo que quiser, o convite está permanentemente aberto. Sei que a sua pensão não é muito generosa e que seria prudente de sua parte se economizassem algum dinheiro antes de alugar um lugar para vocês.

Quanto à sua mulher, não vou falar uma única palavra com ela sobre as suas reais intenções. Vou seguir sua estratégia de fazê-la pensar que um dia talvez vocês se mudem para Paris, porque sei o quanto ela pode ser difícil e teatral se achar que as coisas não estão saindo do jeito que ela quer.

Quanto ao souvenir, não há nada que eu deseje desse lugar primitivo que eu já não tenha aqui. Você e Non serão meus souvenirs, portanto embalem-se e acomodem-se com bastante palha para a viagem, de modo que possam voltar para mim em segurança.

Sua irmã,
Louise

PRECISANDO DE UMA CORDA

Ela estava com calor no gabinete de Bouchardon, porque Paris inteira estava quente. O Sena, alguns diziam, estava pelando de calor, e viam-se gatos arfando, com os olhos totalmente fechados, os peitos dando duro enquanto tentavam se resfriar nas soleiras de pedra. Os padeiros xingavam, a massa não dava ponto naquele tempo, e pãezinhos cheios de água eram jogados pelas portas dos fundos, onde bandos de pássaros se revezavam em bicar em vários turnos. A mulher que lia mãos estava ocupada. Parecia que as pessoas só tinham energia para ficarem sentadas, mas suas palmas estavam molhadas e a mulher que as lia deixava uma toalha pronta para secar as linhas das mãos de seus clientes e impedir que seus futuros ficassem encharcados de suor.

A janela de Bouchardon estava aberta, mas era a única na sala, por isso não havia corrente de ar. O pombo não estava ali e ela desejou que ele estivesse, pensando que a maneira súbita como ele batia as asas poderia gerar pelo menos algum movimento de ar. Ela ficou se abanando com a mão.

Bouchardon não estava suando. Tinha acabado de se barbear e havia aplicado brilhantina generosamente no cabelo. Ela sentiu o suor escorrendo atrás dos joelhos e, para tirar o excesso, ela cruzou e descruzou as pernas algumas vezes, torcendo para não molhar a saia e não formar uma mancha, então finalmente disseram-lhe que ela podia levantar e sair.

Na minha cela está mais fresco do que aqui, ela disse.

Bouchardon sorriu. Que sorte a sua!, ele disse. Você deu a Von Kalle informações sobre o nosso pessoal que ia aterrissar atrás das linhas inimigas, não deu?

Isso estava no jornal, todo mundo sabia. Eu já disse isso.

Então diga outra vez. Diga-me por que passou a Von Kalle uma informação confidencial dos aliados?

Estava no jornal. Será que uma informação publicada nos jornais é considerada confidencial? Quer dizer que agora a previsão do tempo é informação confidencial? A seção de classificados é considerada confidencial? A...

Responda à pergunta, ele a interrompeu.

Porque eu precisava que Von Kalle acreditasse que eu era leal à Alemanha, e não à França. Era a única maneira de fazê-lo confiar em mim, e deu certo. Ele me contou dos submarinos no Marrocos.

O que ele lhe deu foi uma notícia velha.

Naquela hora eu não sabia disso, ela disse. Eu não lia o jornal todo dia, e, mesmo que o fizesse, nem sempre as notícias da guerra eram as que mais me interessavam. Além do mais, quando eu fui até o *monsieur* Danvignes e contei dos submarinos que iam chegar ao Marrocos, ele ficou muito animado. Para ele, era novidade. Ele me disse: Essa é uma informação secreta muito interessante que você conseguiu para a França. Chegou a me dar os parabéns.

Não, refutou Bouchardon, você estava tentando enganar Danvignes. Você lhe passou de propósito uma informação ultrapassada, porque achava que Danvignes pensaria que era uma informação nova, mas na verdade era uma informação inútil que era de conhecimento de toda a França. Desde o começo você estava trabalhando para os alemães, portanto você jamais passaria a Danvignes uma informação que tivesse qualquer importância militar ou que pudesse enfraquecer a posição da Alemanha.

Bouchardon então chamou Charles, que a escoltou. Enquanto andavam pelo corredor, ela se virou para Charles e pegou exatamente o momento em que ele engolia em seco, e pensou: Veja, sai uma brisa desse pomo de adão que ele tem, dessa machadinha que sobe e desce na garganta dele. Se eu estivesse mais perto do pescoço dele, sentiria o ventinho.

TULIPAS

Há um momento em que você está viajando de navio e sente vontade de permanecer ali pelo resto da vida, não quer saltar. Você quer poder ficar de pé no convés e sentir sempre o cheiro fresco do mar. Então esse momento passa e você tem a necessidade de sair do navio na mesma hora. Você vai morrer se não conseguir pegar logo um pouco de terra nas mãos. Essa vontade talvez comece embaixo das suas unhas, com o desejo de que alguma coisa fique agarrada ali e que mais tarde você ainda vai poder ver quando levantar as mãos diante de si. Luas negras.

No navio, MacLeod está enjoado e Non, brincando de enfermeira. Ela molha um pano e limpa o vômito da boca do pai, do parapeito do navio e do convés de madeira. Ela pega para o pai outro casaco para vestir. Ela segura o casaco sujo, fazendo um bolo nos braços, e se dirige à lavanderia do navio, mal conseguindo enxergar por cima da bola que tem nas mãos ou ver os degraus.

Você tentou levá-lo de volta ao quarto, mas ele a empurrou de lado, então você não insistiu e se afundou numa cadeira do convés. Ali sentada, você dobrou a aba de baixo do seu sobretudo sobre o plissado de sua saia. Precisava se proteger do frio.

Mais tarde, quando você desce novamente para a cabine, percebe que Non está dormindo ao lado de MacLeod em sua cama. Ela está com os bracinhos em volta dele e a mão grossa do pai cobre a dela. A outra cama da cabine é de Non e é pequena demais para você, então você pega a coberta tamanho infantil de Non e volta para o convés. Você se deita na cadeira do convés e se cobre com os cobertores de Non, que têm o cheiro dela e das bromélias que você pôs no seu cabelo em terra firme, enquanto esperava a hora do embarque em Java. Inspira profundamente, não só com o nariz, mas também de boca aberta, e então você pensa que o que realmente está fazendo é se inebriar do aroma dela, e espera poder se lembrar disso pelo resto da vida.

Você observa a lua, se perguntando se estão navegando por ela ou se ela é que está navegando por vocês. Talvez você esteja no meio do mar, rumo a lugar nenhum. E é aí que você sente novamente aquela sensação sob as unhas dos dedos da mão, a vontade de sentir um pedaço de terra, o cheiro do solo e do barro e a grama sob os seus pés e a solidez de um tronco de árvore onde você possa apoiar as costas, em vez da cadeira de lona do convés, cujo tecido é fino e já afundado no meio, algo em que você pode se jogar mas de onde nunca consegue se reerguer para sair, ao contrário de algo sólido, que a ajudaria a se manter ereta.

O CORTE DE CABELO

Cunhada, perguntou Louise, o que é isso? Parece a cortina de um bordel. Falei que eram sarongues. Eu os havia tirado do baú. Traziam o cheiro da chuva e do bambu. Aqui você vai precisar de lã, ela disse. Os canais estão cheios de gelo. Mas você não vestia isso mesmo, vestia, Margaretha?

Eu só usava isso, respondi, e Louise balançou a cabeça.

Uma manhã, quando entrei na sala, Non estava sentada com um pote emborcado na cabeça. Havia jornal espalhado pelo chão sob a cadeira, e Louise tinha uma tesoura na mão. Ela estava cortando o lindo, grosso e longo cabelo de Non, logo abaixo da linha do pote, de modo que, quando ela terminou, parecia que o cabelo de Non estava com o formato do pote.

Assim está bem melhor, disse Louise. Aquele cabelo todo era um problema, um incômodo. Cheio de fios embaraçados. Um horror para lavar e enxaguar. Agora ela vai ficar bem mais feliz. Era assim que eu usava o meu cabelo quando era criança, ela disse.

Peguei Non pela mão, ajudei-a a vestir o casaco e fomos direto para o cabeleireiro. A mulher fez o que pôde, a forma do pote desapareceu, mas, ainda assim, o cabelo de Non continuou muito curto. No caminho para casa, ela reclamou do frio e disse que não estava acostumada a não ter cabelo e que ele a mantinha aquecida, em volta do pescoço, como um cachecol.

MacLeod ficou uma fera porque eu gastei dinheiro. Louise já tinha cortado o cabelo da menina. Por que você gastou dinheiro para cortá-lo outra vez?! Será que você não tem noção?, ralhou. Louise ficou ao lado do irmão e concordava com a cabeça com tudo o que ele dizia. Eu disse a mim mesma que aquilo não duraria muito, uma vez que já iríamos sair da casa de Louise e, em mais algumas semanas, estaríamos nos dirigindo para Paris.

Pensei que poderia levar Non numa excursão. Eu tinha a idade dela quando atravessei o mar para Ameland. Poderia levá-la até lá. Poderia deixá-la fazer a travessia também. Caminhar pelo solo liso e rasgado por canais e sulcos de lodo, e através da água nauseante. Deixá-la ver os bandos de andorinhas-do-mar e os maçaricos-de-bico-torto lançando-se ao mar para se alimentar quando a maré retornasse. Deixá-la andar pelas poças de lodo até o joelho, da mesma maneira que eu fiz na idade dela. Deixá-la se preocupar quando a maré começasse a subir. Deixá-la pensar: Será que vou sobreviver? E então, na costa, em plena segurança, ela poderia dizer, pelo resto da vida: Eu enganei a morte. Era um presente que eu podia lhe dar, pensei, uma caminhada até Ameland, atravessando o mar.

MacLeod disse que não, que não poderíamos ir. Ele jamais permitiria isso. Era longe demais. E uma coisa muito perigosa para uma menininha fazer. Quis dizer a ele que eu mesma havia feito isso. Mas ele não ouvia. Estava se servindo do líquido de uma garrafa que retirara do armário de bebidas de Louise. Estava balançando a cabeça. Não era uma boa hora para perguntar quando é que nós iríamos para Paris, mas mesmo assim perguntei.

Sua idiota, ele respondeu.

Então ele me bateu. Com o copo de vidro na mão, MacLeod me atingiu com ele, no lado do meu rosto, no osso malar. Eu fui jogada contra a parede. Um quadro de Louise caiu no chão, uma pintura a óleo de um moinho e vacas pastando numa colina margeada por tulipas. Tulipas eram as flores favoritas de Louise, ela até as havia plantado ao lado da varanda. Ela chegava a dizer que, se alguém não gostasse de tulipas, então não tinha nada a fazer na Holanda. Esse alguém simplesmente não era um holandês se não tivesse tulipas crescendo bonitas e viçosas no início da primavera num canteiro na frente da sua casa. Ele me bateu enquanto eu tentava me levantar, mas eu bloqueei seus golpes com os braços, sobre a cabeça, e foram os meus próprios braços que eu senti como se estivessem me espancando e me machucando. Mais tarde, Louise ainda exigiu desculpas, dizendo que o quadro era o seu favorito. Como eu pudera ter sido tão descuidada?

No dia seguinte, MacLeod disse que ia colocar uma carta no correio. Saiu levando Non consigo. Eu lhe dei um cachecol antes de ela sair, passei-o por cima da sua cabeça e o amarrei em volta do pescoço para mantê-la aquecida. Eu só vou até o correio, mamãe, ela disse, e não até a Sibéria.

Esse foi o dia em que fiquei a noite inteira à janela esperando ela voltar. Esperei afastando com a mão a cortina de laços. Esperei até quando Louise me disse que eles não iam mais voltar. Era tudo um plano, uma espécie de ofensiva. Pode esquecer, Louise, o seu plano não vai funcionar, eu disse.

Você nunca devia ter sido mãe mesmo, ela disse. Você não deseja o melhor para ela? Você não é o melhor para ela. Ela é feliz com o pai. Não precisa de você.

Não, de novo não. Ninguém vai me tirar outra criança. Não vou deixar isso acontecer novamente.

Talvez seja minha culpa. Eu não devia tê-la agasalhado tanto. Eu a agasalhei para uma longa viagem, e não um pulinho até o correio. Eu a agasalhei para outro clima, outro país, outra vida. Louise me mostrou onde o quadro havia rasgado, atravessando o lombo de uma vaca, a pá de um moinho e as pétalas firmes de uma tulipa. Realmente, ela disse, se havia alguma coisa nesta casa tão valiosa quanto este quadro antes de você destruí-lo, eu não consigo me lembrar.

Eu ainda estava de pé quando o sol se ergueu e entrou cinzento e espesso pela janela. Minha mão ainda afastava a cortina de laços. Enquanto eu vigiava da janela, a noite inteira, Louise havia preparado a minha bagagem. Ou, para ser mais precisa, ela simplesmente jogou tudo dentro da arca. Todos os meus sarongues foram embolados juntos, como se tivessem passado a noite se entrelaçando e deslizando uns sobre os outros e agora estivessem furtivamente adormecidos. Como se, de surpresa, eles pudessem se levantar e deslanchar um ataque de seda estampada e tintas de batique contra aquela cinzenta manhã holandesa.

Eu já disse tudo o que sei, afirmou Louise. Ela era forte o bastante para carregar meu baú pelas alças escada abaixo e porta afora. Braços fortes, pensei, igual ao irmão. Antes de fechar a porta na minha cara, ela me disse que eu lhe devia dinheiro pelo quadro e que eu daria por falta de um colar de pérolas do meu estojo de veludo. Era um colar que minha mãe me dera antes de morrer.

Tudo que eu queria era ter Non de volta. Advogados entraram no caso. Homens esbeltos vestidos em ternos recém-passados, que tinham tempo para se reunir comigo em escritórios recostados em suas poltronas de luxo, e pareciam que tinham acabado de voltar de férias ou que estavam saindo para uma temporada. Alguns lambiam as pontas dos dedos e limpavam uma sujeirinha de seus sapatos pretos e reluzentes que ninguém jamais perceberia. Alguns me ofereceram uma bebida alcoólica de garrafas de cristal das prateleiras mais altas, ladeadas por grossos livros de couro que davam a impressão de precisarem da força de dois homens para trazê-los para baixo. Alguns me olhavam de trás de suas mesas, fixando os olhos em meus tornozelos e em todas as partes do meu corpo, exceto no rosto, enquanto eu falava. Alguns faziam com que eu falasse para as suas costas enquanto olhavam para a vista impressionante de suas janelas, só girando as cadeiras para me encarar na hora de eu ir embora e pagar o valor da consulta.

Eu aluguei um apartamento pequeno, cujas janelas davam para a parede de tijolos de um prédio tão perto do meu que eu podia esticar a mão e tocar aquela parede áspera. Era uma injustiça, pensei, uma coisa que eu não queria tocar estava tão perto de mim e aquilo que eu mais queria tocar, minha Non, tão longe. O apartamento era frio. O quarto era úmido. Os cobertores de lã eram tão molhados e pesados quanto esponjas e eu não tinha como utilizá-los, eles simplesmente não me aqueciam. Em vez disso, eu me cobri de sarongues, porque eles não retinham a umidade; mas também não me aqueciam, então fiquei tremendo na cama até os dentes baterem. Quando finalmente adormeci, sonhei que Non estava morrendo. Havia lesões no rosto dela. Os dentes da frente estavam podres, com buracos iguais a janelas, pelos quais eu podia ver o fundo da sua garganta. Quando acordei desse sonho, fiquei com medo de voltar a dormir, porque não queria sonhar de novo com a mesma coisa. O sonho ficou pairando sobre mim, ameaçando voltar toda vez que eu começava a adormecer.

Foi o advogado que ficou olhando para os meus tornozelos que disse que ia pegar o meu caso. Falei a verdade para ele: que eu já havia vendido as minhas joias e não poderia pagá-lo, pois não tinha dinheiro. Ele disse que sempre havia alguma coisa que uma mulher bonita poderia usar para pagá-lo. Ele marcou dia e hora para eu voltar ao escritório. Quando o tal dia chegou, entrei no escritório e ele não disse nada, simplesmente usou o braço para fazer um movimento exuberante e derrubar no chão tudo o que estava em cima da mesa. O abajur de vidro, suas pastas tamanho família, papéis e canetas, tudo se espatifou no chão.

Ele já estava montado em mim e começou me beijando antes de eu sequer ter tempo de olhar para o teto de ladrilho. Tudo o que eu conseguia ver era sua testa franzida, as linhas marcando profundamente a carne, como se as marcas fossem os degraus de uma escada. Se eu quisesse, imaginei, poderia simplesmente subir por aqueles degraus e ir-me embora dali, mas a subida seria escorregadia, porque as marcas estavam se enchendo de uma camada gordurosa de suor, mas, pelo menos, disse a mim mesma, eu poderia ir embora se quisesse. Mas não fui. Quando pensei em sair, pensei em como eu nunca mais conseguiria ter a guarda de Non, e a visão dela que tive no sono voltou, e eu sabia que teria de ficar com o advogado do tornozelo e ir até o fim. Sob o meu corpo, enquanto ele se entranhava em mim, pude ouvir as gavetas se remexendo nos compartimentos e a madeira da mesa estalando e rangendo, como um navio numa violenta tempestade.

Quando os lados da mesa estalaram e o tampo se partiu em dois, eu me vi bem no meio dela, entalada entre duas tábuas quebradas que um dia formaram o tampo da mesa, enquanto o advogado do tornozelo continuava dentro de mim e um bloco de anotações que havia escapulido de uma das gavetas machucava a minha lombar. Ele teve de empurrar e fazer força para afastar as duas tábuas, como se estivéssemos num bombardeio e precisássemos passar por cima dos destroços e das ruínas. Depois de me vestir, pedi mais do que a minha menina de volta. Pedi dinheiro também. Indiquei a mesa quebrada. Arrisquei a minha vida por você, falei e mostrei-lhe o meu cotovelo, que ralei quando caí.

Ele me deu dinheiro, mas não adiantou muito. Fui até o açougue e pedi umas costeletas. Em vez de abrir a portinhola e tirar as costeletas, o açougueiro me deu o jornal para ler. MacLeod havia escrito um anúncio que dizia: *Solicito a todos os que este virem não fornecer bens ou serviços à minha ex-mulher, que cometeu um ato de má-fé e me abandonou.* Eu ri quando li aquilo, porque é claro que não tinha sido eu que o abandonara, ele é quem tinha tirado Non de mim, mas era a cara de MacLeod escrever uma coisa tão absurda, tão contrária à verdade. O açougueiro me perguntou o que eu achava de tão engraçado e então me disse para sair de seu estabelecimento. Eu não era bem-vinda ali. Ele pegou minha mão, segurou o meu braço e me levou para fora. A mão dele estava gelada, eu podia sentir o frio até de casaco. Havia restos de carne moída em suas mãos, que se prenderam às fibras de lã da minha manga. Percebi isso enquanto estava numa esquina, sob um poste de luz, imaginando para onde ir.

Louise estava em casa. Ela não abriu a porta para mim, mas abriu uma janela e falou comigo por ali. Non não está aqui e o meu irmão, também não.

Para onde ele a levou?, perguntei.

Não vou lhe dizer, respondeu Louise.

Virei a cabeça para o alto. Non! Non!, gritei para as janelas da casa.

Se continuar gritando, vou ter que chamar a polícia, disse Louise.

Meus gritos viraram um pranto. Caí de joelhos e voltei a sentir o cheiro, aquele cheiro nauseante do quarto no dia em que meu Norman, o meu menino, morrera. O cheiro era forte, de forma que olhei para as minhas roupas a fim de ver se estava saindo de mim, se a minha própria saliva ou minhas lágrimas tinham aquele cheiro repulsivo, mas não era eu. Saí correndo da casa, mas voltei mais tarde naquela noite. Dessa vez, não bati na porta, fiquei do lado de fora, no gramado que havia ao lado da trilha de Louise até a casa, e me pus de joelhos. Os preciosos bulbos de tulipa de Louise estavam plantados ali, e estavam prestes a brotar sobre os caules verdes quando o frio passasse. Arregacei as mangas e enfiei as mãos na terra, tateando em busca deles. Deixei várias mãos de terra preta jogadas perto dos buracos que cavei na minha busca.

O cheiro da terra preta era bom. As unhas dos meus dedos pareciam me agradecer. Era como se houvesse alguma transferência de terra das minhas unhas para o meu sangue enquanto eu cavava, e isso me fez cavar com ainda mais força e mais profundamente, e de alguma maneira isso me alimentou. Dentro de mim, havia um lugar que precisava disso. Cada vez que eu encontrava um bulbo, eu o agarrava e colocava numa pilha. Quando terminei, quando não havia mais bulbos a serem desenterrados e parecia que um exército de toupeiras havia passado pelo jardim de Louise, saí da casa levando os bulbos de tulipa em minha saia. A alguns quarteirões de lá, deixei que eles rolassem da minha saia para a água do canal. Estava quase amanhecendo, e pude ver como os bulbos, a princípio, afundavam, depois reemergiam e boiavam, mais limpos agora, num tom mais amarelo, depois de terem sido lavados na água. Pareciam redondos como as cabeças das crianças, como se elas estivessem numa espécie de círculo, brincando de um jogo que eu não conhecia. Afinal de contas, elas não tinham voz, não havia jeito de eu saber.

UM DEUS URSO

Ela se agarrou à saia da irmã Leonide. Não chore, minha filha, disse a irmã. Busque forças em Deus. Ela pediu a Mata Hari que se ajoelhasse e rezasse, espalmando as mãos no colchão fino e afundado no meio, repleto de piolhos e de percevejos.

Mata Hari não conseguia rezar. Já tentei isso antes, ela disse. Rezei para que Bouchardon me libertasse, mas a senhora pode ver, tão bem como eu, que ainda estou aqui, nesta cela, meus cabelos brancos caindo pela raiz, com olheiras, o papo caído e o mau cheiro do meu hálito, pois a podridão tomou conta de meus molares amarelados e me deixaram doente. As dobras da pele se descolando no meu pescoço criaram um anel, a joia das pessoas idosas.

A irmã Leonide disse que iria rezar por ela, se a própria Mata Hari não conseguia fazer isso por si mesma. A irmã Leonide então se ajoelhou e postou as mãos espalmadas sobre o colchão fino. Eu não faria isso se fosse você, disse Mata

Hari, e então esticou as mãos e os braços para a irmã Leonide ver como as mordidas dos percevejos deixavam feridas vermelhas por toda a sua pele. Elas se agrupavam em blocos e ainda havia uma ferida solitária mais distante, como uma constelação de estrelas vermelhas, igual a uma constelação no céu, cujo nome ela não sabia. Eu nunca aprendi isso, falou Mata Hari, todas aquelas coisas que existem no céu da noite e têm um nome, que nos espionam lá de cima, e eu não tenho a menor ideia de como se chamam. Talvez devêssemos rezar para elas. Não tem uma que é um urso? Talvez eu devesse rezar para ele. Para suas patas grandes, seu cheiro almiscarado, sua pele prateada. Não é ele o único que realmente me observa?

Antes de sair, a irmã Leonide se perguntou se poderia tirar a cruz de prata que levava no pescoço e entregá-la a Mata Hari, mas sabia que não podia. Era proibido. Uma prisioneira poderia esfregar a cruz nas paredes de pedra para afiar a parte da cruz em que ficavam os pés de Jesus, pregados à madeira, e usar a cruz para se cortar, apesar das algemas, nos pulsos e deixar o líquido esguichar e escorrer pelas paredes, escurecer o cobertor verde-oliva com manchas de sangue no formato de montanhas e de lagos no campo. Em vez disso, ela falou, Deus esteja contigo, e deixou Mata Hari sozinha.

Já haviam se passado seis semanas desde a última vez que Bouchardon pedira para vê-la. Ela sabia que isso era uma tática. Ele queria que ela acreditasse que seu caso havia sido encerrado, que não havia mais nada para se discutir, a não ser, é claro, que ela tivesse algo a dizer, algo que ele ainda não soubesse, e quebrasse o silêncio. Quebrar o quê?, ela pensou. As pedras? As barras de ferro? Ela riu e voltou a se sentar no catre, que deu um pulo sob seu peso. Ela o fez dar mais um pulo. Depois mais um. Riu. Tentou afundá-lo o suficiente para fazer o catre roçar no chão de pedra. Foi para cima e para baixo. E então conseguiu. Bateu no fundo.

A força de bater no chão de pedra a surpreendeu e a deixou sem ar. Ela sentiu isso nas costelas. Expulsou o ar de seus pulmões. Ela agarrou o peito. Dr. Bizard!, gritou entre as barras de ferro, agarrando-as, enganchando os dedos em volta delas, sentindo como a frieza do ferro fazia bem às suas juntas inchadas, que estavam ficando retorcidas com a idade.

O Dr. Bizard explicou como o coração dela funcionava. Havia válvulas e câmaras que ela não fazia a menor questão de conhecer. Estou morrendo?, ela perguntou, e imaginou se levariam Non para visitá-la. Ela ficaria no hospital da prisão, com a filha finalmente ao seu lado, onde poderia vê-la e abraçá-la.

Você está bem, é forte, disse o médico.

É, isso mesmo. Eu atravessei o mar, ela disse, e contou a ele sobre Ameland.

Ele guardou o estetoscópio. Disse que precisava ir. Ela assentiu. Claro, o senhor é ocupado. Eu entendo. Ela se pôs de pé e o acompanhou durante os poucos passos até a porta da cela. Obrigada por ter vindo. Sinto-me muito melhor agora. Obrigada por ter me falado do sangue, das câmaras e das válvulas.

Estava na hora de sua caminhada pelo pátio. Charles chegou para buscá-la. Bouchardon pediu para me ver hoje?, ela perguntou. Charles balançou a cabeça.

Agora não havia mais cabelos presos aos muros de pedra no pátio. A essa altura, já não havia fazia várias semanas. Quem quer que fosse a prisioneira, já deve ter sido libertada, pensou. Ela andou em círculos no sol quente. Pensou na história de como o menino indiano fazia os tigres correrem em círculos em volta de uma árvore tão rápido e por tanto tempo que eles acabavam virando manteiga. Será que eu vou virar manteiga?, ela se perguntou. Por que não? Já existem cigarros Mata Hari e biscoitos Mata Hari, vendidos numa caixa de estanho, por que não uma manteiga Mata Hari para se espalhar generosamente numa torrada junto com uma geleia? Ela imaginou Non olhando para ela no caixão. Sua filha não veria um corpo, mas um líquido ondulante batendo nas bordas do caixão enquanto os carregadores a colocassem no chão. Ai, Non, minha filha, onde é que você está agora?, ela pensou.

A LATA DE BISCOITOS

Na lata de biscoitos Mata Hari tinha um desenho bonito de Mata Hari pintado. Non gostou tanto da lata que, quando os biscoitos acabaram, perguntou a Louise se poderia usá-la para levar o almoço para a escola. Louise disse que preferia jogar a lata no lixo, mas Non implorou, e assim, todo dia, no carrinho, Non ia sentada com a lata no colo e ficava olhando para o rosto da mãe. Ela não tinha retratos da mãe, e essa, além do maço de cigarros Mata Hari, que ela era jovem demais para poder comprar, era a única imagem que ela tinha agora. O pai lhe dissera que, desde que a mãe abandonara a família, ele não tinha mais contato com ela, e ela nunca tinha se dado ao trabalho de escrever para a filha ou aparecer para visitá-la. Houve uma vez, no entanto, quando Non era mais nova, que uma mulher que Non não conhecia a pegou na escola. A mulher disse que tinha um presente para Non. Era um belo relógio de ouro. Venha comigo até a estação de trem que eu lhe dou o relógio, disse a mulher.

Mas exatamente naquele dia, MacLeod havia decidido voltar para casa mais cedo e pegar a filha. E viu a mulher.

O que você quer?, ele disse.

Eu trouxe este presente para a sua filha, disse a mulher. É um presente da mãe da menina.

MacLeod pegou o relógio da mão da mulher e o jogou no meio da rua, onde foi esmagado pelas rodas de um carro. A mulher se chamava Anna Lintjens.

O PLANO

SE VOCÊ QUISER SER uma sequestradora, não execute o sequestro pessoalmente. Mande uma cúmplice. Uma mulher querida, que vem lhe servindo como criada há vários anos na Holanda, uma mulher que ouviu você chorando à noite na cama ao passar pela porta do seu quarto na ponta dos pés com as toalhas limpas e dobradas embaixo do braço. Uma mulher que lavava as echarpes de seda que você usava nas danças apenas com uns floquinhos de sabão, porque sabia que qualquer coisa mais forte desbotaria aquelas vistosas tintas. Uma mulher que cuidadosamente recolocava pequenas lantejoulas em suas roupas, cerzindo-as, depois de elas caírem durante uma apresentação, e uma mulher que, toda vez que você se vestia para uma apresentação, declarava que você estava bonita. Uma mulher em cujos braços você chorava quando as cartas que você mandava para a sua filha voltavam fechadas, devolvidas pelo pai. Uma mulher que a fazia ficar deitada na cama quando você estava doente, que regava as flores no jardim e concordava que outras bailarinas, como Isadora Duncan, por exemplo, não chegavam aos seus pés. Uma mulher alta e magra, com um nariz pontudo como uma faca e narinas tão finas que você não sabe como o ar que ela respira consegue passar por ali e chegar até os pulmões. Uma mulher que prendia os cabelos grisalhos da cor do aço num coque no alto da cabeça e o utilizava como almofada para alfinetes enquanto costurava a barra do seu vestido, que ela havia cerzido na noite anterior. Mas você havia se contorcido e deslizado pelo piso de mármore mais do que de costume nessa dança, segundo explicou a ela, e havia rasgado a barra, sim, mas o aplauso estrondoso bem que valera a pena. Ela concorda com a cabeça, tira uma agulha do coque e costura a barra dobrada.

Sinto o cheiro de lírios nisto aqui, ela afirma, levantando o vestido e inspirando suavemente.

Sim, você conta, havia lírios e flores raras espalhadas por todo o palco e urnas bem grandes cheias de incenso e de velas queimando e uma grande estátua de bronze da deusa Xiva.

Anna Lintjens balança a cabeça, com as agulhas firmes no lugar, e sorri. Que vida essa sua, ela diz. Tão diferente da minha.

Mas você é igual a mim, você diz a ela. Você a lembra que as duas não são casadas. Ela não pode se casar porque ninguém vai querer se casar com uma mulher cujo pai nunca se apresentou para dizer que era seu pai, e você porque os seus advogados a desaconselharam a isso. Os tribunais não aprovariam você reassumir a guarda de Non se você for casada com um homem que não seja o pai dela.

Os advogados dizem que é melhor ficar solteira, melhor ainda se você abandonar a carreira de dançarina, e você lhes pergunta: Se eu abandonar, como é que os senhores esperam ser remunerados? Como é que eu teria dinheiro para pagar qualquer coisa? Eu iria morrer nas ruas, não é? E eles não respondem, eles a beijam no rosto e vão embora, batendo no bolso do paletó quando saem de sua casa, sentindo o pagamento recebido de você já garantido no bolso.

Você mostra fotos de Non para Anna Lintjens. São retratos antigos, dos seus dias em Java. Anna Lintjens abaixa o que está tricotando. Põe os óculos. Se endireita na mesa que acabou de limpar para olhar melhor. E exclama:

Que linda, igualzinha a você.

Você pede desculpas pelas fotos, pelos cantos meio rasgados, pelo tom sépia já esmaecendo — até as bochechas de Non já estão desbotadas de tantas vezes que você as tocou, como se fossem uma espécie de maçãs brancas que nunca ninguém viu penduradas num galho.

Anna Lintjens, sua criada, sua cúmplice, é quem tem a ideia do relógio. Ela sugere falar com a menina depois da escola. Vocês duas nunca usam a palavra *sequestro*, embora saibam que é assim que os outros vão chamar. Vocês chamam de *o plano*.

Sou eu que vou colocar o plano em ação, ela diz. Você começa a dizer que não, mas ela a interrompe.

Eu é que devo ir, ela diz. Se você fosse, seria reconhecida na mesma hora. Alguém entraria em contato com MacLeod antes mesmo de você poder dizer uma palavra à sua filha pelo canto da boca, antes mesmo de você ter tempo de abraçá-la e olhá-la de frente.

É, acho que você tem razão.

Ela pega uma agulha do coque alto da cabeça e a enfia no mesmo lugar. É claro que eu tenho razão, diz.

Ela diz que precisa pensar. Diz que vai fazer uma torta, porque passar o rolo na massa e fazer dobras na camada superior são a melhor maneira que ela conhece para traçar um plano. A torta é de maçã. Vocês duas não se servem depois do almoço ou do jantar, mas quando a luz do dia ainda não se foi de vez. Vocês comem depois que o sol já se pôs, mas a luz ainda persiste na terra antes que a escuridão tome conta, e vocês ainda não acenderam as lâmpadas da casa. As maçãs, a cada mordida, liberam uma essência de canela que aquece a garganta de vocês e cada pedaço da massa se esfarela e enche a sua boca com um sabor adocicado de manteiga. A torta é um sucesso. Você diz que o plano também vai ser. As duas concordam e assentem com a cabeça por sobre as migalhas nos pratos de sobremesa, raspando com o garfo os últimos farelos e pedaços do recheio da torta de maçã.

Quando o plano fracassa e ela volta para casa chorando, com o relógio esmagado na mão como prova, você diz que está tudo bem. Diz que sabe que estão tomando conta direitinho de Non. Você levanta uma das suas roupas, um corpete de metal para cobrir os seios, mostra-o a ela e pergunta que tipo de vida você poderia dar a Non. Olhe para o tipo de pessoa que eu sou, você lhe diz. Você sacode a roupa cheia de metal e um som de correntes desafinadas toma conta do ambiente. Você diz que MacLeod, apesar dos pesares, sempre foi um bom pai. E então você pergunta a Anna Lintjens como estava o rosto de Non.

Igual ao seu, ela responde.

Você se agarra à madeira da cama quando ela diz isso, para não cair.

O TEMPLO SAGRADO

Um dia depois que arranquei as tulipas do jardim de Louise, fui me encontrar de novo com o advogado do tornozelo. Dessa vez, não no escritório dele, mas num hotel da minha escolha, cujos quartos tinham espelhos com molduras douradas e dosséis de veludo sobre as camas. Os lençóis eram de seda e as camas, tão altas que havia pufes de veludo onde pisar para ajudar a subir ou descer. Eu também dei o preço e o advogado do tornozelo pagou generosamente.

Era dinheiro suficiente para a passagem de trem até Paris e mais alguma coisa. Antes de ir embora, escrevi uma carta para Non, contando-lhe para onde eu ia, dizendo que mandaria alguém ir buscá-la quando pudesse, quando eu tivesse dinheiro. Lembrei-me de como Norman costumava brincar com seus fantoches *wayang kulit* e imaginei um advogado que trabalhasse para mim e, como aqueles bonecos, montaria num cavalo e lançaria um punhal malaio contra MacLeod, afastando-o de mim, e, ainda a galope, pegaria

Non do chão e a traria de volta para mim. Na carta, eu disse a Non que achava que o único lugar em que uma mulher sozinha poderia ganhar dinheiro seria Paris. Eu tinha grandes esperanças. Teria o suficiente para pagar um exército de advogados que trariam a minha filha de volta para mim.

Em Paris, tive de me despir muitas vezes. Eu ficava em pé em sótãos frios, serviam-me vinho em canecas de metal com manchas de tinta e cheiro de terebintina e eu bebia o vinho nua. O artista me estudava. Esfregava, dava umas pinceladas. Eu podia ouvir o pincel correndo sobre a tela. Às vezes ele parava.

Esses seus dentes batendo estão me desconcentrando, ele dizia.

E-e-e-eu p-p-p-peço d-d-d-desculp-p-pas, eu gaguejava.

Está bem, pode se vestir.

Fui atraída pelo cheiro dos cavalos enquanto passava um dia em frente a uma escola de equitação e pensei que poderia arranjar um emprego. Fiquei embaixo de um garanhão cinza cuja respiração, quando saiu, foi como um facho de luz caindo em cima de mim e me aquecendo, e então me sentei no seu lombo malhado e comecei a andar em círculos na área de trote, mostrando ao diretor, que se chamava Molière, todos os truques que eu havia aprendido quando criança, muito antes de Java, muito antes de minha mãe morrer. Molière ficou impressionado.

Saia de cima desse cavalo, ele disse. É do seu corpo que eu gosto, não do seu jeito de montar. Ele disse que eu tinha o corpo de uma dançarina e me fez andar pelo círculo de serragem, levantando as pernas, nas pontas dos pés.

Desbancado da cena, o garanhão foi levado de volta ao seu estábulo e eu tive o campo livre para reinar.

Depois de mostrar a Molière o que as mulheres javanesas sabiam fazer, dançando da maneira como eu as vira dançar no templo, ele disse que as pessoas pagariam para me ver. Na minha cabeça eu ouvia as notas da orquestra *gamelan*, e Molière disse que, quando eu dançava, era como se o meu corpo tivesse sido construído ao redor de uma articulação das juntas, umas em relação às outras em matéria de alinhamento e meridianos.

Faça isso nua, ele disse. Ah sim, as pessoas vão pagar os olhos da cara para ver isso, ele disse depois de me ver dançar nua, vão dar o braço direito para ver isso, vão vender a roupa do corpo para ver isso. Você vai ser famosa. Reinvente-se, ele disse, e foi isso o que eu fiz.

Eu nasci na Índia. Minha mãe era dançarina num templo e morreu quando me deu à luz. Fui criada no templo destinado a um deus e consagrada a seu serviço.

Isso, isso mesmo, admirou Molière. Perfeito. Conte mais.

Continuei: Minha dança é como um poema sagrado. Em cada movimento há uma palavra e a palavra é sublinhada pela música. O templo onde eu danço está o tempo todo dentro de mim. Porque eu sou o templo. Todas as verdadeiras dançarinas de um templo são por natureza religiosas e todas explicam, em gestos e poses, os mandamentos dos textos sagrados.

Molière aplaudiu. Um cavalo no estábulo bateu com as patas, soltando algumas lascas de madeira. Bravo!, gritou Molière, e me mandou para o mundo. Naquele momento eu estava pronta para dez anos nos palcos de dança de toda a Europa. Estava pronta para as flores e os homens que as mandavam para mim e estava pronta para os homens casados que vinham a mim depois das apresentações, se ajoelhando no chão à minha frente, os rostos grudados às meias que eu usava, segurando minhas nádegas por cima da malha, implorando para ter um pedacinho do templo, um pouquinho daquela religião, uma leitura completa dos meus textos sagrados. Mas eu não estava preparada para todos os anos que fiquei sem ver Non. Quanto mais eu trabalhava e dançava, mais dinheiro eu ganhava para tentar recuperá-la, mas quanto mais eu trabalhava, mais os advogados de MacLeod apareciam com fotos em que eu aparecia usando roupas transparentes, fotos dos meus bustiês, do meu umbigo à mostra, dos meus pelos púbicos como uma área escura e meio enevoada atrás de um pedaço opaco de seda, lembrando-me que nenhum juiz jamais permitiria que eu tivesse Non de volta.

LÍRIOS E HOMENS

Depois, quando voltei das minhas apresentações e fui para minha casa na Holanda, foi Anna Lintjens quem lavou minhas meias de malha, percebendo, antes de botá-las na água, que cheiravam a lírios e homens. As bolhas da água espumante logo se desfizeram, e a sujeira dos pisos dos palcos e dos dedos sujos de charutos tomou conta, como uma mancha escura no mar.

Foi Anna Lintjens quem percebeu que os anéis e os colares que eu ganhava de presente já não cabiam mais na caixa de joias e transferiu as peças novas para uma caixa nova, maior. E então cada vez mais joias foram parar na outra caixa, e depois em mais uma, e ela se perguntou em que momento aquilo tudo iria parar. Como seria a última caixa? Qual o tamanho?

Era Anna Lintjens quem procurava as críticas nos jornais, as separava e as colocava na mesa do café da manhã, de modo que, quando eu descesse as escadas, poderia ler todas as coisas maravilhosas que escreviam sobre mim, sobre minha beleza e minha dança, antes de dar início ao meu dia. Era Anna Lintjens quem, depois que eu lia as resenhas, pegava o pote de cola e as guardava num álbum antes de começar a tirar os pratos, a trocar os lençóis e a varrer a casa.

Foi Anna Lintjens quem sugeriu que eu deveria dançar como Salomé, que não havia ninguém melhor que eu para dançar no balé russo.

Você nunca me viu dançar no palco, contestei.

Mas eu sei que você é a melhor, Anna disse enquanto fazia suas tarefas, e ela ergueu e bateu no lençol antes de desfraldá-lo e deixá-lo cair perfeito em minha cama.

Salomé, hum, eu disse. Fiquei me olhando no espelho da penteadeira, depois de afastar um pouco a grande caixa de joias que atrapalhava a visão do meu reflexo. Eu já atravessei o mar, então, por que não? Poderia interpretar Salomé também. Anna assentiu com a cabeça, em resposta, mas talvez ela estivesse assentindo enquanto contava mentalmente quantos dias já fazia desde a última vez que ela havia arrastado o sofá e varrido embaixo dele, ou passado um pano úmido nos parapeitos das janelas, ou preparado um espeto de cordeiro.

Agora, eu disse, depois de Anna ter me perguntado, agora? Neste exato instante você quer escrever para ele?

Anna já estava totalmente ajoelhada no tapete, olhando embaixo do sofá, limpando uma teia de aranha que ia de uma perna à outra, uma verdadeira rede: Vou perguntar diretamente ao Diaghilev se posso ficar com o papel, falei. Então Anna foi buscar a tinta, a caneta e o papel, enquanto o sofá permanecia num ângulo esquisito na sala, ainda afastado da parede.

Diaghilev escreveu em resposta. A carta estava me esperando no parapeito da lareira, um dia. Abri o envelope antes mesmo de tirar o chapéu ou o casaco e ainda envergando uma estola de coelho em volta do pescoço. Li a resposta e então atirei a carta no fogo da lareira, que Anna tinha acendido mais cedo, acreditando que eu estaria com frio quando chegasse em casa.

Ele quer fazer uma audição comigo. Comigo!, eu disse. A essa altura, eu já havia me apresentado em toda a Europa e todo mundo me conhecia. Era difícil acreditar que ele queria que eu dançasse na frente dele para me dar o papel. Anna ficou me olhando. O que ela estava vendo? Minha estola de pele de coelho precisando de uma limpeza, as pontas já meio escuras, a pele levemente desgastada e em alguns lugares grudada, desbotada pelo tempo úmido, uma tempestade que cuspia gotas de gelo. Meu rosto ainda não era velho, mas estava começando a envelhecer, as rugas nos meus olhos um pouco brancas, como uma trilha formada por galhos sendo arrastados na neve.

Foi Anna quem percebeu que eu não dormi naquela noite. Fiquei perambulando pelo quarto e então desci e reacendi o fogo, vestida com meu robe de seda vermelho. Quando o fogo voltou a pegar, ele luzia brilhando como a roupa, uma brasa incandescente, reavivada pelo sopro de ar dado pela ponta de um tição.

Lá fora, o tempo continuava úmido e os flocos de neve, inclinados pelo vento, batiam no vidro da janela com um tique-tique-tique, fazendo parecer que a casa estava nos primeiros estágios para desabar. Logo se ouvia o ruído de madeira estalando, e as vigas do teto e as juntas dos cantos começariam a rachar e a se partir, curvando-se sob o peso de algo enorme e invisível que causaria o desmoronamento da minha casa.

Foi Anna quem me trouxe um edredom bem fofo para colocar no meu colo, uma xícara de chá de camomila e me contou como era sua vida quando criança, que brincava num campo cheio de milho que o fazendeiro cortava no formato de um labirinto pelo qual ela podia correr. As folhas do milho grudavam em seu cabelo e em seu tornozelo, e havia também o som de outras crianças que ela não podia ver, mas que ouvia andando e correndo pelo milharal. Anna sorriu, disse que gostaria de agradecer ao fazendeiro pela sua inteligência. Foi uma dádiva ela poder correr livremente por um labirinto de milho. Mas, é claro, ela disse, o fazendeiro provavelmente não está mais vivo.

Eu disse a Anna que, se era isso o que Diaghilev queria, eu iria comparecer. Faria a tal da audição. À luz do fogo, respondi à sua carta e, na manhã seguinte, Anna foi até o correio despachá-la para mim. Esperei em casa que ela voltasse e me sentei para tomar café, imaginando como eu poderia dançar como Salomé, mas então meus pensamentos eram interrompidos e eu ficava me lembrando de Non. Quando estávamos em Java, um dia ela me abraçou com força demais e ergueu a cabeça bem embaixo do meu queixo. Na época ela era muito pequena, talvez só tivesse uns 3 anos, e pensou que isso fosse engraçado, mas doeu. Pude sentir o meu esôfago todo arranhado, sendo empurrado com tanta força que eu tive dificuldade de respirar. Pedi para ela parar, mas ela continuou, então afastei seus braços de mim e a atirei longe. Ela caiu na esteira de bambu, seus cotovelos bateram com força e se arrastaram naquela superfície áspera. Ela chorou, erguendo um dos cotovelos para mostrar onde havia se arranhado num ponto isolado de bambu mal costurado da esteira, que ficara saliente na superfície. Saíram algumas gotas de sangue e muitas lágrimas escorreram pelo seu rosto e depois na esteira, manchando-a em alguns pontos. Falei que sentia muito, mas ela não aceitou ser reconfortada, saiu correndo pela casa gritando pelo pai e, quando o encontrou, ele a pegou no colo e a segurou nos braços, enquanto ela lhe mostrava onde estava sangrando no cotovelo, e ele a beijou ali, os lábios ficando vermelhos de sangue. E eu me perguntei, enquanto bebia o café em frente à lareira, se Non ainda se lembrava daquele incidente. Eu passei dias me lamentando e tentei compensar de maneiras tolas, levando-a para comer uma fatia de bolo numa padaria da cidade, comprando um brinquedo novo para ela, uma boneca da Inglaterra de cabelos ruivos e casaco de veludo. Ela imediatamente tirou o casaco de veludo e a saia de lã escocesa, a camisa e as calças brancas da boneca e substituiu tudo por um sarongue, dizendo que agora a boneca ficaria mais refrescada, naquele sol quente. O casaco de veludo e a saia de lã foram jogados na gaveta de baixo da cômoda de Non, que não fechava direito, e meses depois encontramos pedacinhos verdes de tecido rasgado dentro da gaveta, onde os ratos haviam decidido fazer seu ninho com o casaco de veludo. Non era feliz em Java. Era seu lar desde que nascera e eu era a culpada de tê-la tirado de lá e a levado para a Europa.

MacLeod nunca a deixou esquecer que a culpada era eu, e por esse motivo eu achava que as cartas eram devolvidas fechadas. Tudo o que eu sabia era que eu queria ver Non outra vez, mais do que qualquer coisa. Eu estava mentindo para mim mesma quando pensava que o que mais queria na vida era o papel de Salomé.

Quando fiz a audição para Diaghilev, acho que ele intuiu isso. Ele me reprovou e eu voltei para casa e para Anna. Chorei em seus braços e ela me abraçou, alisou meu cabelo e me disse que Diaghilev era um idiota que não sabia de nada. Eu ri por trás das lágrimas quando ela disse isso, Diaghilev sendo famoso como era e Anna o chamando de idiota, com seu cabelo preso num coque com as bolinhas coloridas e brilhantes que serviam de almofada para as agulhas que ela guardava ali para costurar.

OS CREMES PRECISAM IR EMBORA

Certa manhã, num prato que estava sobre a mesa do café, havia um anúncio recortado de jornal, deixado ali por Anna Lintjens. Era a propaganda de um creme de se passar no corpo de manhã e à noite. O anúncio prometia fazer sua pele voltar no tempo, e transformar uma pele que parecesse uma casca de laranja numa que fosse como a casca de um pêssego.

No dia seguinte, dei alguns francos a Anna. Ela pegou o dinheiro e disse que passou em várias lojas de beleza mostrando o anúncio e perguntando por aquele produto milagroso. Voltou com seis potes de creme e colocou-os na prateleira do banheiro. Naquela noite, Anna me ajudou a passar o produto nas dobras de pele abaixo das omoplatas.

Anna disse que não sabia o nome dos cavalheiros que eram meus amigos. E também não queria saber, nem quantos eram. Só queria ser avisada sobre quando eu estaria fora da casa na Holanda para que não preparasse mais comida do que o necessário, porque detestava ver as coisas indo parar no lixo.

Anna não queria saber como o dinheiro entrava em casa. Ela depositava os cheques dos cavalheiros no banco, mantinha um registro do saldo e cuidava dos cheques que tinham de ser preenchidos para os meus advogados; se necessário fosse, ela pegava uma joia que um dos senhores havia me dado de presente e vendia à vista aos joalheiros.

Houve uma vez, porém, que o presente de um dos cavalheiros não veio na forma de dinheiro ou de joias. Veio na forma de um cavalo. Eu o chamei de Radjah. Um dia em que voltei de uma das minhas cavalgadas com ele, Anna disse que, nos meus olhos e nos de Radjah, havia um olhar que a fez pensar que havia como cavalgar até o fim do mundo, e que eu e Radjah tínhamos estado lá. Anna disse também que gostaria de algum dia poder ir até lá; ela levantaria o braço e colocaria a mão no pescoço de Radjah, deixando-a pousada um bom tempo ali e fechando os olhos, dizendo como nunca havia acariciado nada tão macio na vida. Depois, Anna recolhia as minhas roupas, minha camisa, meus culotes e meu blazer nos braços e partia para a lavagem, onde os aspirava dizendo que eles não cheiravam a lírios e homens do jeito que eu cheirava quando voltava de uma apresentação, mas que tinham o cheiro de Radjah. Como eu amo esse cavalo, ela dizia. E Anna disse que tinha uma confissão a fazer: às vezes ela não adicionava flocos de sabão à tina para não tirar um cheiro que ela achava preferível ao dos homens e dos lírios.

Anna não guardava no álbum as fotos em que eu aparecia nua. Não havia motivo para guardá-las, elas só me davam problemas, principalmente aquela que o meu advogado me mostrou uma vez. O advogado tinha dito que os tribunais me considerariam uma mãe despreparada sem qualquer hesitação. Eu teria de gastar todo o meu dinheiro simplesmente tentando apagar a existência dessas fotos se quisesse ter a minha Non de volta.

Despreparada?, ironizou Anna. A única coisa "des" que a minha patroa está nesta foto é despida. Isso é algum crime? perguntou Anna ao advogado, que não lhe respondeu; em vez disso, ficou olhando para a porta, como se a madeira, as dobradiças e a maçaneta muito bem polida pudessem responder-lhe.

Um dia fui com Radjah ao lugar onde achava que Non e MacLeod estavam morando. Foi uma longa cavalgada sobre ruas de pedra e Radjah não pisou em falso uma única vez e manteve a cabeça sempre erguida. Fiquei esperando na esquina. A respiração de Radjah bafejava à minha volta enquanto esperávamos naquele frio, e muitas vezes eu me apoiei nele, os braços envolvendo seu pescoço, sentindo seu calor. Foi uma mulher loura que eu não conhecia que saiu primeiro, seguida por MacLeod, que imediatamente colocou uma capa para cobrir a cabeça, que agora parecia mais careca do que nunca, e até o cabelo remanescente que ele tinha nas laterais estava escasso e irregular, como uma galinha muito mal depenada. Na rua, MacLeod caminhava na frente da mulher, que andava alguns passos atrás. Eu esperava que Non fosse a seguinte a sair do prédio. Estava rezando para isso. Se saísse, acho que eu partiria a todo galope até ela e então, o que iria acontecer, eu já não sabia. Será que eu teria força suficiente para levantá-la nos braços e colocá-la na sela, na minha frente? Quanto ela havia crescido? Eu ainda a via como uma menina pequena, e às vezes a imagem mudava. Ela era só um bebê, correndo na minha direção, enfiando a cabeça em meu sarongue, mexendo a cabeça de um lado para o outro, dizendo que podia sentir o cheiro de sândalo, e sua altura mal alcançava meus joelhos.

Naquele dia, ela não saiu do prédio. Ela entrou. Eu nem vi, mas ela deve ter passado por trás de Radjah. Será que, mesmo de passagem, ela alisou aquela pele lustrosa sem que eu tenha percebido? Foi só quando alcançou a escada que reparei nela. Non começou a subir os degraus e seus cabelos pretos se espalhavam sobre os ombros e brilhavam mesmo que só houvesse um débil sol de inverno. Eu dei um pulo quando a vi e Radjah pôde sentir. Ele refugou como que assustado por um automóvel que quisesse passar e, no meio do seu refugo, eu o esporeei, e nós partimos na direção de Non. Eu estava com tanto medo que ela sumisse lá dentro e nunca mais aparecesse... Ela ouviu as ferraduras de Radjah estalando no calçamento, mais parecendo uma cavalaria do que apenas um cavalo. Então vi que ela olhava para mim, obviamente sem saber quem eu era, já que eu estava com minha roupa de montar e de capacete. Fiz Radjah parar em frente a ela e já ia começar a falar. Já ia falar quem eu era quando, pelo rabo do olho, notei MacLeod. Ele correu, abriu a porta da frente e empurrou Non para dentro. Então ergueu a mão atrás de Radjah e deu-lhe um tapa tão forte que mais pareceu um trovão, a ponto de eu primeiro olhar para o céu, pensando por um momento que o dia frio de inverno havia se transformado num dia de tempestade de verão. Radjah já estava na calçada, sem saber para onde ir. Ele saltou sobre um carrinho de bebê, suas patas resvalando na parte de cima. A mãe começou a gritar, mas eu não a ouvi berrar por muito tempo, já tinha dado a volta na esquina e tentava fazer Radjah diminuir a velocidade. Em pouquíssimo tempo já havíamos saído de lá. De volta ao estábulo, percebi que Radjah havia perdido duas ferraduras. As solas de suas patas estavam sangrando e a parte de baixo da minha saia estava salpicada de manchinhas como um ovo de tordo, só que a cor não era azul, e sim vermelha do sangue de Radjah, que tinha espirrado em mim enquanto ele galopava pelo calçamento de pedra. Anna ficou ao lado dele, levantou suas patas e colocou-as no colo de sua saia para ver o quanto estavam machucadas. Anna, eu disse, sua saia, e indiquei para mostrar o tamanho das manchas que as patas de Radjah haviam deixado na roupa. Ela deu de ombros e disse que isso não importava, o importante era que Radjah se curasse. Ela lhe trouxe baldes cheios de gelo que conseguira batendo nas portas dos vizinhos por toda a nossa rua.

Naquela noite, Anna e eu estávamos arrumando o meu armário quando ela tirou o fantoche de couro que pertencera a Norman. Nós paramos a limpeza e eu mostrei a Anna como é que se usava aquilo, e, mesmo depois de tantos anos, mesmo com o couro curtido e quebradiço, eu ainda podia fazer o fantoche mover braços e pernas alegremente, e mostrei como a estranha sombra do fantoche conseguia subir e descer pelas paredes brancas de gesso.

Mais tarde, conversei com Anna sobre Norman e chorei em seus braços. Depois me afastei, me sentindo uma idiota por chorar tanto depois de todos aqueles anos, e comentei que, àquela altura, eu já deveria ter parado de chorar convulsivamente. Aí nós sentimos um cheiro estranho no quarto. Farejamos o ar e eu juro que podia sentir naquele momento, exatamente dentro do quarto, o mesmo cheiro de vômito que havia no quarto de Norman e Non no dia em que eles foram envenenados e que Norman morreu. Anna e eu procuramos ver o que era. Será que estava vindo de uma janela aberta, ou de alguma mistura esquisita que um vizinho estava fazendo na cozinha? Será que estava vindo de um rato que estivesse embaixo de um móvel, com o qual um gato teria brincado até a morte, e que largara por ali depois de se enfastiar? Ou o cheiro estaria vindo do tal do novo creme que prometia uma pele lisa como um pêssego?

Nesse caso, os cremes de pêssego precisam sair daqui, sentenciou Anna, e jogou todos os potes no lixo.

No jantar, contei sobre Norman. Não conseguia parar de falar nele. Coma o seu jantar, está esfriando, disse Anna, mas eu não comi. Falei do meu desejo em voz alta, do quanto eu simplesmente queria ter Norman de novo em meus braços, mesmo ele estando morto: Eu queria poder abraçá-lo outra vez.

Não tenho planos de sequestrar alguém que está morto, comentou Anna. Não há nenhum trem que eu possa pegar para buscá-lo. Não há relógio de ouro que eu possa oferecer para atraí-lo. A senhora precisa subir e descansar um pouco, ela disse, e me levou para meu quarto e me ajudou a trocar de roupa.

Semanas depois, havia um pequeno evento de dança no Metropol, em Berlim. Eu me perguntei se deveria dançar a *Chundra*, na qual eu fazia uma jovem princesa de tranças tâmeis e caminhava pelo jardim. De repente, eu percebia uma linda flor que representava o amor. Será que eu deveria pegá-la? Eu me via dançando, tremendo de emoção, e então pegando a flor, deixando cair o véu e revelando meu corpo.

Em Berlim, na véspera da estreia, dei uma caminhada pela praça. Havia centenas de pessoas reunidas ali. Pensei: Que bonito, algum show ou concerto deve estar prestes a começar. Mas eu estava enganada. Fui informada por alguém na multidão de que a guerra havia começado. Então, o povo começou a cantar "Deutschland Über Alles". E o som de suas vozes ficou tão forte que eu senti como se estivesse subindo pelo meu corpo e fazendo meu sangue vibrar. Eu me afastei correndo da multidão, abrindo caminho por entre todas as pessoas que cantavam, e elas nem chegavam a se dar conta da minha presença. Em vez disso, seus olhos pareciam se concentrar em algo a distância que eu não conseguia perceber. Eu não iria colher flor alguma no palco do Metropol. A apresentação tinha sido cancelada. A guerra fora declarada. No trem, desfiz minhas tranças tâmeis com os dedos, enquanto me dirigia para Paris.

A CORDA

A irmã Leonide entrou com a sopa. Ela ficou por perto observando Mata Hari beber, sentada em seu catre.

Não há ninguém precisando ser salvo?, perguntou Mata Hari.

Você, respondeu a irmã Leonide.

Mata Hari meneou a cabeça. O que eu preciso é de um bom banho. Quando sair daqui, vou me enfiar num banho e ficar lá por uma semana. Não me importo se eu estiver murcha como o caroço de um pêssego quando terminar de me enxugar. Depois, vou pintar o cabelo. Que cor você acha que me cairia bem? Castanho escuro como o de um urso? Preto como um corvo? Depois, fazer as unhas, é claro. Inclusive as dos pés. Tenho alguns calos nos pés que são tão duros quanto a crosta do pão que vem da cozinha daqui. Eu me sinto como se estivesse andando sobre folhas secas. Imagine você que um dia eu tive um amante que disse estar apaixonado pelos meus pés. Ele gostava de ficar deitado na cama invertido, de forma que pudesse roçar os lábios na sola dos meus pés. Esse homem realmente era alguém que precisava ser salvo. Eu queria tanto conseguir me lembrar do nome dele, para dizê-lo a você! Ele disse que ia largar a esposa para se casar comigo, mas eu já estava farta de casamento, graças a MacLeod, e jurei por um bom tempo que nunca mais me casaria.

A irmã Leonide balançou a cabeça. E se você não sair daqui?, perguntou.

A senhora não sabe, irmã, que eu vou ser libertada daqui de um jeito ou de outro? Não lhe ensinaram isso no convento? Não é essa a questão? Eu vou ser salva, não vou? Não é isso o que vocês professam? O além? Os portões dos céus?

Nesse momento, a irmã Leonide queria que Mata Hari lutasse pela vida. Ela não queria ter de convencê-la de que havia um mundo além da vida quando ela mesma nunca o havia visto, e ela tinha a sensação de que Mata Hari ia querer que ela descrevesse esse mundo. Ia querer saber coisas sobre esse mundo para ficar convencida. Ela imaginava Mata Hari lhe perguntando: Como são as flores?, e a irmã Leonide não saberia o que responder. Talvez o que ela respondesse fosse Lá você vai estar mais perto de Deus, e Mata Hari, por sua vez, iria dizer: Certo, mas diga, as flores serão iguais às da Indonésia?

Você já contou tudo a Bouchardon?, perguntou a irmã.

Jean Riquelme era o nome dele, disse Mata Hari. Morava em Bailly. Quem sabe ele ainda mora lá? Quem sabe ele ainda tem tara por pés?

Eu conheço Bouchardon, disse a irmã Leonide. Havia uma mulher aqui que roubara a própria família. Ela havia roubado umas coisas grandes, como uma urna grega feita de ouro que pesava centenas de quilos e uma grande obra de arte da parede, com moldura de ouro. Bouchardon alegou que era impossível ela ter roubado aquelas coisas sozinha. Ele queria saber quem a tinha ajudado. Ela disse: Ninguém. Ela esperou várias semanas na sua cela e ele não a mandou chamar. Então um dia ela escreveu para ele e disse que sim, que ela tinha tido um cúmplice, que seu filho havia ajudado. Bouchardon marcou o julgamento dela para dali a pouco e ela foi condenada a apenas cinco anos. No mês passado, foi libertada. Já está em casa.

E o que aconteceu ao filho dela?, perguntou Mata Hari. Onde ele está?

Não sei. Nunca entrei na ala masculina da prisão, respondeu a irmã Leonide. Mas não há mais ninguém que você possa incriminar?

Não, riu Mata Hari. Só a mim mesma.

Bouchardon não tem mandado chamar você há semanas porque ele sabe que você não contou tudo. Conte a ele e seu julgamento será acelerado. E esse é o tempo que você vai ganhar para ver Non outra vez.

De novo, Mata Hari riu. Eu tenho mais chances de ver Non aqui dentro do que lá fora, disse, indicando com a cabeça a janela com barras bem alta na parede da cela. Talvez Bouchardon mande chamar Non para interrogá-la e ela vai estar na mesma sala que eu e finalmente vou ter uma chance de vê-la. É um sonho que às vezes tenho. Eu estendo os braços para ela e nós nos abraçamos e, com esse abraço, eu sei que ela ainda me ama.

Isso também pode acontecer fora daqui, disse a irmã Leonide, e ela pegou papel e caneta, e Mata Hari escreveu para Bouchardon.

> *É, eu tenho algumas coisas sérias a lhe dizer. Eu desejo informá-lo que nunca tentei fazer nem mesmo o menor tipo de espionagem e não carrego em minha consciência a morte de nenhum soldado, seja ele francês ou de outra nacionalidade. Espero que dessa vez eu tenha a coragem de contar o que tenho a lhe dizer.*
>
> *Talvez o momento ainda não tenha chegado até agora, e o senhor não tenha tido o desejo de acreditar em mim, ou sequer de admitir a possibilidade das coisas que agora vou lhe dizer.*

Mata Hari fechou a carta e a entregou à irmã Leonide. Não se passaram nem duas horas e Charles foi até Mata Hari para dizer-lhe que Bouchardon gostaria de vê-la.

Ainda estava quente. O cheiro do lixo parecia entrar pela janela do gabinete de Bouchardon. Ela achava que podia sentir o cheiro das folhas de alface apodrecendo e do leite azedo, e talvez o cheiro mantivesse os pombos afastados, porque não havia nenhum pousado no parapeito. Devem estar nas Tulherias, ela pensou. Estão sobrevoando o Jardim de Luxemburgo. Agora estão nas janelas do Louvre, olhando as pinturas, o mármore branco brilhante na forma de um corpo perfeito. Estão na Notre-Dame, olhando no olho de um arcobotante na altura, ou na asa esculpida de uma gárgula.

Você tem alguma coisa a me dizer?, perguntou Bouchardon. E ela começou a contar sua história.

Em maio de 1916, tarde da noite, quando minha criada Anna Lintjens estava na cama, ouvi uma batida na porta. Era um cônsul alemão chamado Kramer. Ele me disse que tinha visto uma de minhas apresentações e pensou que, como eu era fluente em alemão e francês, poderia me oferecer 20 mil francos para eu trabalhar como espiã para ele. Eu disse que aceitava a proposta. Tinha honorários de um advogado a pagar. Então Kramer me deu três pequenos frascos. Eram numerados 1, 2 e 3. O primeiro e o terceiro eram brancos e o segundo, verde-azulado. Kramer me mostrou como o primeiro deveria ser usado para umedecer o papel, o segundo para escrever e o terceiro para apagar o texto. Ele disse que o meu codinome seria H21. Mesmo ele me dando as tintas, eu sabia que nunca iria utilizá-las e que nunca trabalharia como espiã para ele.

Dois dias depois, quando o meu navio passava entre o porto de Amsterdã e o mar, eu joguei os frascos no oceano. Entretanto, fiquei com o dinheiro. Achei que era o que os alemães me deviam pelos casacos de pele que apreenderam quando minha bagagem ficou retida numa viagem de trem pelos Alpes. Quando me encontrei com Von Kalle na Espanha, ele devia saber que eu tinha ficado com o dinheiro sem ter mantido a promessa que fizera a Kramer, de espionar para a Alemanha. Foi provavelmente por isso que ele armou uma cilada para mim e me passou a informação sobre os submarinos no Marrocos. Era uma informação velha, mas eu não sabia disso. Foi por isso que ele mandou todas aquelas mensagens para a Alemanha num código que ele já sabia que os aliados tinham decifrado. As mensagens diziam que a agente H21 estava recebendo dinheiro, porque ele queria que vocês acreditassem que eu era agente deles, que eu era a agente H21, e ele queria que vocês pensassem que eu espionava para eles e deveria ser presa. Von Kalle queria que eu fosse punida por aceitar os 20 mil francos de Kramer em Amsterdã sem trabalhar como espiã para ele. Foi tudo uma armadilha. Mas estou lhe dizendo a verdade, eu nunca utilizei aquelas tintas invisíveis. Nunca espionei para a Alemanha. Agora eu lhe contei tudo o que sei e agora você entende por que Von Kalle mandou mensagens num código que vocês podiam decifrar, falando de mim, falando da H21. Eu tive medo de lhe dar essa informação antes. Estava com medo de que isso fosse me incriminar. Mas estou lhe contando tudo agora porque percebo que o senhor é inteligente e que vai entender o que os alemães fizeram comigo.

Ela então se levantou, depois de terminar de contar sua história a Bouchardon. Ele tomou algumas notas num papel.

Eu gostaria de fazer um pedido, ela disse. Gostaria de ver minha filha, gostaria de ver Non, ela falou.

Isso é impossível, respondeu Bouchardon.

Por que é impossível?

Nós não permitimos a presença de menores na prisão. Nunca permitimos. Você entende por quê, não entende? Você realmente gostaria que a sua filha a visse agora, do jeito que você está? Você deveria ter direcionado as suas energias para vê-la, em vez de espionar para os alemães, se ela era tão importante assim para você. A propósito, a data do seu julgamento é esta aqui. E então Bouchardon levantou o bloco de papel para mostrar a data que tinha acabado de anotar.

OSCILAR E SE REERGUER

S<small>E VOCÊ ESTIVER</small> de luto, esse é o limiar entre uma e outra fase da vida. Você precisa manter o equilíbrio enquanto atravessa as águas turbulentas. Enquanto mantém a cabeça erguida, a experiência ensina que, para restaurar seu equilíbrio e passar pelos dias de tumulto, você precisa oscilar e se reerguer, oscilar e se reerguer, é assim que se chega à terra firme. São esses os ensinamentos de Xiva.

VADIME

Em Paris, quando saltei do trem, vindo de Berlim, entrei em contato com Anna Lintjens. Queria que ela me mandasse dinheiro para poder pagar um hotel em Paris enquanto procurava outro lugar onde pudesse me apresentar. Inclusive fui à cata de Molière. Ele estava com seus cavalos no picadeiro. Havia uma linda mulher fazendo acrobacias nas costas de três cavalos enquanto segurava as rédeas nos dentes. Eu podia fazer uma coisa dessas, falei para Molière.

Não, *ma chérie*, não pode não, ele disse. Essa garota tem só 20 anos, ele falou, observando as pontas do cabelo dela baterem nas costas dos cavalos enquanto se revirava neles e os animais andavam em círculo, as passadas em perfeita sincronia.

Me avise se você ouvir falar de algum tipo de apresentação em que eu possa dançar, falei para Molière.

Bien sûr, ele disse, e depois: *Allez, allez*, para a acrobata de 20 anos em cima do cavalo. Ele a chamou até ele e ela veio com todos os três cavalos, e todos pararam em frente a Molière. Ele levantou a mão e fez sinal para ela se curvar diante dele, e então abaixou um pouco o decote de seu vestido, para que um pouco mais dos seios dela aparecesse.

Ok, ele disse, e com um gesto da mão a mandou continuar dando voltas no picadeiro.

Saí de lá e fui tomar um café mais adiante na rua, cheirando a manga da camisa enquanto esperava ser servida, aspirando profundamente o cheiro dos cavalos, pensando em Radjah e sentindo saudades dele, porque tive de vendê-lo já que estava sempre sem dinheiro, e lembrando que essa foi a única vez que vi Anna Lintjens com raiva de mim, o dia em que vendi o cavalo que ela amava tanto.

Havia um jovem cavalheiro no café com um uniforme russo. Ele olhou para mim. Seus olhos eram castanhos como a pele macia de um urso ou um castor, e os meus olhos, como se fossem mãos, pareceram capazes de sentir a maciez dos olhos dele quando retribuí o olhar. Eram olhos para se apaixonar, pensei.

O nome dele era Vadime Masloff. Tinha 21 anos. Nossa conversa foi sobre café. Em nenhum outro lugar da França ele tinha encontrado uma xícara que tivesse o gosto com o qual se acostumara, e ele estava acostumado com grandes grãos forrando o fundo da xícara depois de ele ter sorvido todo o líquido. Ele gostava de ver as formas dos grãos e imaginar que elas prenunciavam o futuro. Se os grãos fossem grossos e formassem uma pilha, ele teria um dia favorável. Se os grãos estivessem soltos e espalhados como as estrelas no céu, então o dia não seria como ele gostaria. Aqui neste país, ele disse, todo último gole de café revela apenas o vazio, um reflexo de mim mesmo na porcelana.

Eu sorri para ele porque isso parecia o modo de falar de alguém de 20 anos, e ele disse que ficava feliz em me fazer sorrir, porque se eu não tivesse sorrido naquela hora, ele não teria percebido o quanto eu era bonita.

Mas o meu sorriso é a coisa de que menos gosto no meu rosto, eu disse a ele, porque quando sorrio minhas bochechas vão mais para cima e os meus olhos ficam parecidos com dois riscos. Ele concordou, mas disse que isso não era importante, ainda era possível ver a beleza dos meus olhos mesmo com as pálpebras semicerradas, e disse também que isso aumentava a minha beleza, em vez de diminuí-la. Eu ri mais uma vez, pensando em como ele era jovem, e ele disse em voz alta o que eu estava pensando.

Você acha que eu sou um menino, não acha?

Fiz que sim.

Eu acredito, ele disse, que algumas pessoas envelhecem mais rapidamente que outras. Este ano eu envelheci o equivalente a uns dez anos. E todo mundo que atua no front de batalha russo teve a mesma sensação. Somos seres humanos com um tipo de relógio diferente dentro de nós. Sim, é verdade que a pele é lisa, os músculos são fortes e rápidos, mas a mente... Ele não terminou. Virou a cabeça e olhou pela janela, para a rua, para os carros e as carruagens passando. Foi aí que eu percebi o nariz dele. Era reto, longo e afilado. Igual à proa de um navio, pensei; ele poderia singrar as ondas e deixar um rastro de espuma em cada lado. Eu queria conhecer mais aquele menino, aquele homem.

Não era como os meus outros casos. Ele não tinha dinheiro. Não havia nada para deixar na minha penteadeira depois. Não havia dinheiro para dobrar e enfiar no meu corpete. Nada para ser mandado direto para a minha conta bancária. Nenhum presente caro. Nenhuma joia sob medida para ser acrescentada à minha gigantesca caixa de joias, já abarrotada com as joias dos outros homens. Os presentes dele eram simples. Uma rosa amarela que ele com certeza tirou do jardim de alguém, o fim do caule tendo sido arrancado e não cortado pela tesoura afiada de um floricultor. Não havia outra mulher, nenhuma esposa em casa, nenhuma amante, nenhuma mãe ainda viva cujas infinitas virtudes ele alardeasse. No entanto, havia sonhos febris, e eu olhava a cabeça dele no travesseiro virando de um lado para o outro, e então ele acordava, encharcado de suor que pingava no meu colo, no meu peito, nas minhas bochechas e até na minha boca. Ele montava em mim e me abraçava. Eu não estava indo a lugar algum, mas, mesmo assim, ele segurava meus braços enquanto me beijava e enquanto deixava os lábios tocarem meus seios, bastando apenas esse leve suspiro para me excitar, para empinar meus mamilos e deixá-los num estado de alta expectativa quanto ao que estava por vir, com toda a sua boca em mim, a umidade quente e revolvente de sua língua, cujo efeito eu juro que era como uma corda que vibrava a partir do meu seio, e através dos quadris, até a virilha. Era quase uma dor, e a única coisa que parecia me aliviar era quando ele finalmente entrava em mim. Ele me completava, me penetrava enquanto o suor, que agora derramava em mim, não era mais o suor de um pesadelo, mas o suor do nosso amor.

Eu dizia a mim mesma que ele era só um garoto, mas até minha própria voz soava falsa. Ele não era só um menino, muito menos quando tinha pesadelos.

Ele era bem comedido durante o dia. Erguia o torso calmamente na cama do hotel, apoiava os dois pés no chão e se levantava. Ia até a janela e puxava a cortina, olhando primeiro para o céu e depois para baixo, a quem quer que estivesse passando na rua. Então se virava para ver se eu estava acordada e ia em minha direção para me dar um beijo na testa, do jeito que um pai faria. Do jeito que o meu pai realmente fazia quando eu era criança. Não era menino algum, eu dizia para mim mesma.

Ele falava para eu ir ver o sol nascer, me ajudava a sair da cama e, juntos, nós víamos o alvorecer cor-de-rosa por entre o alto dos edifícios e as torres das igrejas. Ele ficava atrás de mim enquanto assistíamos, as mãos nos meus ombros como que para me impedir de pular pela janela, caso eu me visse acometida por esse tipo de impulso.

Na verdade, foram os meus advogados que me aconselharam e até me incentivaram. Disseram que um casamento, a essa altura, ajudaria a minha situação. Um casamento, aos olhos de um tribunal, poderia ser o ponto final, o fator decisivo, a chave mestra que me ajudaria a recuperar a guarda da minha filha. De que maneira?, perguntei.

Vamos encarar os fatos, disse o advogado, a senhora está envelhecendo. Por quanto tempo ainda vai poder dançar e ser amante de outros homens? Um marido agora a faria parecer estável e respeitável. Ele pediu para casar com a senhora, enquanto nenhum dos outros jamais pediu, porque eram mais velhos e já casados. A senhora deveria agarrar essa oportunidade com unhas e dentes.

Isso vai trazer Non de volta?, perguntei.

Não somos adivinhos, somos advogados. O destino que temos em nossas mãos é apenas o seu, ele disse sorrindo.

Vadime não era igual a MacLeod, eu me dizia. Não haveria noites de bebedeira, nem os dias seguintes, quando eu o encontraria tostando no sol, ainda de uniforme, agora aberto, com os botões de bronze presos por um fio, marcado pelos arranhões que ele adquirira ao resvalar na pedra depois de cair de cara na estrada. Não teria de explicar a Non que o pai dela estava doente, que estava de cama por causa de uma gripe, de um resfriado, e que precisava ficar quieto e descansar. Ela ia à beira da cama dele e cantava uma canção de ninar com a qual ela costumava dormir, mas MacLeod, de ressaca, com a cabeça rodando (e que parecia ter se rachado ao meio com o cutelo que a corcunda Hijau tinha na cozinha para cortar a cabeça das galinhas), não queria ouvi-la cantar. Tire-a daqui, tire essa maldita menina daqui!, ele gritava. Eu segurava Non pelos ombros e saía com ela do quarto, em direção à sala e ao jardim.

Ela ficava sentada em meu colo brincando de bater palminha comigo, e me mostrou uma variante em que primeiro ela batia no próprio peito, com os braços cruzados, e depois um batia na mão do outro. Ela disse que havia sido daquele jeito que tinham colocado as mãos de Norman na caixa, quando ele morreu, com os braços cruzados, e, por isso, ela chamou aquela brincadeira de O Jogo do Norm. Eu tentei lhe ensinar outros jogos de bater palminha, porque

Non tinha razão, foi assim que puseram o meu menino no caixão e eu não aguentava ver Non com os bracinhos magros cruzados em cima do peito na mesma posição do irmão, mas ela não queria saber de brincar de outro jogo. E assim, enquanto MacLeod roncava lá em cima, fedendo na cama, o suor saindo dele com um ranço doce de álcool nos lençóis de ilhós, nós jogávamos o Jogo do Norm vezes seguidas.

FOLHAS CONGELADAS

UMA MANHÃ, estando eu ainda na cama com Vadime, ouvi o ruído suave da funcionária do hotel deixando o jornal do lado de fora da porta. Eu sabia que ele trazia as notícias do front ocidental, de como os alemães atrás da Linha de Hindemburgo estavam destruindo cidades, aldeias e meios de comunicação. Estavam derrubando florestas e envenenando os suprimentos de água. Acariciei Vadime no ponto de sua testa em que uma veia tortuosa pulsava regularmente. Meu Deus, protegei este aqui.

Quando ele acordou, disse que precisava voltar ao front, que sua licença havia acabado. Ele vestiu o uniforme cáqui enquanto eu o observava da cama. Colocou a papaca, o chapéu de lã para o inverno, com o topo oval com as cores dos Romanov costuradas no meio. Quando se inclinou para me beijar, ele acabou deitando em cima de mim e desabotoando a calça. Ele me penetrou dessa maneira, sem sequer tirar a calça, só a desabotoando. Tampouco desafivelou seu cinto de bronze monogramado. Enquanto estava dentro de mim, senti o cheiro de algum tipo de óleo ou lanolina colocado no interior da papaca, que se misturava ao suor de sua sobrancelha lisa e desgrenhada. Depois, quando saiu, ele me chamou de sua noiva, embora ainda faltassem semanas para o casamento. Quando ele fechou a porta, olhei para mim mesma e percebi que a fivela do seu cinto monogramado havia se cravado em minha pele e me deixado marcada.

Recebi uma carta de Anna Lintjens no hotel. Van der Capellen, um dos meus cavalheiros holandeses, havia remetido a Anna seu habitual e modesto cheque mensal para me ajudar com as despesas. Será que eu gostaria de usar uma parte do dinheiro para contratar um pintor para o remate? Ele estava rachado, de modo que uns pedacinhos caíram no jardim e salpicaram as folhas das plantas, que estavam congeladas. Escrevi para ela em resposta dizendo para não gastar dinheiro na casa. Eu estava prestes a me casar com Vadime, de forma que precisaríamos do dinheiro para o casamento e, evidentemente, para continuar pagando os advogados. Aliás, precisaríamos de todo o dinheiro que pudéssemos ter entre aquele dia e o dia do casamento.

Mande todos os cartões que estiverem na gaveta superior da minha escrivaninha. Enquanto estiver em Paris, posso entrar em contato com vários cavalheiros. Mande o cartão do embaixador Jules Cambon. Lembra-se do monseigneur Messimy, o ministro da Guerra? Mande o endereço dele também, não esqueça. Ele sempre foi muito generoso, especialmente quando a mulher dele viajava.

Vamos torcer para que ela tenha tirado uma folga desta guerra e tenha ido visitar parentes em algum lugar.

Aqui as ruas parecem infestadas do cheiro da graxa que vem das engraxatarias. Esse pessoal que engraxa sapato tem trabalhado muito nos últimos dias, porque, para onde quer que se olhe, veem-se homens de uniforme com as botas tão bem lustradas que chegam a servir de espelhos, e dá para ver a barra das minhas saias nelas refletidas. O cheiro de graxa às vezes chega a ser mais forte que o cheiro que vem das pâtisseries. Eu não estou sentindo o amor habitual que tenho por Paris, acho que está mais cinzento, como se a fumaça de todas as armas do front tivesse formado uma nuvem que chegou até aqui e se acomodou entre as pedras da calçada e o céu.

Depois recebi também uma carta de Vadime, que escrevera de um hospital no front.

A mesma lama que nós sempre amaldiçoamos, a mesma lama em que nos afundamos e escorregamos e que arranca as nossas botas toda vez que damos um passo é a mesma lama que me salvou. Os alemães andaram disparando tiros que atingiram cadáveres já estraçalhados e os projéteis continuaram a picar aquelas carnes podres em pedaços cada vez menores, cada vez mais, e então um projétil explodiu ao meu lado. Estilhaços vieram parar em meus olhos e eu me afundei para me esconder na cratera deixada por um canhão nessa lama entupida de corpos. Achei que iria me afogar e não estava conseguindo enxergar nada. Engoli água, não deu para evitar, muitos goles de água pútrida de carne podre e pedaços de corpos humanos. Tentei gritar. Foi aí que fui salvo. Fui puxado de dentro daquela merda, mas um dos meus olhos está ferido e eu posso perder a visão do outro. Querida Mata, será que você não pode dar um jeito de vir me visitar? Preciso de você aqui. Será que você vai continuar me amando mesmo que eu fique completamente cego?

Na hora em que terminei de ler essa carta, uma escuridão se abateu totalmente sobre a cidade. No segundo anterior, o sol estava brilhando. No seguinte, estava tudo escuro, e eu só podia imaginar que era devido ao avião gigantesco que estava voando acima de nós, cujo enorme tamanho nunca ninguém tinha visto antes e cuja enorme barriga lançava uma sombra sobre toda a cidade. Mas não foi esse o caso, foi só uma brusca mudança na luz.

Naquela noite não consegui dormir, fiquei com a carta de Vadime na mão, sentada numa cadeira, olhando pela janela do quarto para um céu sem estrelas e rezando para ele estar em segurança. Eu não sabia para quem deveria rezar, se para Xiva ou para Deus. Lembro-me ter dito o nome de todos os santos a quem eu não recorria desde criança, e um rosário passou a sair de meus lábios como um tremor incontrolável que tivesse ficado guardado todos aqueles anos e agora finalmente recebesse a permissão de sair, o que aconteceu com a urgência da água contida por uma represa que de repente se parte.

Depois disso eu fui até a polícia francesa e me encontrei com o capitão Ladoux. Solicitei um passe de uma semana para visitar Vadime e ele me surpreendeu pedindo que, em troca, eu espionasse para a França. Ele disse que o pagamento que eu receberia de seu país poderia chegar a 1 milhão de francos. Com essa soma de dinheiro, eu poderia pensar em me casar decentemente com Vadime e sustentar Non e ele. O tribunal permitiria que ela fosse morar comigo, porque eu teria criado um lar totalmente seguro para ela morar com o padrasto, que zelaria por ela, e eu poderia manter a casa. Acima de tudo, ela ficaria comigo, com a mãe. Será que o tribunal não ia entender que isso era o que realmente importava?

Em Vittel, aluguei um quarto para mim e Vadime. Fechei as persianas. Deixei a luz do sol lá fora e a iluminação bem suave. Tudo pelos olhos dele. As refeições eram trazidas no quarto. Ele olhava para si mesmo na tampa de prata que cobria o jantar. Queria ver como estava seu aspecto. O inchaço diminuiu, falei.

Será que vou perder também a visão deste olho?, ele falou, e apontou para uma das sobrancelhas para indicar de que olho estava falando. Sente-se aqui, ele disse. Fui me sentar ao seu lado na cama, e ele ficou me olhando pelo que deve ter sido quase uma hora. Ele disse que queria conseguir se lembrar, no futuro, exatamente da minha aparência, no caso de ficar totalmente cego de ambos os olhos. Eu ri, dizendo que poderíamos formar um belo casal se considerarmos que, caso ele perdesse a visão, não me veria envelhecer e me transformar numa velha; assim talvez — apenas talvez — ele não me abandonasse por uma mulher mais jovem.

Naquela noite fizemos amor. No início ele ficou com as costas na cama, para diminuir a dor do ferimento nos olhos, mas depois os olhos pareciam já não importar tanto, ele não se preocupava mais com a dor, então deitou em cima de mim e me cobriu inteiramente. Com isso eu quero dizer que ele esticou os braços, e seus braços cobriram os meus, até as pontas dos dedos, e suas pernas cobriram as minhas e ele ficou preso em mim como uma sombra, e eu me perguntei como alguém nos veria se estivesse bem em cima. Tudo o que daria para ver seria ele. Eu já não era mais visível.

A GAROTA

Anna Lintjens estava arrumando a casa. Ela espanou a cúpula do abajur que havia ao lado da cama de Mata Hari. Tirou a poeira da caixa de joias que a patroa guardava no criado-mudo. A caixa era quase da mesma largura e comprimento da gaveta superior do móvel. Era uma caixa que Mata Hari havia trazido de uma viagem ao Egito. Ela fora lá garimpar ideias. Precisava de ideias para novas danças que pudessem reavivar sua fama. Tudo o que ela trouxe foi a caixa. A tampa era margeada de osso moído e a gravura do centro, incrustada com pedaços de madrepérola. Anna pensou que provavelmente aquela seria a última. Agora não haveria mais joias dadas de presente. Não haveria mais razão para se encontrar uma caixa maior, agora que Mata Hari iria se casar com um homem que servia no front, que não era rico e cujos presentes seriam seu afeto e suas demonstrações de amor. Anna se perguntou se iria gostar do rapaz. Perguntou-se sobre o que ele gostava de comer, qual seria seu prato favorito, e fez uma anotação mental para perguntar à vizinha que morava mais adiante na rua, cujos pais eram russos, se ela conhecia alguma receita de sua aldeia que ela pudesse fazer para o rapaz, algo de que ele fosse gostar. Ela imaginou como seriam os feriados com ele, colocando caviar e um prato de torradas e uma garrafa de vodca no parapeito da lareira. Então eles iriam comer, beber e olhar o fogo arder na árvore de Natal que ele ajudaria a carregar pelas ruas até chegar em casa.

Anna foi até a janela. Espanou as cortinas. Quando olhou pelo vidro, notou uma mocinha andando na rua lá embaixo. A menina tinha os cabelos pretos e grossos, como um dia haviam sido os de Mata Hari. Ela parou, olhou para a casa de Mata Hari e depois continuou andando. Anna teve certeza de que era Non.

VON KALLE

Depois de voltar da visita a Vadime, tornei a me encontrar com Ladoux. Decidimos que eu deveria ir à Bélgica via Falmouth, de modo que eu pudesse reativar meus contatos com os alemães alistados que eu conhecera na Bélgica e que estavam instalados por lá. Eu achava que poderia haver uma chance de conseguir informações com eles. No entanto, não cheguei a ir muito longe. Quando eu já havia deixado a França e estava pronta para partir para Falmouth, um militar inglês me pegou pelo braço. No início, achei que ele poderia estar me ajudando a embarcar no navio, mas alguma coisa na força que ele fazia em meu braço, que eu sentia penetrar até o osso, e a maneira como ele me conduzia pelo cais me fizeram perceber que ele não estava querendo ser amistoso ou ajudar uma dama que viajava sozinha.

Fui levada à delegacia de polícia. Você é a agente alemã AF44?, me perguntaram.

Claro que não, retorqui. Então um oficial mostrou uma foto de uma dançarina com roupa de espanhola e uma mantilha branca. Ela portava um leque na mão direita e a mão esquerda estava pousada na cintura.

Esta aqui é você, disse o militar. Você é Clara Benedict.

Balancei a cabeça. Não, com toda a certeza não sou eu.

É sim, é sim, disse o militar. Você é dançarina. Ela é dançarina. Ela é a agente alemã AF44.

Esse militar era um homem magro. Seus dedos também eram longos, finos e pálidos, e eu achei que pareciam um bando de cobras brancas que um dia vi rastejando pelo solo da floresta em Sindanglaja. Ele me tocou com a mão, fez eu me virar para olhar de novo a foto e rapidamente eu me levantei e me afastei dele. O nevoeiro havia baixado para muito perto do chão da floresta no dia em que eu vira as cobras brancas. Já estava escurecendo, e eu tive medo de tropeçar numa raiz e cair em cima das cobras enquanto tentava atravessar seu caminho. Eu não sabia exatamente que tipo de cobras brancas eram. Não me lembro de Tekul algum dia ter me falado de cobras brancas, então elas só podiam ser venenosas, pensei, com aqueles olhos tão vermelhos e a pele tão pálida enquanto rastejavam e se curvavam umas em volta das outras. Eu podia até mesmo ver seus órgãos, o sangue azul em sua veias enquanto ofereciam a barriga para a noite que se aproximava.

Fui mandada à Scotland Yard, onde um homem chamado Sir Basil Thompson, comissário-assistente de polícia, precisou de apenas um instante para perceber que eu não era AF44, também conhecida como Clara Benedict. Não, é claro que não, ele disse, olhando para a fotografia que o oficial dos dedos de serpente estava mostrando para ele. Essa mulher na foto é bem menor que você, ele disse, e se virou para mim com olhos caídos, como se, quando criança, ele vivesse puxando as bolsas que tinha sob os olhos, fazendo caretas o dia inteiro, e assim tivesse ficado com os olhos caídos para sempre. Minha cara senhora, quem é você?

Eu disse a ele que estava trabalhando para Ladoux, em Paris. Ele poderia telegrafar para Ladoux, que iria confirmar o que eu estava dizendo. Thompson telegrafou e Ladoux escreveu de volta. A mensagem dizia: *Não entendi nada, mande-a para a Espanha.* E, assim, fui enviada a Madri, sem saber por que havia sido mandada para lá e sem saber por que Ladoux fingira não entender nada.

Em Madri, escrevi do hotel para Ladoux. Perguntei o que estava acontecendo e por que os ingleses haviam me levado até a Espanha. Falei que estava aguardando ansiosamente novas instruções de sua parte — será que ele havia mudado de ideia e agora tinha planos para que eu tentasse extrair informações de algum alemão na Espanha, em vez de um alemão na Bélgica? Também pedi para mandar mais dinheiro, já que meus fundos estavam diminuindo consideravelmente.

Não havia nada para eu fazer no quarto do hotel, por isso, depois que escrevi para Ladoux, saí para dar uma volta pelas ruas. Fui até a loja de um adivinho. Pequenos canários amarelos e tentilhões vermelhos eram mantidos em gaiolas pela loja inteira. Eles piavam e pulavam do arame das gaiolas de volta para os poleiros que balançavam no meio. A cartomante colocou as cartas em cima da mesa. O óleo de sua mão havia manchado a madeira de tanto ela segurar o baralho com uma das mãos enquanto, com a outra, virava e ordenava as cartas. Foi exatamente o que a cartomante fez na minha frente. Ela virava uma carta e botava na mesa, virava e colocava na mesa. Eu vou ter sucesso na minha missão, vou receber meu 1 milhão de francos?, perguntei às cartas. Será que vou me casar? Non vai finalmente vir morar comigo? Os passarinhos nas gaiolas sabiam ficar quietos enquanto um destino era lido, e eles ficaram observando a cartomante trabalhar. Então, finalmente, a cartomante balançou a cabeça.

Não, disse ela. Você vai ser fuzilada antes que qualquer uma dessas coisas possa acontecer.

Um passarinho subitamente pulou do poleiro para o lado da gaiola e ficou agarrado ali. Uma tira do jornal que cobria a bandeja da gaiola agora estava presa em sua pata como uma bandeira e ondeava na brisa que varria o ambiente.

Fuzilada?, perguntei.

A sessão terminou, já disse tudo o que as cartas mostraram, ela disse.

Paguei com um anel que estava usando, que um dia me fora dado por Van der Capellen. A pedra que ficava no meio era de vidro, mas a aliança era de ouro.

Quando passei pela cortina de lantejoulas do corredor, ela refletia a luz do sol no chão na forma de milhares de pequenos diamantes lapidados. Se eles fossem de verdade, pensei, será que eu me jogaria de joelhos no chão, transformando minha saia num pote para pegar os diamantes aos punhados e carregá-los dali? Será que a cartomante já havia pensado várias vezes a mesma coisa, enquanto olhava para as figuras com forma de diamante naquele chão desgastado? Voltei a olhar para ela, mas a mulher já não estava mais ali. Havia desaparecido para outro ambiente da casa, e tudo o que sobrou foram os passarinhos chiando alto, como se estivessem tentando chamá-la de volta.

NA SALA DE JANTAR do hotel, um coronel francês chamado Danvignes chegou com um cravo que ele colhera do vaso de flores que havia na recepção e colocou-o no peito do meu vestido, enquanto se apresentava. Então perguntou se podia se sentar à mesa comigo. Fui informada de que, em mais alguns dias, ele estaria voltando para a França.

França?, falei. Você precisa me fazer um favor.

O que quiser, ele disse, estendendo a mão para endireitar o cravo no meu peito, dizendo que não queria que caísse abaixo da linha do decote porque senão ninguém conseguiria ver.

Estou sem um tostão, expliquei. Por favor, entre em contato com o capitão Ladoux e diga para me mandar instruções. Qual é a próxima coisa que devo fazer? Diga-lhe que também estou precisando de dinheiro. Isso é muito importante. Ele me mandou aqui para a Espanha, mas enquanto isso não tenho dinheiro nem para pagar a conta do hotel, e estou passando dias inteiros sem fazer nada, esperando as ordens dele.

O coronel Danvignes, então, levou meus dedos à boca e os beijou. Vou fazer isso, ele disse, se prometer se encontrar comigo de novo.

Sim, claro, eu disse, vamos jantar mais uma vez antes de você ir embora.

Então saí da sala de jantar e tive uma ideia. Fui até o balcão da portaria. Ali, em cima da mesa, estava o anuário diplomático. Abri na página da embaixada alemã. Na cidade havia um alemão chamado major Von Kalle. Decidi fazer-lhe uma visita. Enquanto eu esperava em Madri que Ladoux me mandasse instruções, eu podia muito bem aproveitar sabiamente o meu tempo. E se Von Kalle me passasse alguma informação útil sobre o que a Alemanha estava planejando fazer? Não valeria o milhão de francos que Ladoux disse que iria me pagar?

Eu já sabia a altura exata para subir o vestido acima do tornozelo ao sentar numa cadeira no apartamento de Von Kalle. Ele estava curioso para saber por que eu havia ido visitá-lo. Eu lhe disse quem era e ele já tinha ouvido falar de mim e da minha carreira como dançarina. Sentia prazer em estar na companhia de uma mulher erudita, coisa que a guerra não lhe permitia com muita frequência. O rosto dele era fortemente marcado pela acne da adolescência, mas seu cabelo era grosso e macio e sua beleza parecia contrastar fortemente com sua pele marcada, de modo que ele quase dava a impressão de estar usando peruca. Quando me colocou nos braços e começou a me beijar, porém, estiquei os dedos em direção ao cabelo dele e descobri que, obviamente, não era peruca. Depois, ele me disse que estava cansado, não do nosso sexo, mas porque andara ocupado preparando uma invasão de soldados turcos e alemães, que partiriam de um submarino na costa do Marrocos, na zona francesa.

Toma todo o meu tempo, ele disse.

Espero não tê-lo cansado muito, eu disse, e ele respondeu que, ao contrário, eu até havia injetado um pouco de vida nele. Então me perguntou onde eu estava hospedada. No hotel Savoy, eu disse.

Mas por quanto tempo eu não sei, porque fiquei sem dinheiro. Então ele tirou 3.500 pesetas da carteira e me deu.

Depois ele passou para trás um feixe de cabelos macios que haviam caído sobre o nariz cheio de pústulas de varíola e disse que eu deveria me comportar como uma boa menina e ir embora. Me deu um tapinha divertido na bunda e um puxãozinho na bochecha enquanto me acompanhava até a porta.

Enquanto eu caminhava de volta até o hotel Savoy, caía uma chuva tão fina que mais parecia uma neblina cobrindo o ar em vez de cair. Por um momento, pensei estar de volta a Java, de volta à floresta, e imaginei que a qualquer momento eu poderia olhar para cima e ver um gibão numa árvore. Mas quando de fato olhei para cima, tudo o que vi foram homens num bar jogando dominó que, quando eu passei, levaram os copos à boca e ficaram me olhando através da cerveja amarela-clara.

De volta ao hotel, Danvignes estava sentado no lobby e, quando me viu, se levantou da cadeira com outro cravo nos dedos. Ele tencionava colocá-lo mais uma vez no meu peito, mas eu peguei o cravo da mão dele e mandei que se sentasse. Contei-lhe sobre Von Kalle e sobre a chegada dos submarinos ao Marrocos.

Essa é uma grande notícia!, ele disse. Você fez um trabalho de espionagem muito bom para uma primeira vez. Mas em que lugar, exatamente, os soldados vão desembarcar?, ele perguntou.

Não sei. Não quis parecer excessivamente curiosa, por isso não perguntei.

Mas você precisa voltar lá e descobrir!, disse Danvignes. Precisa voltar imediatamente. Vou partir num trem amanhã à tarde para Paris e, se eu tivesse essa informação, seria muito útil. Poderia chegar à Gare du Nord e pegar um táxi direto até o capitão Ladoux e lhe contar o trabalho maravilhoso que você fez.

Ainda estava chovendo na manhã seguinte enquanto eu caminhava pela rua.

Quando cheguei ao hotel de Von Kalle, minha saia estava quase encharcada da chuva que não parava de cair, e eu sabia que as mechas de cabelo que eu tinha nas têmporas haviam se enrolado, devido à umidade, em dois longos cachinhos como aqueles usadas pelos judeus chassídicos.

Von Kalle não abriu a porta do apartamento para mim.

Entre, ele gritou lá de dentro quando bati. Eu entrei; ele estava de costas para mim e eu só podia ver na luz fraca seu cabelo macio.

Sou eu, Mata Hari, falei. Mesmo assim, ele não se virou, e me dei conta de que eu não queria que ele se virasse. Não queria ver seu rosto todo marcado, e talvez ele soubesse disso; talvez fosse por isso que ele ainda não tinha se virado.

Os franceses estão mandando mensagens de rádio por toda parte, meu amor, perguntando sobre a invasão alemã ao Marrocos. Como será que eles conseguiram esse tipo de informação?, ele falou.

Qualquer um pode ter obtido essa informação, falei. Não fui eu, se é isso o que está insinuando.

Então ele se virou e me encarou com as grandes crateras abertas. As cicatrizes de acne nos dois lados da boca estavam mais alongadas, tinham se transformado em dois cortes parecidos com as pupilas dos olhos de uma cobra. Nós temos o código deles. E sabemos que foi você, ele disse.

O ERRO DA MANICURE

Eu segurava na mão uma foto de Non enquanto o trem passava por espanhóis pendurados em escadas colhendo os frutos das oliveiras. Passei a mão sobre os cabelos dela na foto. Com o dedo toquei a curva de seu queixo e me lembrei de como ela era quando menina e como eu sentia seu pequeno pulso batendo ali embaixo e a vibração em sua garganta quando ela falava Mamãe para mim. Com as rodas do trem correndo nos trilhos, eu pude sentir essa mesma vibração, estava na companhia dela durante a viagem. Algum dia eu a teria de volta, pensei, teria Vadime como marido e ela novamente como minha filha e tudo o que eu precisava para pôr isso em andamento era o dinheiro que Ladoux havia me prometido. Então, naquele sol forte, me virei para olhar os espanhóis, que usavam as camisas na testa, amarradas pelas mangas, e deixavam que suas costas fossem queimadas pelos raios massacrantes e se bronzeassem. Era a cabeça que eles queriam protegidas, pensei, para não ficarem tontos e conseguirem realizar seu trabalho. Eu me lembraria desses espanhóis em Paris ao entrar na sala de Ladoux e sua secretária dizer que ele não estava lá. Eu queria o dinheiro que ele havia me prometido pelo trabalho de espionagem, mas, assim como os espanhóis que expunham as costas para poupar a cabeça do sol massacrante, eu também estava arriscando meu pescoço. Talvez houvesse sido melhor se eu nunca mais tivesse voltado a procurar Ladoux. Talvez ele esquecesse de mim e me deixasse em paz.

Na Espanha, antes de partir para a França, eu pedira a Anna Lintjens que falasse para Van der Capellen transferir o dinheiro para o Banco Nacional de Paris. Eu precisava de dinheiro, qualquer dinheiro. Caminhei pelas ruas esperando ele chegar.

Visitei joalherias e experimentei anéis que jamais seriam meus e que às vezes nem entravam com facilidade no meu dedo, às vezes não passavam sequer da primeira falange e eu não conseguia mais retirá-los. Então eu entrava em pânico, me perguntando se os anéis tinham ficado definitivamente no meu dedo e como é que eu pagaria por eles.

Li nos jornais: a Alemanha tinha lançado uma ofensiva de guerra franca, sem restrições. Um submarino alemão afundara um navio de guerra francês. Não tinha havido sobreviventes. O general Joseph Joffre renunciara ao posto de comandante em chefe.

Fui fazer as unhas e perguntei à moça oriental de dedos finos e longos como varas de pescar e cabelo reto como hashis que lhe cobriam os olhos se ela achava que os aliados teriam alguma chance. Eu andei lendo o jornal, falei para ela, e acho que os franceses deveriam estar muito preocupados, com todos esses ataques e essa troca de comando. Quando olhei para o lado, vi um soldado inglês, com as unhas sendo feitas por uma oriental, e ele estava muito relaxado, sentado na cadeira do cabeleireiro, fumando um charuto e espalmando a mão branca e cheia de veias sobre a mesinha da moça oriental. Em voz alta, eu me perguntei se algum dia os ingleses iriam embora da França, ou se iriam ocupar a França para sempre, já que gostavam tanto dali. Depois disso, não quis mais que as minhas unhas fossem pintadas de vermelho dragão, e pedi que ela refizesse o trabalho. Pedi que fizesse à francesinha. Então, enquanto ela se preparava para fazer as unhas de novo, olhei pela janela, vi os homens que já vinham me seguindo havia dias e acenei para eles.

Finalmente, o dinheiro de Van der Capellen chegou ao Banco Nacional de Paris.

Escrevi para Vadime. Contei-lhe como estava dando duro para ganhar dinheiro para que nós finalmente pudéssemos dar início à nossa vida em comum. Contei-lhe sobre Non na carta. Contei-lhe que, quando bebê, ela se enroscava em meu colo e cutucava os caules das flores com minhas longas tranças e que eu tinha certeza de que ele iria gostar dela, porque me diziam que ela era igual a mim. Eu escrevi tudo isso enquanto não houve batida alguma à porta, só uma lufada do vento entrando até que senti um rápido calor à minha volta e pude sentir que cinco policiais estavam ali, ocupando todo o espaço que havia no quartinho que eu tinha alugado e suando sob seus chapéus, enquanto me diziam que eu estava presa. Quando eu lhes disse que devia haver algum engano, que o capitão Ladoux deveria ser notificado para esclarecer todo esse equívoco, eles me mostraram o mandado de prisão assinado por Ladoux, com sua caligrafia pequena e a última letra quase na vertical, mais parecendo uma cruz do que um X, e pensei: Ele provavelmente assina dessa maneira de propósito, para que as pessoas pensem que ele está mais perto de Deus do que o resto de nós.

Mais tarde, em minha cela, olhei para meus dedos e percebi que a manicure oriental havia deixado um pouco de esmalte. Ainda dava para ver os leves traços do dragão vermelho perto das cutículas, que devia ser cor-de-rosa claro, ao estilo francês, e não aquele vermelho aguado, como se o sangue estivesse escorrendo.

CARA DE PAU

Levante-se desse chão, disse Mata Hari à irmã Leonide. Pare de rezar. Esse chão está imundo. Seu hábito vai ficar destruído. Mas a irmã Leonide se recusava a se levantar e continuava no chão. Mata Hari se ajoelhou ao lado dela, levantou o tecido preto do hábito da irmã, colocou-o entre os dedos de suas duas mãos e esfregou-o. A irmã Leonide esticou os braços, pegou as mãos de Mata Hari entre as suas e se virou para ela.

Reze comigo, ela disse. Mata Hari olhou para as mãos da irmã. Estavam ásperas e secas.

Você precisa de um creme, disse Mata Hari. A irmã Leonide alisou o cabelo de Mata Hari, colocando-o para trás, e uma lágrima caiu do olho da prisioneira. A irmã Leonide a enxugou e Mata Hari se levantou devagar, os joelhos a incomodando. Não sei como vocês freiras fazem isso o dia inteiro, disse.

No julgamento, Adolphe Messimy, o ministro da Guerra, não estava presente para testemunhar em defesa de Mata Hari. Uma carta foi lida em voz alta, escrita por sua mulher.

> *Lamento informá-los que o ataque de reumatismo de meu marido o impediu de comparecer a este julgamento. Além do mais, tudo isso deve ser um equívoco, meu marido alega nunca ter conhecido a referida pessoa.*

Mata Hari riu. Que cara de pau, ela disse. Sua gargalhada foi contagiosa e todos os homens riram, porque Mata Hari tinha sido amante de *monseigneur* Messimy, entre idas e vindas, por muitos anos. Ele tinha sido chamado como testemunha de defesa porque poderia afirmar que ela nunca, nem uma única vez, enquanto estavam nos braços um do outro, ou quando ele a penetrava por trás (do jeito que ele preferia, *à la chien*, dizia), ela jamais falara sobre a guerra com ele. E, se ela fosse uma espiã, o ministro da Guerra não seria a melhor pessoa de quem se obter uma informação enquanto a genitália dele, pendurada apenas por um fina pele envelhecida, ia sendo acariciada pelos seus dedos, cujas unhas eram ricamente pintadas com um esmalte chamado Surpresa de Ameixa do Oriente?

Jules Cambon foi então chamado ao banco das testemunhas. Jurou que ele e Mata Hari jamais falaram sobre a guerra ou sobre o trabalho dele. Então, o que os senhores discutiam?, perguntaram-lhe.

A Roma Antiga, as pirâmides, vinho, corridas de cavalos, respondeu ele. Mata Hari lembrava que, com o gentil Jules

Cambon, embaixador em diversos cargos militares, havia mais conversa do que qualquer outra coisa. Toda vez que ele tentava penetrá-la, seu membro ficava flácido e ele passava incontáveis minutos tentando enfiar o pênis nela, insistindo que ficaria duro depois que estivesse lá dentro. Era aí que ela passava a mão na sobrancelha dele e trazia à tona um assunto como corridas de cavalos. Ele sabia muito sobre esse assunto e conhecia várias ascendências animais até a Arábia, e coisas mais simples também, como pastas de cravo e alho e loção de hamamélis, usadas em cataplasmas para envolver os tornozelos inchados dos cavalos. No escuro, em voz alta, eles comparavam as vantagens de se treinar um cavalo em pista seca ou em pista molhada, o uso de uma gamarra alemã ou simplesmente uma gamarra comum que se via pendurada em praticamente todos os estábulos.

O JOGO

O TRIBUNAL ESTAVA quente. Ela suava nos cabelos por baixo do chapéu azul de três pontas. Estavam todos esperando a tempestade cair e os homens no tribunal ficavam olhando as janelas lá no alto para ver se a chuva já havia começado. Só ela não estava olhando para as janelas, e sim para a porta. Estava esperando ver Non entrar, sob o busto de Marianne, símbolo da república, muito embora lhe tivessem dito que Non não tinha sido chamada como testemunha. O que antes costumava ficar sobre a porta, no lugar do busto de Marianne, era a figura de Cristo na cruz. Ela desejava que ele ainda estivesse ali. Preferia uma imagem de suas palmas das mãos perfuradas, os punhos ensanguentados, a coroa de espinhos, as patéticas pernas brancas, as pernas cruzadas nos ossos do tornozelo, à imagem de Marianne olhando para baixo na direção dela, porque era o mesmo olhar que Bouchardon dirigia a ela, uma mulher que ele odiava porque tirara vantagem dos homens para si e que, ele acreditava, pusera em risco as vidas de homens que defendiam seu país. Ela era incalculavelmente pior até que o próprio inimigo seria aos olhos da Marianne de madeira e de Bouchardon que roía as unhas e para sabe-se lá mais quantos homens que estavam no tribunal naquele momento. Ela não tinha como saber. No entanto, achava que ainda tinha uma chance de ser absolvida. Será que não estava claro para alguns daqueles homens, da maneira como era claro para ela, que ela nunca tinha sido espiã para a Alemanha?

Ela podia ouvir o barulho do trovão ao longe. Vinha da direção de Rouen, do norte, onde havia fazendas, campinas e milharais cujas pontas de seda tremulavam ao vento, enquanto o depoimento de Vadime Masloff era lido em voz alta. Literalmente, ele disse que seu caso com a acusada significara muito pouco para ele. E acrescentava que não sabia, de maneira alguma, que ela havia trabalhado seja a serviço da República da França, seja de qualquer república do seu conhecimento.

Ela pensou que o que ele escrevera tinha sido inteligente. O tribunal acreditaria que ela não tinha sido mais do que um flerte passageiro para ele e que não haveria razão para envolvê-lo também. Enfim, ainda havia uma chance de eles voltarem a ficar juntos.

A tempestade se aproximava. O busto de Marianne ficava ainda mais escuro na sala do júri, dava ainda mais a impressão de ser o gurupés de um navio, as feições marcadas e ainda mais ameaçadoras com o vento e com a água. Quando a chuva finalmente chegou até onde estavam, só se ouviu um trovão abafado e viu-se um piscar de luz que não parecia um raio, mas o tremeluzir fraco de lanternas iluminando um campo distante, nada mais que um fazendeiro inspecionando, à noite, os brotos nos canteiros e as plantações. O calor continuava e os deixava no mesmo estupor abafado de antes, enquanto a tempestade prosseguia em sua trajetória rumo ao sul.

NESSE CALOR

Foi nesse calor que sete jurados, membros do terceiro Conselho Permanente de Guerra do Governo Militar de Paris, chegaram ao veredicto. Mata Hari estava sentada ao lado do advogado, Clunet, no tribunal, e volta e meia ele pegava em sua mão. Até a mão dele estava úmida de suor, e ela preferia que ele não segurasse a dela, ainda mais depois que ela percebeu o quanto as unhas dele tinham ficado amareladas e encrespadas com a idade. Esse detalhe ela não havia percebido devido às más condições de iluminação da prisão nos últimos meses, mas agora ela achava que ele precisava, mais do que ela, se segurar em alguém. Afinal de contas, ela havia atravessado o mar quando menina e acreditava que poderia atravessar outra vez, só que dessa vez o mar não seria de areia e sal, e sim um ambiente cheio de homens idosos que ela tinha de driblar, os óculos pousados nas pontas dos narizes, os cabelos grisalhos tomados de suor escorrendo pelas têmporas, os rostos vincados, entrecortados pelos pequenos filetes de vasos sanguíneos, e os olhos embaçados pelas nuvens que se viam neles — o clima para os idosos. Ela deixou que Clunet pegasse em sua mão: Coitado, ele não é diferente desses outros senhores. Juntos, ouviram o veredicto.

Disseram-lhe para se levantar da cadeira. Quando ela se ergueu, endireitou o casaco e se certificou de que a saia estivesse devidamente ajustada à sua volta e que não estivesse pregada em sua pele por causa do suor, que ela podia sentir escorrendo por trás de seus joelhos e por toda a panturrilha.

Em nome da República da França, consideramos a ré culpada.

Clunet agarrou-se a ela, como que para servir de escudo para as palavras lidas em voz alta. Ela queria falar. Chegou a dizer alguma coisa, mas Clunet não conseguiu escutar. Sua audição não era mais como antes e todos os homens no tribunal murmuravam uns para os outros. *Ma petite, ma petite*, ele disse, como se ela é que tivesse dificuldade de escutar. Mais tarde, ao sair do tribunal, as pessoas perguntaram a ele o que ela disse, e ele respondeu: Ela falou, Não pode ser, não pode ser.

PELAS AVES DO PARAÍSO

Eu não falei Não pode ser. Falei: Agora eu sei o que ela viu. No momento exato em que eu estava no tribunal e fui considerada culpada, me lembrei de um incidente que eu tinha expulsado da memória no instante em que aconteceu, há muitos e muitos anos. Se antes alguém tivesse me perguntado se uma lembrança como essa podia ser apagada tão instantaneamente, eu teria soltado uma gargalhada. Perguntaria: Você está bêbado?, ou faria uma piada: Sobrou um pouco? Então sirva uma dose para mim.

Quando fui condenada, esqueci onde estava e fui catapultada no tempo para o calor de Java, e eu não estava sendo condenada pelo absurdo de ser uma espiã cujo nome era formado por letras e números. Eu era culpada de algo muito pior.

Era uma noite quente e MacLeod não estava em casa. Se alguém tivesse me perguntado na ocasião, eu poderia ter mentido para salvar a pele dele. Poderia ter dito que ele estava com os outros oficiais, num evento tarde da noite com jantar e sinuca e com todos compartilhando charutos muito bem embalados, quando, na verdade, não poderia haver nenhum outro lugar para ele estar senão com uma garota, mais provavelmente uma adolescente que fazia o que ele mandava num quarto forrado de veludo no maior puteiro da cidade.

Eu tinha acabado de dar uma olhada em Norman e Non e eles estavam dormindo juntos, como às vezes gostavam de fazer, as cabeças viradas uma para a outra e as franjas quase se tocando, como amantes que discutem segredos no escuro. Fechei a porta, saí do quarto e fui para o jardim, onde estava mais fresco. Tekul estava lá. Ele nunca usava camisa e suas costas morenas pareciam quase cinza na noite, como uma pedra fria. Onde está Kidul?, perguntei, e ele apontou na direção do quarto deles, onde ela dormia. Ele fumava um cigarro e me convidou a sentar com ele numa esteira de palha que ele havia estendido na grama. Eu nunca tinha visto Tekul sentar nem numa cadeira. Ele bateu na esteira com a mão, dizendo que, quanto mais perto da terra, mais fresco era. Venha ver, ele falou, e eu fui, e ele tinha razão, mesmo de sarongue pude sentir o frescor subindo pelo meu corpo.

O patrão não está em casa?, ele perguntou. Não precisei fazer nada. O próprio Tekul assentiu. Nós dois sabíamos onde MacLeod estava. Mas acho que soltei um suspiro meio alto, Tekul me passou o cigarro e eu fumei.

Bom, né?, ele falou, e foi então que saboreei o cigarro que estava em minha boca e percebi que não era tabaco, mas ele tinha razão, o gosto era bom, era como se tivessem acrescentado baunilha.

O que é isso, Tekul?

Segredo da ilha, ele respondeu sorrindo.

Não foi preciso muito tempo até o cigarro começar a fazer efeito. Achei que havia um movimento por trás das aves-do-paraíso. Achei que as tinha visto se dividir e pensei ter visto a menor das mãozinhas se agarrando nos galhos e os puxando de lado.

Olhe, está vendo?, falei para Tekul. Então ele segurou minha mão.

Não tem nada lá, só dentro da sua cabeça, ele falou. Você tem que fazer isso direito, madame, não tem com que se preocupar. Se se preocupar, vai ter uma experiência muito ruim com o poder do segredo da ilha. *Mengerti?*, ele perguntou. Venha, deite-se aqui, e ele me pegou, me fez deitar na esteira fria de palha de bambu e ficou me olhando.

Na escuridão, pude ver o branco de seus olhos, e eles brilhavam úmidos, formando círculos perfeitos em volta das pupilas. Pareciam as boias brancas que há nas laterais dos navios que são lançadas para resgatar as pessoas que caem no mar. Continuei olhando, dizendo a mim mesma que elas poderiam salvar minha vida. Então, senti os dedos de Tekul me tocarem. Ele estendeu o braço na direção do meu sarongue e passou a mão na minha perna, acima do joelho, e me tocou com a suavidade de uma brisa. Eu me peguei sentindo o calor de sua mão e dos seus dedos e me surpreendi com a sensação, depois de passar tanto tempo reclamando do calor daquela ilha. E logo senti o rosto dele em minha blusa. Ele afastou o tecido para o lado e encostou a boca no meu seio. Enquanto isso, sua mão não parou, ela foi mais fundo e me encontrou toda molhada. Tekul, isso não está certo, falei, e tentei afastá-lo, mas Tekul riu gentilmente e desse riso pude sentir a fumaça do cigarro dele e também pude provar, porque sua boca estava aberta quando ele riu. Na mesma hora que provei, ele entrou em mim, e eu não sabia o quanto queria senti-lo dentro de mim até ele estar lá dentro, penetrando meu corpo. Num clímax que parecia ter um plano de voo, em que eu sobrevoava colinas e montanhas e então fazia um rasante sobre o manto da terra, flutuei acima do magma que se movia devagar. Então fui mais alto e jorrei de um deserto, afastando a areia como se fossem gotas d'água enquanto eu subia com toda a força e depois passava para a horizontal, vendo centenas de sóis vermelhos e cor-de-rosa se levantarem e descerem, uma vida acelerada de muitas almas. Então aterrissei num rio onde os galhos das árvores caíam na correnteza e os seixos rolavam, o som deles batendo como se fosse uma conversa suave, o pedido de uma mãe para seu filho ficar em silêncio, e então sendo levada até a costa, como que recém-nascida, quando abri os olhos ainda na esteira de palha, ainda no meu jardim.

Você foi muito bem, elogiou Tekul, e foi aí que olhei para o lado e vi Non. Era realmente ela, atrás das aves-do-paraíso, foram as mãos dela que vi, e não as mãos que eu teria imaginado quando estava tonta e drogada.

Sua boca estava completamente cerrada, os lábios formando uma única linha, e por um momento pensei que ela tivesse pego a minha caixa de maquiagem, encontrado o batom e ela mesma tivesse traçado aquela linha, uma brincadeira de menina para a qual eu não sabia que ela já estaria preparada. Mas não era batom. Era o olhar de uma menina que havia visto a mãe nua e o corpo do criado, e não o do pai, se mexendo dentro da mãe dela e sobre ela, os corpos tão colados um no outro que bem podiam ser uma pedra lisa presa na lama, que se fosse retirada dali faria surgir coisas com um milhão de pernas, cheias de tenazes e mandíbulas, os rabos curvados como facas.

Empurrei Tekul de cima de mim. Ele era tão leve — mais magro que o rabo de um gato e quase do mesmo tom castanho — que eu pude realmente atirá-lo longe, e ele foi parar nas trepadeiras onde os gatos dos antigos proprietários agora viviam soltos e defecavam nas folhas. Não havia maneira de eu consolá-la. Ela saiu correndo ao me ver. Desde quando ela conseguia ser tão rápida? Ou eu tinha ficado tão devagar? Será que era o cigarro que Tekul tinha me dado ainda fazendo efeito? Eu mal conseguia me mexer. Ouvi-a bater a porta do quarto. Olhei para cima, para a janela de seu quarto, mas não foi ela que vi de pé, atrás da cortina, mas Kidul, e seu horror era como uma coisa que ela trazia apertada nos punhos e no peito. Observei a cortina balançando de um lado para o outro em sua frente, como um pano utilizado para apagar o giz de um quadro-negro.

Não me lembro de todo o resto. Talvez eu tenha tentado consolar os dois. Talvez eu tenha tentado explicar a Kidul como aquela droga havia me transformado em outra pessoa. Talvez eu tenha implorado para ela entender que o marido dela não significava absolutamente nada para mim. Talvez eu tenha tentado tirar Non de seu esconderijo atrás da cadeira de bambu e lhe dito que o que ela tinha acabado de ver era só uma brincadeira. Estávamos só atuando. Estávamos representando papéis. Eu era a princesa má e Tekul, o deus do punhal malaio que viera me matar. Talvez eu tenha colocado Norman e Non de volta na cama, dado a eles leite de arroz, servido em taças de vinho. Sejamos elegantes, é possível que eu tenha dito. Vamos fingir que estamos na casa do rei e da rainha, falei, e amarrei o cabelo atrás da cabeça porque percebi que, quando estava solto e caindo sobre o meu rosto, ainda guardava o cheiro do cigarro de Tekul, o segredo da ilha.

Então, apenas alguns dias depois, quando as crianças foram envenenadas e Kidul admitiu a culpa, a memória daquela noite com Tekul já havia sido expulsa dos meus pensamentos e eu pus a culpa em MacLeod.

O que Non se lembra daquela noite, não tenho como saber. Ela nunca tocou no assunto, mas agora, olhando para trás, em minha cela, depois do julgamento, percebo que, ao longo dos anos, não foi só MacLeod que impediu Non de me ver. Provavelmente, ela própria se recusou a isso. Ela me odiou por ter magoado Kidul, sua querida babá, sua companheira de brincadeiras, que dava banho nela com um jarro de cerâmica que ela segurava sobre a cabeça, a água caindo lá de cima, e ela contava histórias dos deuses das montanhas enquanto enxaguava o cabelo de Non com sabão de gengibre e depois aromatizava com mirra. E ela me odiava porque, por minha culpa, seu irmão havia morrido.

Como fui imbecil, pensei, e soquei minha perna com os punhos, de raiva e nojo. A irmã Leonide, que estava na cela comigo, agarrou meu braço no ar, levando as costas da minha mão para perto de sua boca e beijando-a. Então ela me disse para ter fé e coragem, talvez pudesse haver um novo julgamento. Olhei para ela por um minuto, pensando que de algum jeito ela poderia estar certa, talvez Non pudesse ver tudo de uma maneira diferente, quando então percebi que a irmã Leonide estava falando do julgamento em que eu fora condenada por ser uma espiã.

Ah, o julgamento, falei. É isso o que você quer dizer. Condenada à morte, eu disse, e não conseguia pensar sobre aquilo naquele momento. É claro. Uma punição justa. E pensei como eu desejava que fosse fuzilada logo na manhã seguinte, porque não podia mais viver um único dia sabendo que era culpa minha Non e Norm terem sido tirados de mim. Olhei para a parede da prisão, mas não vi sua superfície de pedra. Em vez disso, vi Non outra vez, recusando-se a me deixar lhe dar um beijo de boa-noite enquanto se deitava na cama ao lado de Norm. Ela se virou para o outro lado, enterrou a cabeça no travesseiro e curvou as costas de um jeito que os ombros se projetavam como a cabeça de um machado escondida na camisola. Tudo o que eu consegui beijar foram cabelos espessos e negros, ainda cheirando à mirra de Kidul.

PERGUNTAS SOBRE O JARDIM

O Dr. Bizard estava no jardim com um regador de metal, molhando seus rabanetes, quando recebeu um telefonema da prisão e soube da notícia. Ele queria que a tempestade tivesse feito o trabalho por ele e praguejou contra as nuvens lá em cima quando não trouxeram chuva alguma, apenas um céu verde escuro que fazia seus rabanetes parecerem menos vermelhos e quase podres naquela luz.

Quando chegou à prisão, ele esperava encontrá-la chorando no travesseiro. Levara um calmante, só para garantir. Mas quando chegou, não era ela quem estava deitada chorando, e sim a irmã Leonide. O Dr. Bizard olhou para Mata Hari e percebeu, pela primeira vez, que ela tinha a mesma aparência de todas as outras prisioneiras. Não parecia mais que estava se esticando, e seu pescoço atarracado parecia ter se afundado no colarinho. Seus dedos já não pareciam tão grandes, e sim mais gordos e com aparência de artrite. Ela não tinha mais a aparência de que o corpo inteiro estava lutando para se libertar. Ela estava passando a mão nas costas da irmã Leonide, confortando-a e se inclinando para perto de sua orelha. Quando viu o Dr. Bizard, falou: Finalmente o senhor chegou, e estendeu a mão para o Dr. Bizard, pegando o calmante que ele levara para dá-lo à irmã Leonide. Quando a freira se levantou, dava para ver como ela se agarrara à cruz de prata quando deitada na cama e agora seu rosto trazia a marca da cruz, que fora prensada contra a pele.

Os joelhos da calça do Dr. Bizard estavam marrons de sujeira.

Como vai o seu jardim?, perguntou Mata Hari. E o Dr. Bizard lembrou que era assim que alguns dos pacientes que recebiam a notícia de que seriam fuzilados falavam com ele. Como se nada tivesse mudado. Ficavam perfeitamente normais. Ele se lembrava de alguns pacientes que antes eram completamente pirados, a ponto de não conseguir obter deles uma única resposta que fizesse sentido, mas, uma vez condenados, era como se uma grande calma se abatesse sobre eles, que passavam a articular frases inteiras, claras, os olhos o encarando de frente e parecendo até líderes, grandes governantes ou presidentes, pessoas a quem se confiaria uma decisão que poderia mudar as vidas dos outros, e não tinham a menor semelhança com os ladrões e assassinos que eles eram quando chegavam ali.

Uma vergonha essa chuva, comentou Mata Hari. Aposto que as suas verduras teriam aproveitado muito.

Já recebi a notícia, disse o Dr. Bizard. Lamento muito.

Como é que eles fazem? Todo mundo mira no coração? Ou é na cabeça?

Depois que ela perguntou isso, a irmã Leonide começou a soluçar profundamente e o Dr. Bizard lhe passou um lenço.

Eu não sei como é que vai ser dessa vez, respondeu o Dr. Bizard. Posso perguntar, se quiser.

A essa altura, a irmã Leonide já estava chorando de modo mais regular. Mata Hari se inclinou e pôs o braço em volta dela. No meio da choradeira, a irmã falou: Era eu que devia estar consolando você, rezando por você.

Não se preocupe, respondeu Mata Hari. Você nunca foi uma boa freira mesmo. Provavelmente era muito melhor como arrumadeira. A melhor de toda a França.

OUTRO PLANO

Van der Capelen sentia saudades de Mata Hari. Ela já havia saído da Holanda fazia tanto tempo que ele estava começando a pensar que ela se fora de vez para a França, embora ela sempre lhe garantisse que voltaria. Ele se perguntou se ela havia encontrado outro amante, então se olhou no espelho e viu que não poderia culpá-la se esse fosse o caso.

Ele tinha engordado um pouco recentemente e tudo fora direto para a barriga, de modo que, quando ele olhava para baixo, não conseguia ver os próprios sapatos. Seu pescoço também havia ficado mais roliço e o colarinho estava tão apertado que sua própria mulher notara, tendo comentado, certa manhã, que dava a impressão de que o simples ato de engolir o café o machucava; ela disse que encomendaria ao alfaiate camisas novas que coubessem nele, bem largas no colarinho. Mata Hari, ele pensou, jamais diria nada sobre sua barriga grande ou sobre seu pescoço roliço. Ela o teria segurado nos braços, o beijado e feito amor com ele, e no fim do mês ele se lembraria, como era seu dever, de lhe mandar dinheiro para manter a casa — aliás, a entrada para a compra saíra de seu bolso.

Ele nunca teria se dirigido diretamente à casa dela antes. Eles sempre se encontravam em quartos de hotel, mas ele sabia o endereço, é claro, e um belo dia se viu caminhando por aquela rua. Tocou a campainha e a criada abriu a porta.

Anna Lintjens convidou Van der Capellen para entrar. Ele se sentou no sofá e ela lhe trouxe chá, torcendo para que as pernas do sofá, que estavam fracas porque era preciso apertar ou substituir os parafusos, aguentassem o peso dele.

Van der Capellen segurou a xícara como se pretendesse tomar chá por muito tempo, mas não foi isso o que fez. Em vez disso, ele falou de Mata Hari. Falou de como sentia sua falta e pediu a Anna Lintjens para desculpá-lo por ter ido até lá falar sobre isso com ela, mas não havia mais ninguém. A senhora compreende, com quem ele poderia falar sobre isso, e ele já estava praticamente começando a pensar que Mata Hari talvez nunca houvesse existido e que ele a tivesse inventado.

Anna Lintjens assegurou-lhe que Mata Hari era uma mulher real e disse que também estava preocupada com o paradeiro da patroa. Já haviam se passado várias semanas desde a última notícia que ela tivera, e isso não era comum. Ela precisava cuidar da casa. Havia uma goteira que precisava ser tapada. Na última chuva, as roupas dos armários de Mata Hari e alguns dos seus adorados sarongues de seda haviam ficado encharcados, as cores tendo se desfeito e manchado outras peças.

Van der Capellen disse a Anna Lintjens que pagaria para um telhador ir lá e pregar algumas ripas de madeira na parte danificada do teto, e perguntou em voz baixa, sem encarar Anna Lintjens, se ela achava que havia alguma possibilidade de Mata Hari ter outro homem em sua vida. Anna Lintjens imediatamente assegurou que não, isso estava fora de questão, mas é claro que perguntou a si mesma como fora capaz de contar uma mentira dessa, sabendo que havia um jovem russo chamado Vadime com quem Mata Hari se casaria em breve.

A senhora não concorda?, perguntou Van der Capellen quando viu Anna Lintjens meneando a cabeça.

Desculpe, o senhor poderia repetir o que disse?

O consulado, repetiu Van der Capellen, acho que eu deveria ir lá fazer umas perguntas. Acho que eles poderiam relatar o caso para o consulado francês. Afinal, são tempos de guerra. E se ela tiver, não gosto nem de imaginar, e se ela estiver ferida? E se estiver no meio de um edifício bombardeado, ou sozinha num leito de hospital, perdida?

Sim, claro, o senhor deve ir ao consulado. Agora mesmo, disse Anna Lintjens. Ela se levantou e pegou a xícara de Van der Capellen, embora ele só tivesse tomado um gole.

Só mais uma coisa antes de eu ir, disse Van der Capellen. Eu estava pensando se haveria alguma coisa de Mata Hari que eu poderia guardar para mim. Sei que isso é meio bobo. Talvez eu seja bobo. Mas ajudaria muito se eu pudesse ter alguma coisa, qualquer coisa mesmo, até algo que ela tenha usado. Isso me ajudaria a suportar os períodos de mais solidão. Imagino que a senhora entenda.

Anna Lintjens sabia que o que ele queria era que ela fosse até a gaveta superior do armário e lhe arranjasse uma das calcinhas pretas de cetim, mas é claro que ela não faria isso. Então ela se lembrou que bem ao lado da cadeira de balanço estava sua caixa de costura, cheia de retalhos de roupas antigas de Mata Hari, que Anna Lintjens guardara porque gostava das cores ou das lantejoulas nelas costuradas. Havia uma parte do tecido que fora do ombro de um vestido e tinha sido ornamentada com uma faixa de canutilhos vermelhos. Anna pegou esse retalho, deu-o a Van der Capellen e disse que aquele tecido era de uma parte do bustiê de um dos vestidos dela. Enfim, isso já devia ser bem perto do lugar que ele queria, ela pensou, o pedaço de alguma coisa que houvesse encostado na pele quente dos seios de Mata Hari, e Van der Capellen ficou feliz em ganhar aquele fragmento de tecido e quis beijá-lo no momento em que tocou em suas mãos, mas ele não ia fazer uma coisa dessas, evidentemente, na frente da criada. Em vez disso, ele dobrou o tecido e cuidadosamente o guardou no bolso.

Ele acariciou as lantejoulas vermelhas enquanto esperava na fila para preencher os formulários no escritório do consulado e ficou esfregando o dedo sobre um dos canutilhos muitas e muitas vezes, fingindo que aquele era o seio dela, e torceu para que, quando a mulher na mesa do consulado estivesse pronta para chamá-lo, a forte ereção que ele sentia já tivesse amainado. Ele tentou parar de tocar o canutilho por um tempo, mas não tinha como evitar, e, na hora que chegou à mesa e se sentou na cadeira que a mulher lhe ofereceu, ele tinha certeza absoluta de que, apesar de não poder ver — dado o tamanho de sua barriga —, sua braguilha estava reta como um mastro, e o tecido da calça era a vela desse mastro.

A mulher do consulado exibia um belo sorriso. Não era totalmente reto e um lado de seus lábios se elevava mais que o outro, dando a impressão de que não era muito segura de si, o que Van der Capellen achou atraente e diferente, bem diferente de Mata Hari, cujos olhos escuros, quase orientais, e lábios perfeitamente retos nunca passavam a menor ideia de hesitação, o que sempre lhe parecia significar que ela sabia exatamente o que estava fazendo e por quê.

Assim, não foi surpresa alguma para ele, agora olhando para trás, que, depois de receber a notícia, após várias semanas, de que Mata Hari estava detida por algum ato de espionagem, ele tenha convidado a mulher do consulado para jantar e depois para ir a um hotel, e que ele tenha deixado de levar no bolso o tecido com lantejoulas vermelhas e o tenha largado em alguma gaveta do escritório, junto com algumas canetas de ponta quebrada e uma série de rolhas de garrafas de algum vinho que ele tinha tomado em algum almoço e do qual gostara e portanto guardara a rolha porque pensava que poderia comprá-lo novamente um outro dia, embora isso nunca acontecesse.

Anna Lintjens leu a carta que ele escreveu contando que havia descoberto o paradeiro de Mata Hari, que estava em Saint-Lazare, acusada de espionagem, e que ele não mais enviaria seu cheque mensal, o que ele imaginava que Anna Lintjens iria compreender.

Acusada de espionagem!, pensou Anna Lintjens, e teve vontade de dar um tapa em si mesma por não ter saído do quarto naquela noite em que o furtivo Kramer veio até a porta com seus frascos de tinta que tilintaram uns nos outros nas mãos de Mata Hari quando ela os pegou. Como ela desejava ter saído do quarto de supetão na hora em que ele bateu na porta e ter-lhe dito para ir embora e deixar sua patroa em paz.

O que a patroa entendia de tintas secretas? O que ela sabia sobre códigos e codinomes? Sua patroa era uma dançarina, por que ele estava lhe dando o nome de H21?

Anna Lintjens voltou a se afundar na cadeira e deixou a carta de Van der Capellen cair de seus dedos e pousar no piso que ela tinha acabado de encerar e polir. Não havia nada que ela pudesse imaginar para salvar sua patroa agora. O que ela poderia fazer? Escalar o muro de uma prisão? Fazer um bolo com uma faca de serra escondida dentro? Subornar um guarda? Com que dinheiro? Então ela se levantou da cadeira, pegou a carta, jogou-a fora e se dirigiu para o quarto. Na gaveta de sua cômoda, embalada numa meia de seda furada, ela guardava um anel que sua mãe lhe deixara ao morrer. Ela desembrulhou o anel e o ergueu contra a luz, olhando suas faces verdes. Então, colocou-o no bolso do avental e desceu para a cozinha, onde pegou o pote de farinha. Estava na hora de fazer uma torta, daquelas com massa cobrindo o recheio de frutas. Hora de bolar um plano.

O PIRATA

O Dr. Van Voort tinha uma criada que morava com ele que era tão morena quanto os grãos de café de sua plantação. Seu holandês não era bom, por isso ela tentou ensinar malaio a ele. Ele sabia dizer coisas como *colher*, *boa-noite* e *prateleira*, mas não conhecia palavras suficientes para manter uma conversa com a moça, sobre, digamos, política, e tampouco havia política para se discutir na plantação, a não ser que nisso se incluísse a divisão do trabalho, quais trabalhadores iriam colher os grãos hoje e quais iriam triturar.

Fisicamente, ela parecia a antítese de Mata Hari. Toda noite quando se deitava nua na cama para ele, não tinha nenhum terceiro olho visível entre as pernas. Ele sabia que estava lá, mas sua posição era mais para trás e não olhava para nada, a não ser para a escuridão que aquelas pernas fechadas geravam. Ele se perguntava se Mata Hari havia conseguido chegar a Paris. Perguntava-se o que ela estaria fazendo naquele momento. Estaria na sala de algum embaixador, discutindo os últimos acontecimentos da guerra?

Às vezes, ele sonhava em largar tudo e tentar encontrá-la na Europa, mas não sabia bem onde procurar, então acabava se olhando no espelho. Seu cabelo estava rareando e a careca estava sempre muito vermelha de tanto sol, de modo que ele passara a usar um pano na cabeça e agora estava mais parecido com um pirata do que com um médico. Mata Hari provavelmente não o reconheceria, ele pensava.

Sua jovem criada morena o chamou, dizendo que o jantar estava pronto, e ele se sentou da mesma maneira que ela, de pernas cruzadas na esteira de palha. As mesas da casa estavam cheias de pilhas de jornais que ele lia várias vezes e ainda continuaria a ler, levando um consigo depois do café da manhã para a casinha de bambu, que deixava frestas razoáveis de sol passarem para iluminar a leitura e que, quando ventava forte, era derrubada, e ele tinha de colocá-la de volta no lugar. Ele e a criada inspecionavam os danos às juntas que mantinham os bambus unidos e consertavam tudo lado a lado, com dedos ágeis.

ELA É

ANNA LINTJENS PENHOROU o anel de esmeralda. O joalheiro empunhou a lente por muito tempo e ficou manuseando o anel nos dedos, olhando-o por tanto tempo que Anna Lintjens começou a temer que a joia fosse falsa. Finalmente, ele colocou a lente na mesa e deu a Anna Lintjens mais dinheiro do que ela jamais tivera nas mãos de uma só vez. A bolsinha que ela trazia amarrada à cintura do vestido não era grande o bastante para aquele rolo de florins; assim, primeiro ela os carregou na mão, mas depois teve medo de que um ladrão pudesse vê-la com aquilo, então entrou num corredor e enfiou tudo no busto do corpete.

Enquanto se preparava para a viagem, colocando vestidos e casacos no baú, ela ouviu uma batida na porta. Foi até a janela, olhou para a porta de entrada e lá estava Non, com os cabelos negros ondulados esparramados sobre os ombros, segurando um punhado de livros e uma lata de biscoitos Mata Hari.

A fina camada de tinta da lata de biscoitos estava desaparecendo e o prateado do metal já surgia sob os cabelos pintados de Mata Hari, de modo que os fios pareciam mais grisalhos do que pretos. Anna Lintjens a convidou para entrar e Non, que nunca estivera na casa da mãe, foi até os retratos que havia nas paredes da sala de estar e tocou as molduras, tocou o encosto do sofá e até o cabo do atiçador de fogo da lareira.

Anna Lintjens perguntou se seu pai sabia que ela estava ali e Non respondeu que o pai não morava mais em Haia e que não, a tia Louise não sabia que ela finalmente havia decidido visitar a mãe.

A criada a levou até o andar de cima, mostrou o quarto de Mata Hari e pegou o álbum de fotos. Non o levou até a cama e, juntas, elas se sentaram e o folhearam. Non não parava de dizer como sua mãe era bonita, e Anna Lintjens não parava de corrigir o tempo do verbo.

Anna Lintjens pegou alguns dos vestidos de Mata Hari no armário e os colocou na cama para mostrar a Non, que perguntou se haveria algum problema se ela experimentasse uma daquelas roupas, se ela achava que a mãe se importaria. Anna Lintjens afirmou ter certeza de que Mata Hari não se incomodaria e então deixou a menina sozinha por algum tempo, na verdade por muito tempo, porque Anna Lintjens acabou adormecendo na cadeira da sala de estar e, quando acordou, olhou para o relógio e percebeu que nunca teria tempo de chamar um táxi e pegar o trem daquele dia para Paris, portanto teria de esperar até o dia seguinte. Ela olhou por uma fresta da porta do quarto da patroa: Non estava vestindo um dos bustiês dourados de Mata Hari, junto com uma saia de seda e um véu sobre a cabeça, e estava dançando pelo quarto e cantando uma música numa língua que ela não conhecia mas que achou que devia ser malaio. Ficou olhando por um instante.

A dança era bonita, e, embora Anna Lintjens nunca tivesse visto Mata Hari dançar numa apresentação de verdade, ela achava que agora poderia afirmar que sim, porque imaginava que ela dançaria tão bem quanto a filha Non havia dançado.

Antes de Non ir embora, Anna Lintjens deu a ela um presente. Ela vasculhou a grande caixa de joias de Mata Hari, encontrou um relógio folheado a ouro, colocou-o no pulso de Non e disse que sabia que Mata Hari gostaria que ela ficasse com ele. Você vai ter que tirá-lo na frente da sua tia Louise, é claro, avisou Anna Lintjens, senão ela vai tirá-lo de você e tomar todas as precauções para você nunca mais vir aqui.

Posso vir outra vez?, ela perguntou. E Anna Lintjens respondeu que sim, dando um beijo no rosto da menina, e sentiu a fragrância de mimosa que a garota devia ter tirado da prateleira de Mata Hari e colocado nas orelhas.

Espero que, na próxima vez, minha mãe esteja aqui, disse a menina: Eu também, disse Anna Lintjens, prestes a fechar a porta da frente, mas então Non se virou e olhou para a cabeça de Anna Lintjens: A senhora sabia que tem agulhas no seu coque?, ela disse.

Ah, tem mesmo, respondeu a criada, e as enfiou ainda mais para dentro do penteado, para que não ficassem à mostra.

NUMA NUVEM

VADIME MASLOFF TOCAVA gaita nas trincheiras, mas não era muito habilidoso; então outro soldado tirou a gaita de suas mãos e a atirou longe, e ele pôde ouvi-la sendo alvejada. Ele acabou não lesionando ambos os olhos, aliás, até recuperou a visão do olho que havia sido originalmente prejudicado pelos estilhaços, e agora estava de volta à linha de frente, encolhendo-se à noite no meio dos ratos e olhando para o céu durante o dia, divisando formas nas nuvens, jurando a si mesmo que vira Mata Hari flutuar por ali, de braços estendidos como que para abraçá-lo.

Ele não acreditava que ela houvesse se tornado uma espiã e, quando recebeu as cartas instruindo-o a não ter mais relações com ela e pedindo um depoimento seu, ele fez o que achava melhor: escreveu que o relacionamento tivera pouca importância para ele. Ele esperava que não fosse preso ou suspeito de ser também espião, porque queria estar presente quando Mata Hari fosse libertada.

Ele esperaria por ela para sempre, pensou, enquanto tirava a papaca de lã da cabeça e a examinava, vendo como estava quase sem pelos em alguns lugares. Os ratos tinham arrancado alguns pedaços enquanto ele dormia, à noite, pensando que aquelas fibras quentes eram ideais para fazer um ninho para seus filhotes. Ele suspirou e tentou pescar a gaita, amarrando um barbante ao cabo curvado de sua faca afiada *bebout*, arrastando-a pela superfície do terreno acima deles.

Tudo o que ele conseguiu arrastar foi sujeira, uma granada de mão que não explodiu e algumas pedras de bom tamanho que caíram sobre sua cabeça — mas a gaita, não. Que merda que você fez, Ivan, falou para o outro soldado, o que havia jogado fora a gaita e agora estava de costas, olhando para as nuvens. Vadime se agachou perto de Ivan, apontou para a nuvem com os braços estendidos para um abraço e disse: Lá em cima está a minha namorada e futura esposa, ao que Ivan retorquiu: Deixa de ser ridículo. Aquelas são minha mãe e minha irmã jogando beijos lá de cima para mim.

INCERTEZA

ANNA LINTJENS PENSOU que a viagem da Holanda à França estava demorando mais do que imaginara, embora o trem avançasse pela paisagem tão rápido que ela nem sabia exatamente o que tinha visto. Será que eram árvores? Casas? Vacas no campo? Se não se pode ter certeza do que se vê ao viajar, ela pensou para si mesma, então de que vale a viagem?

COBERTORES

Era uma manhã fria e Mata Hari dormiu com a cabeça embaixo das cobertas, respirando o ar que exalava, para se manter aquecida. O frio novamente se esgueirava pelos espaços entre as pedras da cela.

A irmã Leonide veio, como sempre, trazendo a xícara de café, e Mata Hari se sentou em seu catre com o cobertor de lã sobre os ombros enquanto bebia.

O reflexo de Mata Hari no café fazia seu rosto ficar inchado e ela disse à irmã Leonide que a cozinha estava piorando muito, que já não estavam mais servindo nem café de verdade, mas algo com graxa marrom, restos de fritura na panela, despejada na água quente e provavelmente mexida. A cozinha pode matar, sabia?, perguntou Mata Hari, e a irmã Leonide assentiu, muito embora não soubesse do que Mata Hari estava falando, mas achou melhor não discordar e tentar ser o mais compreensiva possível, porque Mata Hari, embora não soubesse, seria executada na manhã seguinte.

Mas isso ainda consegue ser melhor do que aquilo que o coitado do Vadime deve estar bebendo na trincheira, ela falou, e a irmã Leonide assentiu mais uma vez e tratou de se lembrar, depois que as luzes fossem apagadas naquela noite, de cobrir de cobertores o chão dos corredores que levavam às celas, para que o som dos homens que chegariam para levar a prisioneira até o pelotão de fuzilamento, marchando com seus reluzentes sapatos pretos, quase não fosse ouvido. A irmã Leonide sabia que os homens chegariam fazendo o máximo de barulho possível, para que a prisioneira já estivesse acordada quando eles chegassem à cela, e ela sempre pensava que era cruel assustar dessa maneira uma prisioneira em pleno sono, quando ela não sabia que aquele era o dia em que iria morrer.

Esta era a lei: não permitir que um prisioneiro soubesse o dia de sua execução. A irmã Leonide não sabia exatamente o motivo, talvez porque assim fosse mais fácil lidar com o prisioneiro e levá-lo da cela, se ele fosse pego de surpresa, ou talvez porque se considerasse uma crueldade deixar que ele vivesse seus últimos dias sabendo que tinha uma hora marcada com a morte.

DIRETO PARA A CAMA

Anna Lintjens chegou tarde ao hotel em Paris. Como perdera o jantar que era servido no térreo, decidiu ir direto para a cama. Ela se levantaria de manhã cedo e trocaria por francos o maço de florins que tinha recebido do penhor. Depois disso, iria pegar um táxi e pedir ao motorista para levá-la à Prisão de Saint-Lazare.

A DOSE DUPLA

Lá fora, uma frente fria havia chegado e o céu estava coberto por um nevoeiro, o que amplificava o barulho dentro da prisão.

Ela contou à irmã Leonide que achava que podia ouvir Charles, o guarda, engolindo em seco no final do corredor. Achava também que podia ouvir as vozes das outras mulheres na prisão. Uma prostituta chorando? Uma assassina de bebês rindo? Uma adúltera cantando? Uma espiã gritando? Ela fechou os olhos e falou. Deixe-me contar sobre o dia em que atravessei o mar até Ameland, ida e volta. Eu sentia os pequenos paguros sob os meus pés. Acenei para as focas que tomavam sol nos bancos de areia. As algas grudavam em meu tornozelo. Uma gaivota de cabeça preta voava numa direção, enquanto um ganso bernaca voava em outra, grasnando. Eu me virei e atrás de mim vi o grande muro cinza da maré e me dei conta, pela primeira vez, de que ele parecia mais uma nuvem de chuva bem próxima do chão. Ela abriu os olhos e agarrou as mãos da irmã Leonide. Talvez, mas apenas talvez, não fosse a maré se aproximando, no fim das contas, e eu posso ter estado enganada esses anos todos. Talvez fosse só uma nuvem, e por uma nuvem parada na trilha de uma montanha alta uma pessoa pode passar e sair do outro lado, ainda de pé, ainda viva.

Mais tarde, o Dr. Bizard passou para ver como ela estava.

Não o vejo há muito tempo, doutor, ela disse. A que devo a honra?

Ele deu de ombros e o receptor do estetoscópio refletiu a luz do lampião de gás que estava no chão, daí para a parede e de novo para o chão.

Tenho uma coisa para você, ele disse, mas, shhh, bico calado. De um bolso da calça, ele tirou um frasco com capa de couro. De outro bolso, tirou um lenço, e embalado lá dentro havia dois copinhos.

Ele voltara a trabalhar no jardim, então as unhas de seus dedos estavam cheias de terra. Serviu a bebida, dizendo que era vodca russa. Quando ela pegou o copo, colocou a mão em volta da dele e a levou até o nariz, dizendo que fazia muito tempo que não sentia o cheiro de terra.

A IRMÃ LEONIDE estava esperando o Dr. Bizard sair da cela de Mata Hari. Quando ela o viu passar pela mesa do guarda no corredor, perguntou se a prisioneira já havia dormido. Ela sabia que ele havia planejado dar-lhe uma dose dupla de cloral naquela noite, para que sua última noite de sono fosse boa.

Ela já dormiu bem, ele falou para a irmã Leonide, e com isso a irmã começou a espalhar os cobertores pelo corredor que levava até a cela de Mata Hari, e mesmo antes de terminar de pôr todos os cobertores, ratos curiosos já haviam aparecido, e o vento criado pelos cobertores sendo esticados no ar e depois caindo no chão de pedra fazia os ratos fecharem os olhos e abaixarem as orelhas, já se preparando para o golpe que estava por vir.

UM VENTINHO NECESSÁRIO

Mais uma vez, o dinheiro que Anna Lintjens segurava na mão era um grosso maço de notas, mas dessa vez eram francos e não florins. Mais uma vez ela colocou o dinheiro dentro do corpete, onde, enquanto o táxi puxado a cavalo se movia pelo calçamento, as notas se esfregavam umas nas outras sobre seus seios. Ela sentia calor, mesmo sendo uma manhã fria, e se perguntou se, quando desse aquele rolo de francos para o guarda, ele não estaria molhado de suor, e se isso não estragaria o plano. Ela balançou o decote do vestido algumas vezes, tentando gerar um ventinho para manter as notas secas.

O DIA DA PENA

CHARLES NÃO GOSTAVA do tamanho de seu pomo de adão. Dificultava o barbear e muitas vezes a lâmina o cortava, como aconteceu na manhã para a qual estava prevista a execução de Mata Hari. Ele passou todo o café da manhã segurando um lenço contra o corte para fazer parar de sangrar, e mesmo depois de ter vestido o uniforme e assumido seu posto no corredor, continuava com o lenço junto ao pomo de adão, se perguntando se o sangue não iria parar até a hora em que Bouchardon e seus homens viessem buscar a prisioneira. Não parou.

Os homens chegaram, deram-lhe bom-dia e, enquanto ele abria caminho com as chaves penduradas no cinto, continuava segurando o lenço contra o pomo de adão e amaldiçoando a freira, porque andar sobre cobertores de lã era escorregadio, ele não tinha certeza de onde estava pisando, e gostaria de, se caísse, ter ambas as mãos livres e não uma delas ocupada com um corte no pescoço.

Mais à frente ia outro guarda, que, com uma grande vela de cera, acendia os lampiões que havia nas paredes do corredor. Ao fazer isso, os ratos, que dormiam embaixo dos cobertores, saíam correndo, suas formas podendo ser vistas embaixo da lã, umas corcovas pequenas se mexendo, com as quais era preciso tomar cuidado para não tropeçar.

Mata Hari dormia profundamente. Não ouviu os homens chegando. A dose dupla de cloral que o Dr. Bizard havia lhe administrado fora muito eficiente. Foi a irmã Leonide quem teve de sacudi-la até acordar. Quando ela se levantou, viu Bouchardon e os outros homens de pé em sua cela e, antes que pudesse dizer alguma coisa, Bouchardon falou.

Coragem, a hora da sua pena chegou.

Ela se apoiou na armação de metal ao pé do catre e se levantou. A irmã Leonide a abraçou e começou a chorar: Mata Hari fez a irmã recuar para que pudesse encará-la de frente, segurou em seus braços e disse, Não se preocupe, irmã, eu vou saber morrer.

Posso usar um corpete?, ela perguntou ao Dr. Bizard, que também estava na cela; ele assentiu com a cabeça.

Ela começou a se vestir. Colocou um dos pés no colchão fino e começou a deslizar a meia pelo tornozelo e pelas longas pernas de dançarina. A irmã Leonide não queria que os outros vissem Mata Hari com as pernas nuas e então se postou entre ela e os homens na cela. Mata Hari sorriu e disse à irmã: Isso não é hora de modéstia.

Um baú com as roupas que estavam com ela na hora de sua prisão lhe foi devolvido. De lá, ela tirou um vestido cinza-pérola, um chapéu de pele de três pontas e sapatos que se abotoavam até o tornozelo.

Depois de se vestir, ela perguntou como estava o tempo lá fora.

Charles respondeu que a neblina estava forte. Ela concordou com a cabeça e disse, Ótimo, então vai ser realmente como andar por uma nuvem, e então jogou o casaco de lã azul sobre os ombros, como se fosse uma capa.

Caminhando pelo corredor iluminado a gás, sobre os cobertores de lã, Charles finalmente afastou o lenço de seu pomo de adão, colocou-o no bolso e tentou tocar o braço de Mata Hari, mas ela o empurrou e tomou o braço da irmã Leonide.

Lá embaixo, antes de deixarem o prédio e de a tranca do portão da prisão ser erguida, ela pediu papel e caneta.

Escreveu para Non.

Querida Non,
Eu nunca lhe contei a história da mulher que enganou a morte. É uma boa história, minha querida, e eu gostaria de lhe contar agora.
Era uma vez uma mulher que cometera um crime terrível. Ela viveu muitos anos sem lembrar que tinha cometido aquele crime. Então, um dia ela foi mandada para a prisão e condenada à morte. Foi então que ela se lembrou de seu crime. Fizeram-na se postar diante de um pelotão de fuzilamento, mas mesmo depois que todos os tiros haviam sido disparados, ela ainda não havia morrido. Ela percebeu que a morte não é o fim, é só uma nuvem que se atravessa, e que mesmo depois de ter saído do outro lado

da nuvem ela continuaria ali, continuaria vendo todo mundo, especialmente sua filha, a quem ela sempre amou e a quem ela nunca teve a oportunidade de pedir desculpas por ter cometido seu crime. No entanto, antes de ser fuzilada, ela queria que sua filha soubesse do amor que ela sentia e queria pedir-lhe perdão, por isso escreveu uma carta, para lhe dizer essas últimas palavras e recomendar à filha cuidados, porque um dia ela voltaria e as duas estariam juntas de novo.

Quando Mata Hari terminou, ela selou a carta. Clunet havia chegado ao portão da prisão para ir junto com ela e a escolta para a Camponnière, o campo no Palácio de Vincennes onde Luís XVI e Maria Antonieta passaram sua última noite. Por favor, faça com que Non receba isso, ela disse a Clunet, e estava prestes a lhe dar a carta quando teve uma ideia melhor: percebendo que as mãos dele estavam totalmente molhadas de lágrimas, que ele permanentemente enxugava, abriu o paletó dele e enfiou a carta no bolso do peito. Quando fez isso, ele continuou dizendo que sentia muito, que tinha tentado conseguir-lhe um perdão. Ele havia tentado, e dessa vez ela percebeu que até o nariz dele parecia estar chorando, pois um líquido claro começara a escorrer e a formar uma gota, que ficava pendurada na ponta.

Os carros em que estavam cruzaram o campo acidentado da Camponnière. Num dos lados ficava a estaca, o tronco de uma arvorezinha fincado no chão. Ela se virou e ajudou a irmã Leonide a saltar do carro.

Havia 12 homens no pelotão de fuzilamento. Seis na frente e seis atrás, mas não logo atrás, e sim posicionados entre dois homens da fileira da frente, de forma que os rifles tinham o caminho livre até o alvo.

Santa Maria, mãe de Deus, rogai por nós, pecadores, agora e na hora de nossa morte, rezava a irmã Leonide.

NÃO ADIANTOU

Não adiantou nada, pensou Anna Lintjens; ela podia sentir que as notas continuavam ligeiramente úmidas, mesmo depois de se abanar tanto com o vestido.

Depois que a carruagem a deixou na entrada da prisão, ela disse ao motorista para esperar e subiu os degraus de pedra e bateu na porta. Charles, que não fora destacado para a execução, se levantou de sua cadeira e foi abrir.

Sim? O que é?, ele disse.

Ela não sabia o que dizer, então simplesmente meteu a mão dentro do vestido, sacou o rolo de notas e colocou em cima da mesa.

O que é isso?, perguntou Charles.

Um suborno, ela respondeu.

Em troca do quê?

De Mata Hari.

Charles voltou a se sentar na cadeira. Sentiu o corte em seu pomo de adão voltando a sangrar e pegou o lenço para pressionar o pescoço.

Quanto tem aí?, perguntou ele.

Anna Lintjens deu de ombros. Muito, ela disse, e as notas pareceram concordar com o que ela dizia pois começaram a se desenrolar, exibindo as cabeças de muitos governantes naquelas folhas de papel desgastado.

De onde tirou tanto dinheiro, minha senhora?

Dos homens. De um monte de homens, respondeu Anna Lintjens. Charles assentiu, e então se levantou, pegou o rolo de francos, tomou Anna Lintjens pelo braço e a conduziu até a saída, onde o táxi esperava por ela.

A senhora chegou tarde demais, ele disse.

Tarde demais?

Charles olhou para o relógio. Por uns cinco minutos, anunciou.

Anna Lintjens compreendeu. Então ela se virou e estendeu a mão para que Charles colocasse o rolo de francos de volta.

Charles meneou a cabeça. Isso é o que chamamos de suborno ilegal de um funcionário da prisão, ele disse.

Anna Lintjens um dia precisara fazer isso com o maioral da escola. E ela sabia como funcionava. Primeiro você o atinge com um soco onde já está doendo. No caso do maioral, era no olho roxo que ele já exibia de uma briga com o pai. Dar-lhe um soco ali fez com que soltasse o dinheiro do almoço que ele havia roubado dela na escola. Jorrou sangue por tudo quanto era lado e a areia do pátio da escola rapidamente escoou tudo. No caso de Charles, é claro que o alvo era o pomo de adão. Para desferir o golpe dessa vez, o instrumento não foram seus punhos, mas uma agulha de costura extralonga que ela colocara no coque antes de partir.

Nunca se sabe quando se vai precisar de um pouquinho de proteção quando se vai para um lugar desconhecido. O golpe no pescoço com a agulha fez Charles cair de joelhos. Ele soltou o rolo de francos e agarrou a garganta com ambas as mãos, da mesma maneira como o maioral tinha largado o dinheiro do almoço dela e levado as duas mãos ao olho roxo. Antes mesmo de o sangue de Charles começar a cair e a manchar o rolo de notas e as pedras de uma calçada em Paris, Anna Lintjens rapidamente pegou o dinheiro e entrou na carruagem, a tal que ela havia mandado esperar, só para o caso, é claro, de ter sorte suficiente de tentar uma fuga rápida com Mata Hari.

Na carruagem, voltando para o hotel ainda com o rolo de notas nas mãos, Anna Lintjens se lembrou do que Mata Hari sempre dizia sobre planos. Ela sempre dizia que os odiava, ou porque alguém atrapalhava, ou porque eram falhos, ou porque não chegavam a ser executados, e Anna Lintjens teve de concordar com ela. Os planos dela pareciam nunca funcionar, e agora a carruagem seguia lentamente pelo coração de Paris, uma cidade que Anna Lintjens nunca havia visitado antes. Ela não conseguia ver o que havia lá fora da janela, porque as lágrimas em seus olhos estavam fazendo tudo — os edifícios, o rio, as pontes — virar uma visão misturada e borrada. Malditas viagens, ela pensou, nunca se consegue ver tudo o que se quer.

JUSTINE

Se você estiver prestes a ser executada, não aceite a venda que lhe oferecem para cobrir seus olhos. Balance a cabeça como quem diz "não" para as cordas que eles usam para amarrar suas mãos e seu corpo à estaca feita com um pequeno tronco de árvore enfiado no chão. Fixe os olhos na freira que está chorando por você e que está vestindo o casaco que você lhe deu porque a manhã está fria e úmida, e pense consigo mesma no quanto ela é pequena e em como o casaco parece grande numa pessoa do tamanho dela. Fixe os olhos também no médico que tomou conta de você e cuja calça está marrom de tanto ele se ajoelhar no jardim e cuidar de rabanetes.

Não olhe para os 12 soldados do Quarto Regimento de Zouaves. Não dê ouvidos ao *Sabre à la main!* que eles gritam. Ao *Présentez armes!* que eles gritam. Mas talvez você não consiga. Seus olhos veem o brilho de uma arma sendo apontada para o céu pelo comandante dos homens e você desvia o olhar mesmo que por um só instante da freira e do médico, tempo suficiente para ver onde você realmente está — num campo em que a grama é morta, pisoteada e estraçalhada, as folhas amarelas e secas tocando os seus belos sapatos que vão até o tornozelo para abotoar.

Quando o grito *Joue!* for dado pelo comandante, ele abaixar a arma e os soldados levantarem as espingardas na altura do rosto, sorria, você está prestes a caminhar pela nuvem que por tanto tempo você achou que era uma avassaladora parede de água.

DEPOIS QUE ELA caiu na grama seca, atingida por 11 tiros (um dos *zouaves*, o 12º, tinha passado a noite inteira em claro, preocupado por achar que não tinha condições de atirar numa mulher, e acabou não conseguindo disparar), seu vestido cinza-pérola se desfraldou sobre ela, e um sargento da cavalaria foi até o corpo para ter certeza de que ela estava morta e deu o tiro de misericórdia, que atravessou o ouvido dela.

O Dr. Bizard foi então atestar o óbito. Dirigiu-se a ela com o estetoscópio no ouvido, abriu os botões da frente do vestido cinza-pérola, passou o estetoscópio ali por dentro e não ouviu nada. O receptor ficou coberto de sangue, e então ele percebeu que estava tentando ouvir o coração no lugar onde agora havia o buraco de uma bala.

NINGUÉM RECLAMOU o corpo, que foi então entregue à ciência. Um dia, um estudante de medicina chamado Arboux entrou no laboratório de dissecação e lá, esperando por ele na mesa de metal, estava Mata Hari coberta dos pés à cabeça por um lençol. Quando ele puxou o tecido, viu o cadáver de uma mulher de aproximadamente 43 anos, aproximadamente 1,77m de altura e aproximadamente 63 quilos. Ele a chamou de Justine e começou o trabalho usando um bisturi para descascar a pele, uma tarefa que ele alardeou para os colegas não ser tão difícil quanto as deles, já que ela tinha 11 furos de bala no corpo e, portanto, menos pele para afastar.

Quando MacLeod leu a notícia da morte da mulher, estava no quarto de sua puta favorita, Lise, que tinha o cabelo pintado de vermelho todo amarrado no alto da cabeça, a não ser por uns cachinhos — que pareciam os rabinhos curvos dos porcos — pendendo nas bochechas. Ele estava esperando Lise terminar fosse lá o que ela estivesse fazendo no banheiro. O jornal estava lá, na mesinha ao lado da cama, e ele ainda estava lendo o artigo quando Lise saiu do banheiro e se ajoelhou em frente a ele e desabotoou-lhe a braguilha, e uma imagem voltou à cabeça de MacLeod: Mata Hari de pé diante do espelho na cabana que tinham em Java, dançando com os braços esticados para frente, e as pontas dos seus longos cabelos negros parecendo as pontas de um fogo negro, só que as chamas não iam para cima, e sim para baixo. E ele se lembrou de naquele momento ter pensado, não muito claramente, em como ela era capaz de fazer uma coisa dessas, pôr fogo no assoalho de casa só com as pontas dos cabelos.

A irmã Leonide ficou com o casaco de lã azul de Mata Hari, o qual levou à costureira para diminuir o comprimento das mangas e ajustar os ombros. Ela gostava do casaco e toda noite, ao fazer suas preces antes de dormir, ela rezava pela alma de Mata Hari, e agradecia novamente a ela, porque o casaco a mantinha aquecida mesmo nos dias mais frios.

O Dr. Van Voort ia à frente no caminho coberto por folhas de palmeira, e sua criada morena vinha logo atrás. Na cabeça, carregava um cesto cheio de *babi* e *ayam nasi* envoltos em folhas de bananeira, e também *star*, *sukah*, jaca e jornais que ele ainda não tinha lido e que estavam algumas semanas defasados, considerando-se o tempo que demoravam para serem levados da Holanda até Java.

Quando chegou à praia de areias brancas, ele olhou para o mar e viu as costas cinza dos golfinhos se dirigindo para oeste.

Sua jovem criada morena tirou o sarongue e esticou-o sobre a areia fina, e o doutor deitou de barriga para baixo no tecido de algodão, e ela abriu o cesto de palha e passou o jornal ao patrão, e ele começou a ler.

Enquanto lia, sua jovem criada morena massageava os músculos abaixo dos seus ombros, que era onde ele sempre pedia para ela massagear, porque era ali que eles mais se enrijeciam por ele passar o dia inteiro colhendo café. Quando chegou ao artigo sobre Mata Hari, que fora executada por um pelotão de fuzilamento, ele esticou o braço, segurou o pulso de sua jovem criada morena, disse *Tidak* e a afastou um pouco. Ela parou e ficou esperando que ele dissesse o que fazer a seguir.

Enquanto ela esperava ali, um raro *ajak* correu pela linha da água e ela estava prestes a chamar a atenção do médico e dizer-lhe o que tinha visto, mas então se conteve pois sabia que ele não queria ser interrompido naquela hora. Assim, ele nunca viu aquele raro *ajak*, e morreu, muitos anos depois, sem ter visto um, nunca tendo acreditado que sua jovem criada morena o tivesse visto, porque até as pegadas do *ajak* na beira da água foram rapidamente encobertas pela maré.

Clunet esqueceu a carta colocada no bolso de seu paletó, a carta que Mata Hari escrevera e lhe pedira para entregar a Non. Ele havia usado o terno preto no dia da execução de Mata Hari, um terno que ele só usava em ocasiões especiais e em enterros. Por isso, ele ficara pendurado no armário por um ano inteiro e só foi tirado de lá pela sua esposa, que o deu ao agente funerário para colocá-lo em Clunet para seu próprio enterro. Enlutada, a esposa esqueceu de ver se havia alguma coisa no bolso do paletó e, assim, nunca encontrou a carta, que foi enterrada com Clunet no caixão, no cemitério de um vale chique nos Pireneus, conhecido por suas águas termais, muito boas para as cordas vocais. Cantores de ópera, advogados e políticos roucos de tanto fazer promessas se reuniam no vale para aspirar aqueles vapores curativos.

COMO MATA HARI

Non sabia que era errado, mas mesmo assim seguiu em frente. Ela tinha entrado na casa por uma janela que estava um pouco aberta, quando notou que Anna Lintjens já não estava lá fazia vários dias. Ela não sabia que Anna tinha ido a Paris tentar salvar sua mãe, mas deduziu, pelo fato de não haver nenhuma luz acesa toda vez que ela passava pela casa à noite, que a criada devia estar ausente. Anna Lintjens era assim com as casas. Achava que precisavam respirar, então, sempre deixava uma janela aberta, independentemente do clima.

Non foi direto ao quarto de Mata Hari, onde abriu o armário, encostou o rosto nas mangas dos vestidos da mãe, aspirou seu cheiro e experimentou todos os vestidos dela, todos os sapatos e até as luvas que chegavam ao cotovelo. Então experimentou os figurinos de dança, os suportes prateados para o cabelo incrustados de vidros quebrados para parecerem joias de verdade, as grandes braçadeiras e os corpetes feitos de faixas trançadas e decorados com pérolas, balangandãs vermelhos, lápis-lazúlis e selenitas.

Uma hora depois, quando ouviu um barulho na calçada que podia ser Anna Lintjens chegando, ela rapidamente colocou as roupas e os figurinos no lugar. Quando voltou para casa, tia Louise a beijou no rosto e se perguntou que perfume era aquele que Non estava usando e que a lembrava alguém. Foi só no dia seguinte, quando Louise trabalhava no jardim, se certificando de que o canteiro de terra onde as tulipas brotariam na primavera estavam livres de ervas daninhas, que Louise se lembrou. Aquele era o cheiro de Mata Hari.

Mais tarde, quando Non leu no jornal que sua mãe havia sido executada, decidiu que algum dia voltaria a Java. Queria encontrar a casa onde haviam morado. Ela guardava lembranças de estar sentada com a mãe numa esteira de palha estendida no chão. Mata Hari ficava dizendo para Non não se mexer, pois estava colocando flores brancas de *bunga* nas tranças da filha. Você não quer estragar as pétalas, quer?, ela perguntava a Non. Essa era praticamente a única lembrança que ela tinha da mãe, não conseguia se lembrar de mais nada.

Um ano depois, Non se formou em enfermagem e aceitou um emprego em Java. Seu navio partiria no dia seguinte, mas ela se viu acometida por uma dor de cabeça. Louise disse que era toda a pressa em que ela estava vivendo. Por que é que, toda vez que ela olhava no baú de viagem da jovem, Non tinha tirado um vestido decente que Louise colocara ali?

Não é decente, Non disse à tia. Eu me lembro do calor que fazia lá. Eu estive lá, você não. Se eu usasse esse vestido naquele calor, iria morrer.

Nesse caso, o que é que você imagina vestir quando estiver lá? Aqueles sarongues vulgares que a sua mãe usava?, perguntou a tia Louise.

E então Non segurou um dos lados do baú, o virou e o esvaziou de todas as roupas que a tia Louise havia guardado nele e disse, É, é exatamente isso o que eu vou vestir, ela disse, Vou ser exatamente como a minha mãe. Exatamente como Mata Hari.

Louise estava prestes a brigar com Non porque a argola do cadeado do baú, quando ela o virara, tinha riscado profunda e dolorosamente as tábuas recém-enceradas do assoalho. Mas ela não teve chance de gritar. A dor de cabeça de Non se tornou tão terrível que ela simplesmente caiu para trás, na cama.

No enterro, tia Louise disse a MacLeod que Non não falou nada antes de morrer de embolia. A não ser, claro, que você leve em consideração o fato de ela ter dito, É, é exatamente isso o que eu vou vestir, vou ser exatamente como a minha mãe. Exatamente como Mata Hari.

REDEMOINHOS

HAVIA FRANCOS suficientes para isso, pensou Anna Lintjens. Francos suficientes para visitar a cidade em que ela havia crescido e oferecer ao velho fazendeiro, que ela descobriu ainda estar vivo, o pagamento de um sinal para uma das casas que ele tinha na propriedade. Assim ela fez, e se mudou para a nova residência.

Já era verão outra vez e o milho estava no máximo de sua altura quando o fazendeiro, continuando com a tradição, cortou um labirinto no campo, pouco antes da colheita. Agora ela era uma senhora de vestido preto e longo que caminhava pelo labirinto com as crianças do lugar. As vozes delas subiam pelas espigas de milho, os pendões amarelos estremecendo ao vento ou apenas com o som das vozes animadas das crianças que corriam gritando pelo milharal. As folhas pegajosas grudavam no tecido de sua saia e às mangas da blusa, como que querendo agarrá-la suavemente, querendo que ela ficasse. Ela viu alguns relances das crianças enquanto corriam. Por um espaço entre os pés de milho, viu os cabelos delas banhados de sol e seus braços bronzeados afastando as espigas, tentando encontrar a saída.

Havia francos suficientes até mesmo para comprar um cavalo. Ela adorara Radjah, o cavalo de Mata Hari, e foi recomprá-lo do estábulo para o qual sua ex-patroa o havia vendido. No estábulo viu que ele ainda tinha o olhar de quando Mata Hari saíra para cavalgar com ele, e, pelo olhar, parecia que ele tinha acabado de galopar até o fim do mundo e voltado. Ela sabia que era velha demais para montá-lo, mas cuidou dele e o tratou bem. Segurava sua rédea e ia caminhar com ele pelas estradas, levando-o consigo quando tinha de fazer alguma coisa na cidade, conversando com o animal enquanto andavam, mostrando as campainhas e os cravos-de-amor na beira da estrada. Ela tomava cuidado para não andar demais com ele, lembrando-se de como suas patas haviam sofrido quando Mata Hari fora com ele atrás de Non: ele precisara ficar com os pés dentro de baldes de gelo para o tormento passar.

Ele se empertigava quando a via no campo e trotava para encontrá-la na cerca. Ele tinha uns pelos no pescoço, perto da crina, que giravam como pequenos redemoinhos. Ela pensava que, se ficasse olhando tempo suficiente, poderia entrar nele desse jeito, tornando-se parte dele, da mesma maneira que um redemoinho de água podia puxar uma pessoa para o fundo. No ombro de Radjah havia uma covinha no pelo castanho que ela geralmente beijava sempre que o encontrava e, depois, quando se despedia.

Em casa, ela lavava suas mantas numa grande tina de metal, o sal de seu corpo rapidamente branqueando a água. Enquanto comia sozinha, às vezes interrompia a trajetória do garfo para a boca, virava a cabeça e erguia o ombro para poder sentir o cheiro de Radjah na manga. E às vezes, numa noite quente, ela chegava a levar o cobertor para o campo e estendê-lo na grama perto de onde ficava o cavalo, que inclinava a cabeça para Anna Lintjens antes de ela dormir, os lábios roçando na orelha ou em sua boca sorridente.

UM BOM FANTASMA

Se você quiser ser um bom fantasma, fique quieto por quase um século. Então, no aniversário de sua morte, comece a atormentar os sonhos de uma escritora, de modo que ela conte a sua história da maneira como deve ser contada.

Assinado,
Mata Hari

Este livro foi composto na tipologia Bembo
Std Regular, em corpo 12/16, e impresso em
papel off-white 80g/m² no Sistema Cameron
da Divisão Gráfica da Distribuidora Record.